新 潮 文 庫

忍 び の 国

和 田 竜 著

新 潮 社 版

9164

目次

忍びの国

第一章

戦国期、天正四年（一五七六年）のことだ。

十一月二十五日のことだったというから稲刈りも済み、麦の種まきも終わったころであろう。その日の早朝である。

伊勢国《いせのくに》（現在の三重県の大部分）の南部に三瀬谷《みせだに》と呼ばれる集落があった。集落といっても百姓家がところどころある程度で、残りは田か荒地の鄙《ひな》びた里だ。

朝霧が立ちこめるその三瀬谷に、四騎の騎馬武者が姿を現した。

四人はいずれも平装である。

「大膳《だいぜん》よ、ためらうな」

その中の一人、長野左京亮《ながのさきょうのすけ》が、並んで馬を進める日置《へき》大膳につぶやいた。

左京亮の馬腹《ばふく》で四尺余の大太刀《おおだち》が規則正しく音を刻んでいる。左京亮は背丈《せたけ》が五尺そこそこの小兵《こひょう》であった。だが、平装の上からでもそれと分かる分厚い肩肉を持ったこの男は、四尺余の大太刀をまるで竹竿《たけざお》のごとく自在に操《あやつ》った。

「ためらってはならん」

左京亮は前方を見据《みす》えたまま繰り返した。しかし大膳は、無言のまま何か答えを発する素振《そぶ》りも見せない。

（こいつ、この期《ご》におよんで心変わりしたか）

左京亮は返事を待ちかねて、思わず大膳に顔を向けた。

大膳は六尺をゆうに超える偉丈夫《いじょうぶ》であった。丈《たけ》の低い左京亮はのけぞるようにしてその巨軀《きょく》を見上げねばならない。見ると大膳は、その長い腕を手綱《たづな》にあずけたまま、ただ馬に揺られていた。

（土壇場《どたんば》でやめたなどと喚《わめ》き出すのではあるまいな）

前方を凝視《ぎょうし》したままの大膳に、左京亮は心中《しんちゅう》でそう問うた。

「長野殿、言葉を惜《お》しまれよ」

と、二人の後方に従っていた柘植《つげ》三郎左衛門《さぶろうざえもん》が、諭《さと》すように小さく声をかけてきた。

——なんだと。

というようにふり返ったのは大膳の方だ。

ともに三十半ばの大膳と左京亮に対し、三郎左衛門は、このとき四十二歳と年長だった。しかし、わずか五歳程度の年齢差ながら、この三郎左衛門は、二人とは比べものにならないほど老成《ろうせい》していた。

性格だけではない。三郎左衛門は姿かたちまでが年寄りくさかった。額《ひたい》には深い皺《しわ》が刻まれ、身体《からだ》は乾《ほ》し固めたように痩《や》せて小さく、一見すれば人が経《へ》るべきあらゆる不幸をすでにその身で味わった七十過ぎの老人のごとき姿に思えた。

この老人のごとき訳知《わけし》り顔で慇懃《いんぎん》に言葉を吐く三郎左衛門を、大膳はどうにも気に入らない。もっとも、気に入らぬ根本の理由がほかにあるのを左京亮は知っている。

静まられよ、と三郎左衛門が目顔で大膳を制したとき、

「どうかしたのか」

と、先頭をいく男が、三人に向かって振り向いた。

三人の深刻な様子を意にも介《かい》さぬ口調である。男といっても十八歳の青年であった。だが、あどけなささえ残すこの若輩者《じゃくはいもの》が、三人の主《あるじ》である。

「仔細《しさい》ございませぬ」

三郎左衛門が若輩者に向かって辞を低くして答えた。

青年は織田信雄《おだのぶかつ》。織田信長の次男である。このとき信雄は北畠具教《きたばたけとものり》の六女を嫁に貰《もら》

って養子に入り、北畠信雄と名乗っていた。

四人はいわば暗殺者である。

いや暗殺者と言えるかどうか。彼らは少数の手勢も率いていた。

信雄は、義父で先の伊勢の支配者、元伊勢国司の北畠具教を亡《な》き者にするためやってきたのだ。

北畠家は、伊勢南部の多気《たき》を本拠とし、伊勢国に威《い》を張った戦国大名である。

南北朝の時代、後醍醐《ごだいご》天皇に従い、足利尊氏《あしかがたかうじ》に敵対した南朝の支柱であり、伊勢国司に任ぜられ三国司に数えられた。その勢力は、足利義満《よしみつ》によって南北朝合一がなされた後も、義満でさえ南朝方として敵対したはずの北畠家を排除できず、取り込まざるを得なかったほどである。

その後も北畠家は北朝であった足利幕府に反抗心を抱き続けたが、たびたびの反乱にも、幕府は赦免《しゃめん》を続けた。応仁《おうにん》の乱後、幕府の武威《ぶい》が衰え、戦国時代に突入したとき、北畠家は本拠の伊勢南部から中部、北部へと勢力を伸ばし、戦国大名としての実《じつ》を備えた。具教の祖父、材親《きちか》の時代である。そして具教は、初代顕能《あきよし》から数えて八代目の国司であった。

（やるしかないのだ、大膳）

左京亮は心中で叫んだ。

伊勢侍の大膳と左京亮はともに北畠家の譜代《ふだい》の重臣であり、友でもあった。二人にとって北畠具教は元の主だった。

（ためらってはならん）

左京亮は再び大膳の横顔を見上げた。

大膳は前方の館《やかた》を睨《にら》むように見つめたままでいた。三瀬御所《みせのごしょ》と呼ばれる山裾《やますそ》の館には、これから殺すべき相手がいるはずである。


三瀬御所の具教はすでに目覚めていた。愛用の太刀を確かめると再び鞘《さや》に収めた。

このとき具教、四十九歳である。

「其《そ》の朝、火燵《こたつ》に御座して夜衣《よごろも》を召され」

寒気の厳しい朝だった。神戸良政《かんべよしまさ》が著した『勢州軍記《せいしゅうぐんき》』には、具教はその朝、寝巻きのまま座って火燵に当たっていたと記録されている。

「お逃げくださりませ」

駆け込んできたのは、具教の六女、凛《りん》である。

――三瀬御所に最後に会《お》うたのは何年前か。

凜が田丸城で夫の信雄にそう訊《き》かれたのは数日前のことだ。普段は奥にも寄り付かぬ夫がそんな言葉をかけてきた。凜は即座に意を決し、侍女《じじょ》に不在を洩《も》らすなと言い含めるや、その夜、城を抜け出て六里の道を行き三瀬谷へと駆け込んでいた。

「凜よ」

具教は、今年十六になった娘に火燵で手をあぶりながら微笑《ほほえ》みかけた。

「わしは会うぞ、お前の夫《つま》に」

「父上」

具教とてむざと斬《き》られるつもりはない。掌《たなごころ》の暖《だん》を奪われまいとしているのはそのためだ。

「その前に」

具教は、背後の違《ちが》い棚《だな》に無造作《むぞうさ》に置かれた小箱に手を伸ばした。箱を開け、中から小さな茶入《ちゃい》れを取り出した。

「小茄子《こなす》じゃ」

北畠家秘蔵の名器である。

信雄を含めて十代に亘《わた》って伊勢に威を張った名家だけに蓄えた名物も多かった。現存する「国司茄子《こくしなす》」などがよく知られているが、この小茄子もまた国司茄子に並ぶとも言われた名物中の名物であった。

「一城に値《あたい》するとも一万貫《まんがん》に値するとも称された当家秘蔵の名器じゃ。無事ここから落ち延び、これを守り抜いてくれ」

そう言うと、具教は凜に小茄子を手渡した。

娘を逃がす口実《こうじつ》に過ぎない。だが父の想《おも》いは充分に娘に通じた。凜は素早くうなずくと振り返ることなく座敷を出た。

（あんなところにありやがったのかよ）

と、眼前で繰り広げられた父と娘の別れに無感動な若者がいる。

具教の座敷にではない。天井裏に若者はいた。今年十九になる伊賀国《いがのくに》（現在の三重県北西部）阿拝郡《あやのぐん》河合郷石川村の生まれの文吾《ぶんご》、のちに生まれた村の名を取って石川五右衛門《ごえもん》と名乗る男である。

（どうしようか）

姫の持つ小茄子を追うべきか、このまま北畠具教の最期を見届けるべきか。

どちらも主《しゅう》である伊賀国喰代《ほうじろ》の地侍《じざむらい》、百地三太夫《ももちさんだゆう》から命ぜられていることだった。

朋輩《ほうばい》の下人《げにん》と共に三瀬谷に潜入したが、その下人は館の外で百姓にでも扮《ふん》しているはずだ。

だが、文吾の黙考も早々と終わりを告げた。家士《かし》に案内されて、廊下を来る数人の男たちの足音が響いてきたのだ。

(――三人か)

文吾は足音を数え誤った。

一人の足音はやたらと無遠慮だ。残りの二人は足の裏をほとんど上下させず、上体を揺らすことなく歩みを進めている。若い文吾にも、この歩みの主がよほどの武技の持ち主であることが分かった。

長野左京亮は日置大膳と同様、足の裏を滑らすかのごとき歩の進め方で信雄に従った。

「御免」

信雄が、無遠慮な足音を立てながら具教のいる座敷の次の間へと乗り込み、左京亮らも続いた。

(また気味の悪い術を)

左京亮は、後方を窺《うかが》いながら舌打ちした。後ろに続く柘植三郎左衛門のことだ。三郎左衛門は、どういう仕組みか足音を一切立てることなく三人の最後尾を付いてきていた。

「信雄殿、久方《ひさかた》ぶりじゃな」

具教が相変わらず火燵で手をあぶりながら声をかけた。愛用の太刀は左側に横たえている。

「ああ」

ぞんざいに返事をすると、信雄は三人の武者を後ろに控えさせ、横柄《おうへい》な調子で胡坐《あぐら》をかいた。

「我が北畠家に参って何年になった」

「我が父に負けた年を忘れたわけではあるまい」

信雄は皮肉な笑いを具教に向けた。

(負けたわけではない)

左京亮は、伊勢の南部で勃発《ぼっぱつ》した激戦をおもった。

数年前に信長と具教が激突した大河内《おかわち》合戦のことである。

当時、岐阜城を押えた信長は、伊勢への侵攻を開始、その後一年ごとに伊勢の北部、中部を勢力下に収め、北畠家の本拠である伊勢南部に迫っていた。具教は、大河内城に一万ほどの兵とともに籠《こも》り、五万とも七万ともいわれる信長の大軍を迎え撃った。

これが大河内合戦である。

大膳と左京亮も、具教とともに大河内城に籠った。

「日置大膳亮、長野左京亮以下の諸侍、槍《やり》を提《ひっさ》げ、太刀を振り、打《う》ち出《い》でて合戦に及び、各々高名《おのおのこうみょう》を極《きわ》む」

『勢州軍記』によると、大膳と左京亮はたびたび城を打って出て、信長の軍勢を大いに悩ませたという。

具教もまた士卒《しそつ》の心をよく捉《とら》えた主君であった。籠城《ろうじょう》初日から兵たちと同じものを食し、信長の兵糧攻《ひょうろうぜ》めを士卒とともに耐えた。

具教は五十日もの間、信長勢の猛攻に耐えたが、最終的には信長の次男、信雄（当時茶筅丸《ちゃせんまる》）を北畠家の養子に入れる条件を呑《の》み、両者は和睦《わぼく》した。

――是《こ》れ、人質を取るにあり。

当時の北畠家は、そう解釈した。だが信長の勢力が拡大するにつれ、具教は、北畠家の家督《かとく》と国司の職が、息子の具房《ともふさ》から信雄へ移るのを認めざるを得なくなっていた。そしてまた北畠家の家臣らも、信雄つまり織田家に従うことを余儀《よぎ》なくされた。

（北畠家は決して大河内合戦に負けたのではない）

左京亮はそう心の内で繰り返した。だが、

（後のことを考えれば、あの時負けは決していたのだ）

いまとなっては、あの時が北畠家滅亡の始まりだったのだと痛いほどに知っている。

具教もそのことを熟知していた。

「左様《さよう》、信長に負けたおかげでお前のような養子に北畠家の家督を奪われる羽目《はめ》にもなった」

そう言うと、具教は信雄の後ろから無礼にも激しい視線を向けてくる男に声をかけた。

「柘植三郎左衛門。おのれがこの場に来るのは承知しておったわ」

「は」

左京亮が横目で見ると、慇懃《いんぎん》なはずの三郎左衛門が、見たこともないような怒りの目で具教を見据えていた。

（――そうだったか）

理由は左京亮も知っている。

三郎左衛門は北畠家の一族に当たる木造家《こつくりけ》の家老であった。木造家はいち早く信長に寝返り、伊勢への侵攻を手引きしたが、この木造家の寝返りを推《お》し進めたのが三郎左衛門だった。

木造家の裏切りが判明するや、具教は木造城を包囲し、三郎左衛門が具教に差し出していた人質を殺した。九歳の娘と妻である。

まず娘が殺された。処刑の直前、娘は母に向かい、「来世《らいせ》でまた会いましょうね」と声をかけた。処刑する側もこれには落涙《らくるい》しない者はなかったという。

娘は縄をもって縊《くび》り殺された後、串刺《くしざ》しにされ、三郎左衛門が籠る木造城に向けてさらされた。妻も同様に処分された。

――おのれ。

自らが招いたことといいながら、木造城から妻子の骸《むくろ》を見た三郎左衛門は具教を大いに憎んだ。

「乱世の習いじゃ」

具教は三郎左衛門の視線の意味を察しながらもそう言い切った。次いで大膳の巨躯《きょく》に目を向けた。

「しかし日置大膳、わしとともに大河内の城に籠った一騎当千の武者がここに現れるとはな」

大膳は顔を伏せたままである。

（顔をあげろ）

左京亮は、具教の威に打たれたかにみえる大膳を心の内で叱咤《しった》した。

（お前が威に打たれるべきは三瀬御所ではない。信雄様だ）

「恐れながら一国を治める器量《きりょう》なき者滅するは乱世の習いと某《それがし》は心得《こころえ》申す」

とっさに左京亮は、大膳に代わって返答した。

無理に言い返しているのではない。強き者だけが生き残る。乱世の生き方を是《ぜ》とするこの男の衒《てら》いのない答えであった。

具教はそんな左京亮を嫌いではない。にやりと笑って言った。

「我常に、己《おのれ》、此《こ》の如《ごと》きの逆心《ぎゃくしん》を為《な》さん者と思ひしなり」（『勢州軍記』）

わしは、お前がこのような逆心を為す奴《やつ》だと日頃から思っておったわ。具教もまた乱世にふさわしい男であった。命のやり取りをするであろう場において、この元国司は、左京亮をからかうように言葉を発した。次いで、

「信雄よ、七年前だ。おのれが当家に参ったは。その時よりこの日の来るのをわしは承知しておった」

大河内合戦が起きたのは、七年前の永禄《えいろく》十二年である。負け惜《お》しみだろうか、具教はそんなことを言うと、四人を順繰《じゅんぐ》りに見渡し、

「で、いつ始めるのかね」

「左京亮」

信雄が叫ぶや、「応」と左京亮は弾《はじ》かれたように立ち上がった。背丈こそ小さいが渾身《こんしん》が力そのもののような肉体は、火の玉のごとく具教のいる座敷へと突進した。敷居《しきい》を越えながら長押《なげし》に掛かった具教の槍を取るや、

「参る」

一言叫んで槍を繰《く》り込《こ》んだ。

具教は座《ざ》したままである。

「腕を見せよ、左京亮」

突進する左京亮を見上げながら吠《ほ》えた。

「御免」

左京亮は最後に左足を勢いよく踏み込むや、一気に槍を繰り出した。

だが次の瞬間、槍の穂先《ほさき》は空を切っていた。具教は首をわずかに傾《かし》げ、槍を見事にかわしていたのだ。

それだけではない。

（なんと――）

左京亮は驚嘆《きょうたん》した。

具教は槍の穂先をかわす利那《せつな》、愛用の太刀を抜く手も見せず一閃《いっせん》させ、槍の穂先をスパリと断ち切っていた。

(三瀬御所はこれほどのお人であったか)

具教の太刀は再び鞘《さや》の中に収まっている。

「忘れたか」

具教は、左京亮に向かって不敵な笑みを向けた。

「この北畠具教は国司といえど、足利義輝公《よしてるこう》と同様、塚原卜伝《つかはらぼくでん》より刀術を授《さず》かった乱世の国司よ」

刀術を授かったどころではない。具教は塚原卜伝が開いた新当流《しんとうりゅう》の奥義《おうぎ》〝一《ひとつ》の太刀〟を唯《ただ》一人授けられた男でもあった。この奥義は、卜伝の家督を継いだ嫡男《ちゃくなん》、塚原彦四郎にさえ伝授されておらず、彦四郎が具教を騙《だま》してその奥義を知ろうとした逸話さえ残っている。

「三瀬御所、良き敵なり」

左京亮が大声を上げた。ここは武辺《ぶへん》好みの戦国の男である。敵であろうと強者に出会うのは喜ぶべきことであった。左京亮は槍の柄《え》だけを持ちながら、具教の良き武者《むしゃ》振《ぶ》りに笑顔さえ浮かべた。

だが、具教が再び太刀を一閃し、槍の柄をさらに短く切り放ったとき、それどころではなくなった。左京亮は小太刀《こだち》を抜きながら、転がるようにして座敷中を逃げた。

信雄は最前の余裕も吹き飛び、度を失っている。

「三郎左《さぶろうざ》、加勢《かせい》せよ」

悲鳴を上げるように柘植三郎左衛門に命じた。

「おのれごときが手を出すな」

左京亮は、具教の刀を掻《か》い潜《くぐ》りながら怒声を上げた。左京亮も大膳と同様、三郎左衛門をあからさまに見下《みくだ》していた。

三郎左衛門は、信雄に命ぜられたとて、左京亮にそう言われておめおめと加勢する男ではなかった。信雄を背に回すと、座敷の隅《すみ》へと移動した。

信雄は三郎左衛門に守られながら次に、

「大膳」

石のように固まった男の名を叫んだ。だが大膳は身動き一つしない。

「大膳、左京亮を救わぬか」

再び信雄が悲鳴のような声を上げたとき、大膳は石から武者へと為《な》り変った。

長い脛《すね》を前に突き出し、勢いよく右膝《みぎひざ》を立てるや、

「元の主《あるじ》など斬《き》れるか」

信雄に向かって怒鳴《どな》り上げた。この男が戦場で上げる雷鳴のごとき咆哮《ほうこう》である。

（やはり言いやがったか）

具教の太刀から逃げ回りながら、左京亮は観念した。左京亮はこの友の心の置き所を知りすぎるほどに知っている。

左京亮の知る大膳は、武者らしい清々《すがすが》しさを極端に好む男であった。そんな男が元の主を寄ってたかって切り刻むなど、できるはずがないではないか。

（だがお前はいま、信雄様の侍大将なのだぞ）

しかし、その信雄を大膳はまったく気に入らない。しかもその性根《しょうね》を隠そうともせず、これまでも事あるごとに新たな主に楯突《たてつ》いてきた。

（お前もこの三瀬御所のごとくなりたいか）

左京亮が何度諫《いさ》めても、大膳は耳を貸そうともしなかった。それどころか、元の主を亡《な》きものにしようとするぎりぎりの局面でまたも信雄に楯突いて見せた。

（この大馬鹿《おおばか》野郎）

立て膝のまま信雄を睨《にら》みつける大膳を、左京亮は心中でののしった。ここで不覚に

も袴《はかま》の裾《すそ》を踏みつけて転んだ。

（しまった）

見上げると、具教が太刀を上段に振りかぶりながら踏み込んでくる。しかし、具教の頭上には鴨居《かもい》が横たわっていた。

（これだ）

左京亮はとっさに刃を横たえ、刺突《しとつ》の体勢を取った。

長刀《ちょうとう》の不利である。鴨居に太刀が食い込めば、具教の胴を不憫《ふびん》ながら突く。が、卜伝仕込みの斬撃《ざんげき》は鴨居を叩《たた》き切り、さらには左京亮の小太刀までをも叩き落とした。

（何じゃと――）

無腰《むごし》となった左京亮は隅の柱にまで追い詰められた。

「左京亮、そこに直れ」

具教が、左京亮の真《ま》っ向《こう》から太刀を振り下ろさんとしたときである。

立て膝でいた大膳が長大な体軀を縮めるや、具教の横合いに向かって一気に跳躍した。具教の脇《わき》を跳び抜ける刹那、その横胴を脇差《わきざし》で薙《な》ぎ払った。

「大膳」

具教は怒号を発した。斬った体勢のまま再び石と化した大膳を、どうと蹴上《けあ》げた。大膳の巨軀は明かり障子《しょうじ》を破り、中庭へと吹っ飛んだ。

（そうか――）

左京亮は、大膳が三瀬谷までわざわざ来た理由をようやく悟った。大膳はむしろ討《う》っ手《て》の左京亮が苦戦に陥るであろうことを予見していたに違いない。

（――あいつは俺を救うために来たのだ）

左京亮は、中庭に飛び出した具教を目で追いながら息を入れた。次いで信雄と三郎左衛門とともに中庭に面した縁へと駆けた。

具教が大膳から受けた一撃はすでに致命傷であった。横腹の脂肪は深々と切り開かれ、肉も割れ腸まで見えていた。

具教は、落ち着いて自らの傷口に指を差し込むと早々《はやばや》と死を悟った。

「大膳よ、よう聞け」

平伏《へいふく》したまま動かない大膳だけに聞こえるよう小声で語りかけた。

意外な言葉だった。

「これより伊勢は名実ともに織田家のものとなる。大膳、おのれも家臣を持つ身ならば、その者どもの安寧《あんねい》のみを考えよ。今後は織田家とともに生きるのだ」

大膳は平伏したままさらに身を硬くした。

「わしは武者として死力を尽くした。おのれはそれに勝ったのだ」

具教は太刀を捨て、

「大膳、わしに止《とど》めを刺せ」

「いやだ」

大膳はこの大男らしからぬ無様《ぶざま》な体《てい》でこれを拒《こば》んだ。上体を起こすなり尻餅《しりもち》をつき、そのままの姿で後ずさった。

「止めを刺せ」

具教の叱咤に大膳は、「いやだ」と、ほとんど子供のように激しくかぶりを振り続けた。

「わからんか、大膳」

具教がそう言ったとき、具教の表情から力が失《う》せ、どっと大膳の巨軀に倒れこんできた。

みると、頸《くび》の後ろに伊賀者《いがもの》が好んで使う棒手裏剣《ぼうしゅりけん》が根元まで突き刺さっている。

(あの男、伊賀者だ)

と、目を見張ったのは、縁と庭とを見渡せる館《やかた》の屋根に移動して一部始終を見ていた文吾である。縁に並んでいた三人の男のうちの一人が、棒手裏剣を投げたのを見逃さなかった。

「柘植よ」

大膳が具教の遺骸《いがい》を脇に横たえながら、その男の名を呼んだ。怒りを孕《はら》んでいる。

「背後から旧主を襲うなど、忍びづれの血は争えんの」

――柘植は父祖《ふそ》元来《がんらい》、伊賀国住人弥平兵衛宗清《やひょうびょうえむねきよ》の末孫なり。

『勢州軍記』によると、柘植三郎左衛門の出自《しゅつじ》は伊賀である。伊賀国住人弥平兵衛宗清とは、平安末期に源頼朝《みなもとのよりとも》の助命に尽力した平《たいらの》宗清のことで、三郎左衛門はこの宗清の遠い子孫であった。柘植氏は多数の伊賀忍者を抱える地侍で、三郎左衛門の時代に伊勢へと渡り、前出の木造氏に仕《つか》えたという。

大膳が左京亮とともに三郎左衛門をあからさまに見下していたのは、この男が伊賀者だったからだ。

――夢だに義理と云《い》ふことを知らざるが故《ゆえ》に、武士の風俗猶以《なおもっ》て用ひられざるなり。

武田《たけだ》信玄《しんげん》も愛読したと伝えられる諸国の風俗人情を記した『人国記《じんこくき》』の伊賀国の項に、こんな一節がある。

いわば戦国期の伊賀者は「武士以下あるいは以外の者」と見なされていた。大膳と左京亮もまた同様の評価を伊賀者に対して下していたに過ぎない。

だが不思議なことに信雄の父信長は、この三郎左衛門を大いに気に入ったらしい。わざわざ信雄（当時茶筅丸）の重臣に任じ、その後見《こうけん》を命じさえした。

（伊賀者がまじってやがったからか）

三郎左衛門が音もなく歩を進めることができたのはこのためだ。屋根の上の文吾が、人数を数え誤ったことに合点《がてん》がいったとき、

「控《ひか》えろ、大膳」

縁にいた信雄が金切り声をあげた。

大股《おおまた》で三郎左衛門へと迫る長身の大膳に、「控えろと申しておる」と繰り返しわめいた。

「やかましい」

怒号を上げた大膳は、三郎左衛門を見据えつつ、止まる素振りも見せない。

大膳は、炎の前立《まえだて》の兜《かぶと》と朱漆塗《しゅうるしぬ》りの甲冑《かっちゅう》を戦場では好んで用いた。その全身朱の装《よそお》いを見た敵は、算を乱して逃げ惑った。だが、そんな大膳に対しても三郎左衛門は、臆《おく》する様子も見せず、そっと袂《たもと》に手を入れた。

そこに天が崩れ落ちたかとも聞き紛《まが》うような凄《すさ》まじい銃声が轟《とどろ》いた。

（なんじゃ）

文吾は頭上を見上げた。ただごとではない。数百丁はあるだろう。屋根を蹴ると宙へと舞った。

中庭では、信雄がとっさに屋内へと駆け戻り、玄関へと向かっていた。三郎左衛門と左京亮も従った。

「大膳、遅れを取るな」

左京亮がふり向きざま、声をかけた。だが、大膳は気にも留めず具教の遺骸を抱え上げ、座敷の中へと歩みを進めていた。遺骸を安置するつもりなのだろう。

――信雄の狂騒につきあってられるか。

そんな調子であった。

このの ち具教の首級《しるし》は、家臣の芝山秀時が持ち去り、三瀬谷の北方を流れる櫛田川《くしだがわ》近くの山中に葬《ほうむ》った。現在、「北畠具教卿《きょう》首塚」とされる場所がそれだ。

玄関前の白洲《しらす》には、数十の屍骸《しがい》が転がっている。信雄らが率いてきた手勢が始末した具教の側近たちだ。玄関から飛び出した信雄は、骸《むくろ》に目もくれず手勢らの群がる門のところへと駆け寄った。

「どけっ」

兵らを掻き分け、最前列に出た。

館の敷地は山の裾に位置する。そこから門外の集落を一望することができた。見ると田畑の中に屋敷が点在する集落では、数百丁の鉄砲が始末したであろう屍骸が転がり、その先に軍勢が充満しているではないか。

（――あれは）

信雄の顔からみるみる血の気が引いた。

（あの永楽銭《えいらくせん》の幟旗《のぼりばた》――）

「父上じゃ、何故《なにゆえ》父上が伊勢に来る」

軍勢の中央が割れ一本道ができると、一騎の騎馬武者が側近数人とともにこちらに向ってくる。あの無茶な馬の飛ばし方は、明らかに父織田信長のものだ。

太田牛一《ぎゅういち》が記した『信長公記《しんちょうこうき》』によると、信長は具教の死のおよそ二十日まえに上洛《じょうらく》し、四日前には内大臣に進んだ。御礼として朝廷に黄金二百枚、沈香《じんこう》、巻物などを献上、返礼として御衣《みけし》を拝領したという。

「御面目《ごめんぼく》の次第、これに過ぐべからず」

と、牛一は主人信長の栄誉を書き留めている。

が、信長はこの裏で、伊勢国の完全掌握《しょうあく》を画策《かくさく》していた。

北畠具教だけではない。その一族の抹殺を信長は密《ひそ》かに命じていたのだ。

具教が暗殺された同日、信雄の居城である田丸城下に居を定められていた具教の次男具藤《ともふじ》、三男親成、および具教の長女小阪《おさか》の前《まえ》の婿《むこ》、坂内兵庫頭《さかないひょうごのかみ》が、朝餉《あさげ》の饗応《きょうおう》と称して城に呼ばれ、殺された。具教の親戚《しんせき》筋に当たる大河内《おかわち》教通も同じ田丸城下に居を構えていたが、病のため屋敷にいたところを見舞と騙《かた》った者に殺された。

これも具教の親戚筋に当たる坂内具信の場合は悲惨に尽きる。同じく田丸城下に住んでいたが、いち早く田丸城下の騒動を察知し屋敷を固めた。が、信雄方の手勢が屋敷を囲むや、屋敷に籠《こも》った具信の家臣らは命惜しさの余り寝返った。押し包むようにして具信を殺し、その首をもって屋敷から出て降参したのだ。『勢州軍記』によると、北畠一族十三人が同日のうちに殺されたという。

信雄は、馬上のまま三瀬館の門をくぐってくる信長を、片膝をついて待った。

「あほうな奴《やつ》らよ、いまだ北畠に臣従《しんじゅう》を誓うか」

信雄の頭上から信長の鋭い声が飛んできた。白洲の屍骸を見つけて言ったのだろう。

(父上、信雄は役目を果たし申した)

信雄は顔を伏せ、無言のまま労《ねぎら》いの言葉を待った。

だが発せられたのは、別の男の名であった。

「柘植か」

信長は懐《なつ》かしげな声を上げた。もっとも信長が三郎左衛門に会うのは、信雄も伊勢兵を率いて参陣した昨年の越前一向一揆《えちぜんいっこういっき》攻め以来で、懐かしげな声を上げるほどではない。信長はそれでも、「伊勢者のごとく見えおる」と、からかうような親しみ深さえみせた。

三郎左衛門はそれに阿諛追従《あゆついしょう》するような男ではなかった。「は」と一言、慇懃《いんぎん》に答えただけで一層、頭を低くした。

（次か――）

信雄は小さく息を吸って身構えた。

「長野左京亮、自慢の大太刀はいかがした」

信長は次に左京亮の名を呼んだ。

左京亮もまた、信長公御存知《ごぞんじ》の者、である。大河内城が開城した際、信長たっての希望で大膳とともに拝謁《はいえつ》した。

「座敷では無用の長物にございますれば」

かつての敵の総大将に左京亮は答えた。

（なぜなのだ）

信雄は急速に沈んでいく自らを感じていた。

すると、

「三介《さんすけ》よ」

と、信長が自らの名を呼ぶではないか。三介は信雄の通称である。

「は」

信雄は勢いよく顔を上げた。

「あれは何だ」

信長は信雄の背後を指し示した。

後ろを振り向くと、女がいた。具教の娘で我が妻、凛だ。平伏していた家臣たちもこの娘の出現にこの瞬間まで気づかなかった。

「おのれ、田丸城からいつここに来たのだ」

「ようも」

凛は叫んだ。

「ようも、父上を」

懐剣《かいけん》を抜くなり、信雄に向かってきた。

「戯《たわ》け」

信雄はとっさに立ち上がり、逃げた。

平伏していた家臣らは卒然《そつぜん》として立ち上がった。

「大ぬる山め」と叫ぶや、爆笑したのは信長である。

『常山紀談《じょうざんきだん》』によると、信長は不覚の者をそう呼んで虚仮《こけ》にしたという。

「大ぬる山」と呼ばれた信雄も、その意味は熟知している。

「誰も手を出すな」

ほとんど逆上しながら脇差《わきざし》を抜くと、凜に駆け寄った。身を避けようとした凜は、

このときようやく白洲に出てきた大膳に突き当たった。

「大膳、そいつを抑えろ」

信雄は命じた。

大膳は信雄をじろりと一瞥《いちべつ》するや、凜に当て身を食らわせ、

「連れて行け」

と、気を失った凜を兵に預け、館の方へと逃がした。

「おのれ大膳」

信雄がさらに激昂《げっこう》したときである。館の外から、「申し上げまする」と家臣の一人

が駆け込んできた。「館より逃げ去る怪しき者のあった様子にござりまする」

館の外では数発の銃声さえ聞こえてくる。

信長は高笑いを収め、馬を下りると門前まで身を進めた。

門外を観望すると、軍勢が尽きた先のあぜ道を二人の男が逃げ去っている。

異様な速さである。

逃走する二人を追って軍勢から騎馬数騎も飛び出した。

あぜ道を逃げているのは文吾と朋輩《ほうばい》の伊賀者である。背後から銃声が聞こえてきた。

(種子島《たねがしま》がここまで届くかよ)

文吾はほくそ笑んだ。すでに軍勢は相当引き離したはずだ。振り向くと騎馬武者が急速に迫ってくるのが見えた。

(ちっ)

文吾は駆けつつ頭に手をやり、髷《まげ》の辺りを探った。手元に現れたのは、数個の鉄菱《てつびし》である。

(高いんだぞ、これ)

撒《ま》き菱《びし》には、菱の実や竹を材料とした天然素材のものと鉄製のものとがあるが、値が張るのは鉄製の鉄菱である。

文吾は内心、舌打ちしながら鉄菱を後方にばら撒《ま》いた。鉄菱は迫る馬の蹄底《ていてい》を貫《つらぬ》き、馬は轟音《ごうおん》を立てて頭から地面に激突した。

「伊賀者か」

と、つぶやいたのは信長である。土煙を立てて一掃される騎馬武者たちに目をやったまま、

「日置大膳」

その名を大音声《だいおんじょう》で呼んだ。

「応」

大膳は、信長の近くに進み出るや会釈《えしゃく》もせずに横に並び、門外を観望した。信長に並ぶと頭一つ背丈が高かった。

「大膳よ」

信長は前方に目を向けたまま、

「強弓《こわゆみ》を自在に操る天下一の武者よ。大河内攻めでも随分と我が軍を難儀させてくれたな」

大膳がもっとも得意とした武芸は弓術である。

この男は、二十一世紀の現在も小笠原《おがさわら》流とともに弓道界で隆盛を誇る日置流の射術を受け継いでいた。日置流の正統は、近江源氏《おうみげんじ》佐々木氏の一族、吉田家に受け継がれ、吉田流とも称されたが、この日置の名を冠する大膳にもその妙術は伝えられた。

「此度《こたび》はわしのために、あの伊賀者を射殺《いころ》してみせよ」

信長はそう言うと、側近が抱えていた重籐《しげとう》の弓を手に取り、大膳の胸に押し付けた。

「おのれのために安土《あづち》にて誂《あつら》えた五人張りの強弓じゃ」

強弓どころではない。五人張りといえば、遠く平安末期に九州を荒らしまわった伝説的武人、源為朝《みなもとのためとも》と同じ弓勢《ゆんぜい》（弓を引っ張る力）が必要である。

信長は源為朝に関心があったのだろうか。信長が家康に「徳川殿は源氏なれば」と、源為朝の使ったとされる鏃《やじり》を与えたという話が『常山紀談』に載っている。

――おまえに為朝の如《ごと》き武辺があるか。

信長はそう挑発したのだ。

こんな挑発に当時の武者はからきし弱い。必ず怒気を発して挑発に乗る。そして実力を証明しようとする余り、時には命まで投げ出した。大膳もまたそんな武者の典型であった。

大膳は信長の顔を睨《にら》むように見下ろすと、

「わしの矢を持ってこい」

自らの家臣を大声で呼ばわった。「御意《ぎょい》」と家臣は踵《きびす》を返した。

信雄はそんな父と大膳のやりとりを見ながら嫉妬《しっと》した。

(わしには大ぬる山の一言だけか)

家臣が矢を入れる箙《えびら》を持ってくると、大膳は一本の矢を引き抜いた。通常より二束《そく》(一束は指四本での一握りの長さ)以上も長い十六束の矢である。

先端の鏃も異様であった。

「鑿頭《のみがしら》か」

信長は珍しげな声を上げた。先端に鑿を付けたような矢なのだ。

辺りにいた者たちが、信長と大膳の周辺にさらに近付いてくる。後ろの者たちは大膳の妙技を見ようと身を乗り出した。

大膳は矢の筈《はず》を弓の弦《つる》へゆっくりと掛けた。

日置流射術の伝書《でんしょ》によれば、

——足踏みは家の土台の如し。

といい、大膳は伝書の如く大きく両足を開き、踏ん張った。

——引き込みたるときは、我が体を弓と弦と双方の真中へ押し込む心也《なり》。

弓を引いた。

常人には到底不可能な力技である。まわりで見ていた者はどよめきの声を上げた。みるみる弦が引かれ、弓と弦とで円が形作られたとき、大膳の身体《からだ》はその中心を為《な》していた。

鏃の先にどんどん小さくなっていく伊賀者が見えた。

――離《はなれ》は張弓《はりゆみ》の弦の切れて飛ぶがごとく、弓も知らず我も知らぬところ肝要《かんよう》也。

大膳の顔から表情が消えた。そのまま気を失ったかと周囲の者が息を呑《の》んだとき、空気を切り裂く颯音《さつおん》とともに矢が放たれた。鏨頭の矢はうなりを上げて獲物へと激走した。

「飛び降りるぞ」

叫んだのは文吾である。三瀬館の門を出てひたすらまっすぐ走ると断崖《だんがい》に突き当たり、その遥《はる》か下に宮川が見えてくる。文吾はそこへ飛び降りようというのだ。

文吾が朋輩をふり返った刹那《せつな》、鏨頭の矢が朋輩の右脚を付け根から切断した。それでも矢は走りを終えず、宮川を隔てた向こう側の断崖の岩へと突き立った。

「なんじゃ、ありゃ」

文吾は、悲鳴を上げる朋輩をよそに、青ざめて三瀬館の方を見た。あんなところから矢は飛んできたというのか。

「文吾」

朋輩が悲鳴の間から文吾に手を伸ばした。「わしも連れていってくれ」

「冗談だろう」

文吾は冷ややかな顔でそう返した。

「伊賀まで肩を貸してくれ、頼む」

「お前が俺なら連れていくか」

文吾は鼻で笑った。

文吾が変なのではない。伊賀者全体がこうであった。誰を犠牲《ぎせい》にしてでも自分の命だけは大事にする。これが文吾をはじめ、夢だに義理ということを知らぬ伊賀者が共有する「常識」であった。

朋輩もそんな伊賀者の一員である。文吾の言葉を聞くと、諦《あきら》めたように伸ばした手を地面におろした。同時にその首が素《す》っ飛《と》んだ。二本目の矢が切断したのだ。

「どんな弓なんだよ」

文吾は首をすくめると、断崖を飛び降りた。宮川は伊勢大神宮の方向に流れている。伊賀とは真逆だ。途中で川から上がって伊賀へと引き返さねばならない。

「なぜやめる」

信長は、弓を下ろした大膳に前方を向いたまま問うていた。いま一人の伊賀者を射殺す間はあったはずである。

「腕は見せた。弱き者をなぶるは御免蒙《ごめんこうむ》る」

こんなところ、大膳は見境《みさかい》のない男であった。腹立ちまぎれに信長に向かってさえこんな口をきいた。息が止まるほどに驚いたのは左京亮だ。左京亮だけではない。この場の誰もが凍りついた。

が、信長は意外にも、

「愉快《ゆかい》な奴《やつ》じゃ」

にやりと笑った。信長は家臣の好悪《こうお》に峻烈《しゅんれつ》ではあったが、大膳のごとき直情《ちょくじょう》の男を好む癖《へき》があった。

「よいか」

信長は、兵どもに向き直ると辺りに響き渡るほどの大声を上げた。

「隣国伊賀には容易なことでは手を出してはならん。虎狼《ころう》の族《やから》が潜《ひそ》む秘蔵の国と心得《こころえ》よ」

言うまでもなく、伊賀は伊勢の隣国である。それどころか遠い昔は伊勢国の一部でさえあった。しかし、信長は伊勢の完全掌握に至ったいまも、伊賀には手を出すなと命じたのだ。

伊賀が国境を接しているのは伊勢だけではない。この時期すでに信長は、伊賀に国境を接する近江国(現在の滋賀県)、大和国(現在の奈良県)をも制圧しているが、これまでも伊賀には決して攻め入ろうとはしなかった。

信長は伊賀を攻めるについて、過剰なまでに慎重であった。

第二章

一

伊賀国《いがのくに》は、四方を山々に囲まれた上野盆地を中心とする一帯を領域としていた。東で国境を接する伊勢国《いせのくに》に対しては、鈴鹿《すずか》山脈から布引《ぬのびき》山地に至る南北に連《つら》なる山々が衝立《ついたて》のごとき役割を果している。

藤堂元甫《とうどうげんぽ》が江戸期に編纂《へんさん》した『三国地誌』によると、伊賀国の境域《きょういき》は「東西九八里余、南北凡拾里余《およそじゅうりよ》」とされる。石高《こくだか》は十万石程度だったという。小国である。

この小国の中に現在確認されているだけでも、六百三十四箇所の中世城館が存在していたという。さらに未確認のものが二百三十四箇所あるらしい。どこまでが同時期に活用されていたか定かではないが、合計八百六十八箇所の城館が伊賀国の中でひしめいていたことになる。

異常な数である。

『勢州軍記《せいしゅうぐんき》』には、戦国期に伊賀の地侍《じざむらい》は六十六人いたとされている。この六十六人が八百超の中世城館を有《ゆう》していたのかどうか。

この六十六人の地侍どもがどの程度の数の城館を有していたかはともあれ、こんな異常な数の要害を築くのには理由があった。

江戸初期に菊岡如幻《きくおかにょげん》が伊賀国での戦乱について記した『伊乱記《いらんき》』によれば、鎌倉幕《かまくら》府滅亡以降、伊賀国は二百四十年近くの間、守護が不在も同然であったのだという。守護自体はいるにはいたが、統《す》べ治《おさ》めていたとは言えず、実際、地侍によって伊賀から叩《たた》き出された守護もいた。

他国では戦国大名が生まれ、より広範囲の地域を支配する勢力が出てきていた時代である。しかし、伊賀では小領主（地侍）が乱立し、しかもそれぞれが極めて仲が悪かった。このような情勢の中、異常な数の中世城館が築かれ、同時に互いを討ち果たす忍びの術が磨《みが》かれていった。

「国士《こくし》邪勇《じゃゆう》につのり、無道《むどう》の我意《がい》を行なひ（中略）其《そ》の身の分限《ぶげん》を忘れて、無上の奢《おごり》を極め、（中略）親子連枝《れんし》の好《よしみ》をも憚《はばか》らず、乱逆をなし、日夜討伐《とうばつ》をのみ之《こ》れ事とす」

『伊乱記』には、戦国期の伊賀の状況がこんなふうに記されている。

地侍たちは頭を抑《おさ》える大勢力がいないのをいいことに、我を張り合い、親子親戚《しんせき》も関係なく互いが互いをやっつけようとしていたのだという。

同書には地侍たちが巻き起こした戦《いくさ》（というより喧嘩刃傷沙汰《けんかにんじょうざた》）も記されているが、いずれも喧嘩の理由は取るに足らない些細《ささい》なものだ。

三瀬館《みせやかた》を脱出した文吾《ぶんご》が伊賀に向かって布引の山中を駆け登っていたこの日も、そんな伊賀の日常が繰り返されていた。

伊賀国名張郡比奈知郷上比奈知《ひなちごうかみひなち》の下山甲斐《しもやまかい》の砦《とりで》を、百地三太夫《ももちさんだゆう》配下の下人《げにん》三十人程度が攻め立てていた。戦といっても地侍同士のそれである。小競《こぜ》り合《あ》いという方が相応《ふさわ》しい。

（なんのための戦だ）

下山砦の郭内《かくない》では、下山甲斐の嫡男《ちゃくなん》、平兵衛《へいべえ》が館の縁に腰を下ろしたまま、苦い顔で土塁《どるい》の方を見上げていた。

土塁の際《きわ》では、父の下山甲斐が半身を砦の外に晒《さら》しながら、「弾《たま》を込めよ、矢を絶やすな」などと下人どもを叱咤《しった》している。

（こんな小競り合いでも、命を落す者が必ずいるのじゃぞ）

平兵衛は、父の背中に心中《しんちゅう》で語りかけた。

一刻《いっとき》前のことである。父の甲斐は血相《けっそう》を変えて砦に戻ってくるなり、「戦じゃ」と喚《わめ》きだした。それから半刻もしないうちに、百地家の下人どもが砦を囲んだ。

（どうせ大した理由はないだろうに）

大したどころかこの戦に理由などはない。だが、この戦がのちに起こる大戦の発端《ほったん》になろうとは、平兵衛は当然思いも寄らなかった。

「兄者《あにじゃ》」

平兵衛の弟、次郎兵衛《じろべえ》が肩を怒らせながら館の縁のところにやってきた。

「打って出ようではないか。兄者とわしほどの腕があれば、百地家の下人なんぞ皆殺しにするのもわけないわ」

次郎兵衛は、柄《がら》の大きさにもかかわらず身のこなしが軽く、忍びの術にも長《た》けていた。とりわけ刀術では家中《かちゅう》の下人どものうちで誰もこの次郎兵衛に敵《かな》う者はなく、ともすれば嫡男平兵衛にも勝るのではないかとさえいわれていた。そしてなによりも殺《さつ》戮《りく》を好むところ、もっとも伊賀忍者らしい男といえた。一方で、殺戮を好むわりに下人を相手にしょっちゅう冗談を飛ばすような気のいい男でもあった。

（詰《つ》まるところ、根が単純なのだ）

平兵衛の見るところ、次郎兵衛のような気質は多くの伊賀者に共通するものだった。享楽的《きょうらくてき》で自己の欲望に正直なのである。

かといって平兵衛は次郎兵衛を嫌ってはいない。むしろこの愚《おろ》かな弟を愛してさえいた。

「次郎兵衛よ」

平兵衛は弟を諭《さと》すようにゆっくりと語りかけた。

「敵の者とて親もおれば子もおる。人なのだぞ。むやみに殺してよいということはない」

平兵衛は変な男であった。ただし、伊賀者としては、である。

討伐と殺戮を好む伊賀者に他人を思いやる者など皆無《かいむ》といっていい。人を騙《だま》し、出し抜くことを至上とする伊賀忍者の巣窟《そうくつ》で、平兵衛のような男は「変人」でしかなかった。

次郎兵衛は伊賀における「常識人」である。

「おかしなことというなあ、兄者は」

次郎兵衛は変人の顔を覗《のぞ》きこみ、まじまじと見つめた。

そこに異変が起こった。

館の縁の下から煙が上がったのだ。

「む」

平兵衛は縁から立ち上がると、太腿《だいたい》に着けた二刀に手を掛けた。

煙はたちまち砦一帯に広がった。

下山家の下人どもが目を細めて辺りを窺《うかが》ったとき、薄刃《うすば》のごとき手裏剣《しゅりけん》がその目をかすめた。一方からではない。四方八方から手裏剣は襲ってくる。

「砦が破られた。相当の人数じゃ」

煙に巻かれた下山家の下人どもは声を上げ、同士討ちさえ始めそうな勢いである。

平兵衛は、眼前をかすめた手裏剣をとっさに摑《つか》み取った。

(――これは)

八方手裏剣である。だが普通の手裏剣と異なり、極端に薄い。水に浮くかと思われるほどだ。しかも八方に突き出した刃がわずかに反《そ》り返っている。

(――あの男がいるのか)

平兵衛はわずかに顔色を変えた。

二

下山砦に煙が充満《じゅうまん》しつつあるころ、砦の外では百地三太夫配下の老忍者、木猿《きさる》が

「御屋形《おやかた》、そろそろ退《ひ》いたらどうじゃ」と、ぼやいていた。七十歳近い老体には立っているのさえ堪《こた》えるのか、立てた槍《やり》に身体《からだ》を預けたままでいる。

すでに下人が二人、狙撃《そげき》されて死んだ。無論、仲間の死を悼《いた》んでいるわけではない。伊賀国内では小作人《こさくにん》の位置にある下人どもが死ねば、余分に働かねばならなくなるのを木猿は案じている。

「もはや門は開く」

主《しゅう》の百地三太夫は、そう言って木猿に丸々と太った顔を向けた。そろそろ六十歳にもなろうというのに、自らが領有する伊賀国喰代《ほうじろ》の里で、この男だけは顔に脂《あぶら》を浮かせていた。

「ほれ、あれよ」

砦から立ち上る煙を指差した。

「無門《むもん》か」

木猿はとっさに声を上げた。

無門——。

百地家はおろか伊賀一国のうちでも「その腕絶人《ぜつじん》の域」と評された三太夫秘蔵の忍びである。他国の大名もこの男を雇うのに、三太夫に対して大金を支払った。

ただ、非常ななまけものである。腕が良いのをいいことに、主の三太夫の下知《げち》をこのところ断りさえしていた。

「あ奴《やつ》が戦に出たのか」

木猿が再び叫んだとき、砦の門が勢いよく開いて、煙とともに無門が姿を現した。

「けむ」

空堀《からぼり》に架《か》かった橋を渡りながら、無門は顔の前を手であおいだ。同時に砦の外から百地家の下人どもがどっと橋に押し寄せ、駆け渡ってきた。

「馬鹿《ばか》だなあ」

無門は橋の上ですれ違う味方に呼びかけた。薄ら笑いさえ浮かべている。

「何が馬鹿じゃい」

と、無門の薄ら笑いを咎《とが》める味方に、

「矢が飛んでくるに決まってるだろが」

言うと同時に、立ち込める煙から次々に矢が吐き出された。

突進していた百地家の下人どもに矢が次々に突き立つ。だが、どういう工夫があるのか、無門は砦の門に背を向けたまま、見ることもなく、背後から迫る矢をすいすいと避けた。しまいには後ろ手に矢を摑み取りさえした。

「だから言っただろが」

すでに屍骸《しがい》に変わった朋輩《ほうばい》に言い捨てながら矢を放り投げて砦を後《あと》にしようとしたところ、伊勢から帰った文吾が、三太夫の元にたどり着いた。

「御屋形、北畠具教《きたばたけとものり》が討《う》ち取られ申した」

「左様《さよう》か」

三太夫は砦の方を見つめたまま驚く様子も見せない。近くの下人を呼び、

「十二家評定衆《じゅうにけひょうじょうしゅう》に参集《さんしゅう》を掛けよ」と、命じた。

「俺は」

文吾はじれた様子で三太夫に顔を近づけた。のちに三太夫の若妻を寝取ったとの伝説もある男だから、女と見紛《みまが》うほどに美しい。そのためか、いまだ成人《おとこ》にならない子供のような顔に見えた。だが、この子供のような顔の若者もまた他の伊賀者と同様、討伐を好み殺戮を愛する者である。復命《ふくめい》が終わればとっととこの祭に加わりたい。

三太夫は顎《あご》で砦を示した。「行ってこい」

文吾が砦の橋に向かって駆けると、前方から無門がやってきた。すでに手甲《てっこう》をはずしにかかっている。戦闘に加わるつもりはないらしい。

「無門、また門を開けるだけか」

「刃傷沙汰なんて御免《ごめん》じゃ。わしの役目はこれで終わり。帰るよ」

無門はそう言いながら片頬《かたほお》だけで笑った。

（そうこなきゃな）

文吾は内心喜んだ。

無門はまったく関心ないものの、文吾は十も歳《とし》が上の無門を競争相手とみていたのだ。

「無門、来るんじゃねえぞ。俺の獲物が減るからな」

と、駆け違いざまに言い捨てていく文吾の背中に、無門が問いかけた。

「小茄子《こなす》は手に入れたか」

「偸盗《ちゅうとう》なんぞ、つまらん術使うかよ」

のちの大盗《だいとう》も、このときは盗みよりも殺しを愛した。無門に言い捨て、橋を駆け渡ると煙の中へと突入した。

文吾は門を抜けた途端《とたん》、足元に数個の惨殺《ざんさつ》死体が転がっているのを見つけた。見上げると、煙を巻いて巨躯《きょく》の男が姿を現した。

次郎兵衛である。文吾を認めるなり、八双《はっそう》に構えて襲い掛かってきた。

（こんなのに敵うわけねえだろが）

文吾は口ほどにもない。うわっ、と叫び声を上げるなり蜻蛉《とんぼ》を切って逃げた。

下山砦には、すでに百地家の下人、十数人が乱入している。

敵を求めて砦の中を駆け回るこの者どもの前に立ちはだかったのは、下山平兵衛である。

「平兵衛じゃ」

百地家の下人どもは、平兵衛を一斉に取り囲んだ。

平兵衛の技量は伊賀では周知のことだった。だが、この男はむやみに腕を見せることを好まなかったため、百地家の下人どもはさほどのことはなかろうと侮《あなど》った。

「このまま立ち去れ」

平兵衛は百地家の下人どもを手で制した。

「刀を引くのだ。いたずらに命を奪いとうはない」

百地家の下人どもの侮りは、一層確固たるものになった。こんな情けを伊賀者がかけるはずがない。

――こいつは弱いのだ。

百地家の下人どもは嬉々《きき》として刀を上げるや、一斉に振り下ろした。

（ちっ）

平兵衛は舌打ちすると、両の太腿に着けた二刀に手を掛けざま身を躍《おど》らせ、敵の前を駆け過ぎた。

平兵衛がもとの位置に戻ったとき、下人どもの刀がようやく振り下ろされた。

正確には、振り下ろされたのではない。地面に落ちた。地面に突き立った刀の柄《つか》を、下人どもの手首だけがしっかりと握っていた。

（だから言ったんだ）

平兵衛は、小手《こて》を斬《き》り落とされた敵どもの悲鳴を聞きながら苦い顔で二刀を収めた。

「じゃ、わしは家に帰りますんで」

呰を出た無門は、手甲を解き続けながら、百地三太夫に言った。

手の甲から肘《ひじ》までを覆《おお》う手甲を取ると、その内側に数枚の手裏剣が現れた。手甲だけではない。頭髪の中から衣類の中など、あらゆるところに無門は手裏剣を忍ばせていた。

無門が着用しているのは、所謂《いわゆる》忍び装束《しょうぞく》である。と言うが、そんな大層《たいそう》なものではない。

無門を含め、忍びの術を体得《たいとく》した下人どもは、いずれも普段は百地家の小作人にすぎない。忍び装束と呼ばれるものは彼らの戦闘服である一方、野良着《のらぎ》そのものであり日常着であった。無論、他国で人目に姿をさらす場合は忍び装束など着用しないが、自国での戦では、もっとも動きやすい忍び装束、すなわち野良着を身に纏《まと》った。

忍び装束の袴《はかま》が馬乗り袴のように裾《すそ》が窄《すぼ》まっているのは農作業のとき動きやすくするためであり、膝下《ひざした》から足首までを締め付ける脚絆《きゃはん》や手甲を着用するのも、ヒルや虫から足や手を守るためだった。装束全体が藍色《あいいろ》なのも現代のデニムと同様、毒蛇が藍《あい》染《ぞ》めを嫌うと言われているからだ。

「下山甲斐の次男、次郎兵衛を斬れ」

三太夫は、日常着に為《な》り変りつつある無門に命じた。

だが、無門はもう一方の手甲を解く手を止めようともしない。

「永楽銭《えいらくせん》三十文《もん》でどうじゃ」

三太夫は苦い顔で提案した。

だが、それでも無門は手を止めない。

「四十」

まだ止めない。

五十、六十と値は上がり、ついに三太夫が「百文」との声を上げたとき、
「ふむ」

唸《うな》るや、瞬時に無門は手甲を再び両の腕に巻きつけた。

「木猿、借りるぞ」

老忍者が身体の支えとしていた二間柄《にけんえ》の槍を奪い去り、砦《とりで》に向かって疾風《しっぷう》のごとく駆け出した。

駆けながら、砦の空堀《からぼり》に向かって槍を投げつけた。その間、無門は駆ける速さを緩《ゆる》めない。空堀の底に槍が真っ直ぐ突き立った瞬間、怪鳥のごとく宙に身を躍らせた。

――真ノ槍登リノ事。

江戸期に藤林保武《ふじばやしやすたけ》が伊賀と甲賀の忍術秘伝を集大成した『万川集海《ばんせんしゅうかい》』にはこの術がこんなふうに記されている。二間柄の槍を使って三間近くを登る術だという。宙に舞った無門は、槍の石突《いしづき》を足場にするなりさらに跳躍《ちょうやく》して、土塁の壁を一気に超越した。

「かっ」

木猿は半ば呆《あき》れ顔で言った。

「あの者の前に門は無しとはよう言うたもんじゃ」

若いころの木猿でも到底やれる術ではなかった。

無門は、地が揺《ゆ》らぐかと思うほどの勢いで、砦の中に降り立った。

煙は相当に薄くなっている。下山家の下人たちからも無門の姿はありありと見えた。

「無門じゃ」

下山家の下人たちは途端に騒然となった。

（やはり無門か）

戦の最中にもかかわらず、再び縁に腰を下ろしていた下山平兵衛も顔色を変えた。

（なぜだ）

手裏剣の形でもしやとは思ったが、無門はここのところ戦になど出ていなかったはずだ。

「ちっ」と、舌を打ったのは文吾である。次郎兵衛の刀を危《あや》うく受けながら、「無門の奴、来やがったのかよ」と顔をしかめた。

無門は、着地したまま辺りをゆったりと見回し、戦おうともしない。

取り巻いた下山家の下人どもも同様である。

（いや同じではない）

平兵衛は、無門が放つ戦慄《せんりつ》の磁力に舌を巻いた。

(我が下人どもは全く戦意を失っている)

「それよ、それ」

無門が戦にそぐわぬ呑気《のんき》な声を上げた。

「そんなんで頼む。なんせ二年ぶりに刀術を使うもんでな。あんまり危ないことはしとうない」

そのとき、「おい」と、館《やかた》の近くまで引っ込んでいた父の下山甲斐が次郎兵衛に向かって叫んだ。

顎《あご》で無門を示し、「討ち取れ」と命じた。

(馬鹿な)

平兵衛は耳を疑った。

「戦ってはならん。おのれの勝てる相手ではない」

平兵衛のこの一言が、むしろ次郎兵衛を駆り立てた。

「なにを」

次郎兵衛は怒声を上げるなり、なぶり殺しにしようとしていた文吾を蹴倒《けたお》した。

「小僧、武技を磨け」

文吾にそう言い捨てると、どっと無門に向かって突進した。

「無門」

叫びながら、八双に構えた。

呼ばれた無門は振り向いた。だが、身構えもせず、突進してくる次郎兵衛を興味なさげに見ているだけである。

「うむ」と次郎兵衛は一言唸るや、無門の頭めがけて刀を振り下ろした。それでも無門は迫る刀をぼんやりと見上げたまま、身動き一つしない。

——斬った。

次郎兵衛がそう確信した刹那《せつな》である。次郎兵衛の耳もとを疾風が駆け抜け、肩越しにぬっと顔が現れた。

「早いな」

感心したような無門の顔が、次郎兵衛の顔に並んでいる。次郎兵衛の背後に回っていた。

「おのれ」

次郎兵衛は振り向きざま、背後を横薙《よこな》ぎに払った。

が、土煙が立っているだけで、すでに無門の姿は消え去っている。

次郎兵衛は頭の天辺《てっぺん》を小さく突かれた。見上げると、無門が片手で倒立している。

「よっ」と、無門は片手で跳ね上がるなり、大きく距離を取った。

(——なぶられている)

平兵衛は怖気《おぞけ》立《だ》った。

次郎兵衛は次々に斬り込んでいくが、無門は上体だけでかわしている。それもほとんど目を閉じて眠ったかのような顔のままである。

(次郎兵衛が死ぬ)

棒立ちになっていた平兵衛はようやく我に返った。加勢しようと次郎兵衛のもとに駆け出したときには遅かった。

「誰じゃ、お前は」

ええ加減にせんか、というふうに無門が次郎兵衛に問いかけたのだ。

「下山甲斐が次男にて、平兵衛が弟、下山次郎兵衛」

「なんじゃ、お前か」

無門は残忍な笑みを浮かべた。次いで袴《はかま》の腰板《こしいた》に収めた二刀に手を掛けた。この男が好んで使った武具《ぶぐ》である。

この時代の男たちは、自らの好みに応じて武具を工夫した。何も定められた武具で戦わなければならないという決まりなどなかった。

それは槍《やり》や刀の長短に止まらない。淵本弥兵衛という武者は一丈《じょう》（三メートル余）もある四寸柱を振り回して戦ったという。さらには好みなどなく、武具すら持たずに戦場に出て、他人から武具を借りて働くといった男までいた。

無門の場合は——。

一尺にも満たない小刀《しょうとう》を使った。それも諸刃《もろは》の剣である。これを腰板に二刀を重ねるようにして横ざまに収めていた。

無門は後ろ手になって二刀に手を掛けた。手を掛けたまま次郎兵衛に向かって踏み込んだ。

瞬間、逆手《さかて》に抜いた二刀を、次郎兵衛の心臓と頸《くび》に刺し込んだ。

「けっ」無門と己《おのれ》との力量の差に嫉妬《しっと》したのは文吾である。

平兵衛は、「次郎兵衛」と叫んでその場に立ち竦《すく》んだ。

だが、砦の中の下人たちも無門の武技に唖然《あぜん》とする中、次郎兵衛の父であるはずの下山甲斐だけは、頬《ほお》に僅《わず》かな笑みを浮かべていた。

「じゃ、わしはこれで」

無門は、次郎兵衛の身体《からだ》から二刀を引き抜くと、仕事は終わったとばかりに砦を立ち去りかけた。

「おのれ、無門」

叫んだのは平兵衛である。両の太腿に着けた小刀に手を掛けながら無門に迫った。

無門もまた平兵衛の二刀を認めるなり、この下山家の嫡男《ちゃくなん》に向かって歩みを進めた。顔に小馬鹿《こばか》にしたような笑みが浮かんでいる。

――二刀かよ。

平兵衛には、無門がそんなふうに笑ったかに見えた。

無門と平兵衛はどちらも似たような体格をしていた。しなやかな細い体軀《たいく》は伊賀忍者に共通のものであったが、両者とも伊賀者にしては背丈のある方だった。歳《とし》も同じぐらいであろう。無門が平兵衛の呼びかけに応じたのは、そんなところが癇《かん》に障《さわ》ったからかも知れない。

(おのれ――)

平兵衛は、無門が間合いに入った瞬間、二刀を逆手に引き抜いた。同時に無門も抜いた。

刀がかち合う鋭い音とともに、両者の二刀は互いの心臓と頸の寸前で交差した。

無門はまだ馬鹿にしたように笑っている。

（こいつ――）

平兵衛はまたも胸と頸を狙《ねら》ったが、これも無門の二刀と触激《しょくげき》した。

無門はまだ笑っている。だが、平兵衛が両腕に力を込めたとき、無門の顔から笑みが消えた。

平兵衛はこんな場合の力の込め方を知っていた。腕の力を僅かに加え、瞬時に抜く。これを敵も気付かぬ玄妙さで繰り返す。このことで、刃は敵が気付かぬうちに徐々に徐々にと敵の身体へと近付いていく。

実を言えば、無門もまたこの技を使っていた。だが、伊賀者でこれを体得している者などいるはずがない。なぜならこれは無門が工夫した技だからだ。

――敵は、強い。

無門はようやく互角《ごかく》の技量と悟った。

悟った瞬間、無門は平兵衛のみぞおちを蹴上げた。平兵衛も同時に無門を蹴上げた。両者は地を掻《か》きながら二手に弾《はじ》き飛ばされ、三間ほど離れたところで再び二刀を構えた。

そこに、鐘《かね》がけたたましく鳴り響いた。

ただの鐘の音ではない。伊賀国中の鐘という鐘が叫び上げたかのような重奏である。

奇妙なのは鐘が鳴るなり、これまで刀を振るっていた下人たちが、ぴたりと戦いを停止してしまったことだ。無門と平兵衛もまた、戦闘を中断していた。

その場で棒のように立ちすくむ下人たちの間を縫って、下山甲斐が土塁に向かって悠々《ゆうゆう》と歩いていく。土塁の上に半身を現し、三太夫を認めるや、

「おおい三太夫よ、聞こえたか」

と、大声で呼びかけた。

「おう、十二家評定じゃ。戦はしまいじゃの」

三太夫も大声で返した。

鐘は、先に三太夫が下人に命じた十二家評定衆の参集の合図である。

この時期の伊賀国では、戦国大名が不在の中、六十六人の地侍たちの間で、「伊賀《いが》惣国一揆《そうこくいっき》」なる一種の同盟が結ばれていた。

この同盟の内容は、『伊賀惣国一揆掟書《おきてがき》』として明文化されている。

その第一条には、

「他国の者が当国(伊賀国)に入った際は、惣国一味同心してこれを防ぐこと」

と掲《かか》げられ、この一揆が純然たる軍事同盟であったことが示されている。六十六人の地侍たちは仲が悪かったにもかかわらず、伊賀国への侵略者に対しては一体となっ

て戦うべく気脈を通じていたのだ。

この六十六人の地侍から選出されたのが、「十二家評定衆」と呼ばれる十二人の地侍たちである。何度か改選され、天正四年のこの時期には、百地三太夫と下山甲斐も評定衆の一員となっていた。

鐘が鳴れば評定衆はいかなることがあろうとも、直《ただ》ちに会議所である平楽寺《へいらくじ》に参集することが定められている。

三太夫と甲斐が戦を中止し、下人たちも戦闘を停止したのはこのためであった。

三太夫が、「ともに平楽寺へ行かんか」と呼びかけると、甲斐もまた、「おう、ちと待ってくれ、すぐ出て行く」と、野良《のら》仕事に共に出かけるかのような気軽な返事をした。

――目的のためなら他人を出し抜き、人を殺すことなど屁《へ》とも思うな。

こんな生業《なりわい》を脈々と受け継いだ伊賀者たちは、他人の命を奪うことに感傷を抱かぬ代わりに、自らの命が狙われることもさほど深刻に受け止めなかった。

地侍たちの手足となって戦う下人、いわゆる忍者たちも同様であった。最前の戦を忘れたかのごとく敵と挨拶《あいさつ》さえ交《か》わしながら、ぞろぞろと砦を出て行きつつあった。

平兵衛も、こんな伊賀者の習性は熟知していたはずである。

（――だがな）

この変人は思った。

（弟が殺されたのだぞ）

「父上」

平兵衛は声を荒げた。

「我が子が殺されたのですぞ」

「何」

すでに馬に乗ろうとしていた甲斐は意外だという顔をした。

（なんだその面《つら》は）

平兵衛は、弟の死に何の感情も示さぬ父を危うく馬から引きずり下ろすところであった。

しかも、父がさらに続けた言葉は、平兵衛の心を逆撫《さかな》でするかのごときものだった。

「次男など下人に過ぎぬ。下人が死んで何をうろたえる」

嫡男は平兵衛である。平兵衛は下山家の当主となれば、小作人の下人どもを顎で使う立場となる。次男などは、忍びの術を仕込んで下人とするか、使い物にならなければ寺にでも入れてしまうのが、この土地の慣《なら》わしであった。

「馬鹿者が」

甲斐はそう吐き捨てると馬に乗った。

（なんだと――）

平兵衛は身体中の力が抜け果てる思いであった。

そんな平兵衛にさらに追い討ちをかける男がいた。

無門である。

「こいつ早かったなあ」

のどかな声を上げながら、平兵衛に歩み寄ってきたのだ。次郎兵衛のことを言っているらしい。

「寄るな」

平兵衛は怒気を発して二刀を構えた。

「何だよ」

無門は、飛び下がると、

「戦は終わりじゃぞ。変な奴《やつ》だなあ」

心底《しんそこ》解《げ》せない顔で、平兵衛に向かって首をかしげて見せた。

（こいつもそうか）

無門もまた、伊賀者の例外ではなかった。

興《きょう》をなくしたのか、無門は、門から出て行こうとしていた若者に、「文吾」と声をかけると、さっさと後を追って行ってしまった。

(なんという奴らだ。そして——)

平兵衛は、無門が笑いながら若者の背をばんばん叩《たた》いているのを見て思った。

(そして、わしは何という馬鹿者か。いまになって気付くとは)

「——この者どもは人間ではない」

平兵衛は小さくつぶやくと、手に持った二刀を握り締めた。

三

平楽寺は、現在の伊賀上野城址《じょうし》にあった真言派《しんごんは》の寺院である。鎮護《ちんご》国家を祈願する勅願所《ちょくがんしょ》で、後白河院《ごしらかわいん》の勅命により平清盛《たいらのきよもり》が伽藍《がらん》を修造したという。

「諸宇ノ伽藍有リ、寮三十六坊、寺領七百石」

と、菊岡如幻が江戸初期に伊賀国内の神社、仏閣、史蹟《しせき》などを踏査して記した『伊《い》水温故《すいうんご》』に記されており、相当な規模を有していたことがわかる。

この巨大な寺院が、後年その場所に城郭が築かれることからも分かるとおり、上野台地という要害の地に腰を据《す》えていた。築地塀《ついじべい》を周囲に巡《めぐ》らし一種、城塞《じょうさい》のごとき体《てい》をなしていたのだ。

この城塞のごとき平楽寺を十二家評定衆は会議所としていた。さらに、重大な議題の際には、評定衆以外の地侍たちも会合を開くため、会議所として寿福寺、大光寺も使ったという。

平楽寺の南に位置する夜叉門《やしゃもん》は二層閣に組み上げられ、朱《しゅ》をもって彩色していたので赤門と呼ばれた。

この赤門から百地三太夫は、無門ら下人を引き連れて平楽寺へと入った。下山甲斐もまた平兵衛らをともなって寺に入り、三太夫と二人連れ立って会議所である本堂へと引《ひ》き籠《こも》った。

十二人の地侍たち所有の下人どもは境内《けいだい》で待たされる。

その下人らにも、織田家が近江国《おうみのくに》、大和国に続いて伊勢国までをも制圧したことは知らされている。当然、切迫《せっぱく》した課題としてこのことは話題となった。

——伊勢の軍勢は攻めてくるのか。

課題はこのことではない。

「木猿よう」

百地家の下人が、その課題について朋輩《ほうばい》の老忍者に問いかけていた。

「伊勢が攻めてくるとなれば誰がわしらに銭を払う」

下人どもの関心事はこれしかない。

下人たちは小作の収入だけでは食えない。このため、他国の大名に雇われ、諜報《ちょうほう》暗殺などを金で請負《うけお》い、生活の足しにした。無論大半は元締《もとじめ》となる地侍どもの懐《ふところ》に収まるのだが、それでも下人どもには欠くことのできない収入源であった。

ところが伊勢の軍勢が伊賀に攻め入るとなれば、雇い先はないということになる。

「伊賀国を守る戦には誰が銭を払《はろ》うてくれるのじゃ」

木猿に問うた下人は重ねて訊《き》いた。

「御屋形が払うんじゃねえか」

数間《すうけん》先の的に手裏剣を投げながら、文吾が口を挟《はさ》んだ。

『伊乱記』によると、平楽寺は下人どもの武技の稽古場《けいこば》でもあった。忍者どもは朝四時ごろに起床して午前中は野良仕事をし、午後からは平楽寺で惻隠術《そくいんじゅつ》などの稽古を行ったという。

「忍びとも思えんお人よしだねえ、文吾は。百地のおやじが払うわけねえだろ」

無門が懐を探って手裏剣を取り出しながら鼻で笑った。

「ただ働きさ」

そう言うと、薄刃のごとき八方手裏剣を投げた。

手裏剣を投げることを「打つ」という。無門は手裏剣を縦にして打った。だが、的とはまるで違うあさっての方向に手裏剣は飛んでいく。

下人たちが幾度も目撃している技である。だが、何度見ても驚かざるを得ない。一枚であるかに見えた手裏剣は、空中で数枚に分かれ、さらにはそのことごとくが大きく旋回《せんかい》し、的に向かって殺到していったのだ。

八方手裏剣はすべて的の中心に突き立った。下山砦《しもやまとりで》で四方八方から襲い掛かった手裏剣の技がこれである。

「教えろよ」

文吾が無門に詰め寄った。

「馬鹿野郎、この技で飯食ってんだ、教えるわけねえだろ」

無門はそう言うが、別段の秘訣《ひけつ》はない。八方の刃が反り返った薄刃の手裏剣は、縦に投げると普通であれば空気の抵抗により投げた人間のところに戻ってくる。その軌道上に的が来るよう投げているに過ぎない。

文吾が無門の返答に憮然《ぶぜん》としたとき、本堂の扉が開いて十二家評定衆の地侍たちがぞろぞろと外の廊へと出てきた。

下人たちは一斉に平伏してそれに応《こた》えた。

「十二家評定の衆議が決した」

代表して三太夫が声を上げた。

「織田家を敵に廻《まわ》さば、即《すなわ》ち国を滅ぼす。されば伊勢を織田家が押さえた今、十二家評定衆は、織田家の軍門に降《くだ》る」

下人たちは、平伏しながらどよめいた。

——国を売るのか。

そんなしおらしいどよめきではない。

——織田家はちゃんと銭を寄越《よこ》すのか。

こんな目先のことを案じたどよめきである。

『伊乱記』には、死んだ北畠具教がかつて伊賀者をこう評したと記されているが、そ

「奇怪《きかい》の痴《し》れ者」

れは伊賀者が銭に異常な執着をみせるからでもあった。

無門は、先ほど木猿に問いかけた下人に、

「よかったな、まずはただ働きが流れてよ」

言い捨てると、皆が平伏する中、一人立ち上がってさっさと赤門から出て行ってしまった。

「無門ではないか」

本堂外の廊で、十二家評定衆の一人、阿拝郡三田郷音羽《あやのぐんみたごうおとわ》に本拠を置く音羽半六が、

「奴には甘いの、三太夫殿も」と、なぶるような笑みを三太夫に向けた。

実際、三太夫は、さっさとその場を立ち去る無門を咎《とが》めもしない。半六が揶揄《やゆ》するように、大金を稼ぐであろう無門に対しては、主である三太夫も遠慮せざるを得なかった。

三太夫は苦い顔を半六に向けると、続いて下人たちに命じた。

「ついては、下山家が嫡男《ちゃくなん》、下山平兵衛を使者として伊勢に放ち、伊勢国司の北畠信《のぶ》雄《かつ》殿に十二家評定衆の意向をお伝えする。百地家が下人、文吾は小者《こもの》を務めよ」

衆議の結果を発表し終えたところで十二家評定は散会となった。

「また伊勢かよ」

文吾が、平兵衛に話すともなく近寄ってきた。

平兵衛は文吾を黙殺した。その心の内では下山砦から平楽寺までの途次《みちすがら》、思い続けてきたことが渦巻いていた。

（人でなしどもに思い知らせてやる）

赤門を出て行く伊賀者の群れを見つめながら、平兵衛は腹を決めた。

四

平楽寺を出た無門は、芽吹き始めた麦畑を見ながら久米川のほとりを東に歩き、喰代の里へと帰ってきた。

百地三太夫の本拠、喰代の里はかつて奈良の興福寺の寺領《じりょう》であった。伊賀国は従来こうした南都の寺領で大半が占められていた。なかでも東大寺の寺領がもっとも多かったという。

だが、これらの寺領はいまではすっかり地侍どもによって横領《おうりょう》し尽くされている。百地三太夫も、本来興福寺に納めなければならないはずの年貢《ねんぐ》を自分の懐に入れていた。

無門は自分の家に帰るのではない。

麦畑が尽きた山の麓《ふもと》に、百地三太夫の砦、通称百地砦が築かれている。

山の斜面を登るように主郭、二の郭、三の郭と出丸が配置されている。伊賀国内の他の砦と比べても一際《ひときわ》巨大な砦である。

高い壁のごとき土塁で覆《おお》われた主郭の傍《かたわ》らに、田圃《たんぼ》一反《いったん》の大きさをゆうに超す池がある。無門ら伊賀の下人が忍びの術を仕込まれた丸形池だ。

その池のほとりの小屋に無門は帰った。

「ただいま」

小屋に入ると、背を向けていた小屋の主《あるじ》がこちらを向いた。

少年である。

「なんじゃお前か」

少年は興なさげに言うと、「なにがただいまじゃ」と、再び作業に戻った。

無門はその手元を覗《のぞ》き込んだ。手裏剣を研《と》いでいる。

少年は鍛冶《かじ》であった。鍛冶であった父と共に近江の日野から伊賀へと流れてきたが、数年前に父が死んだ。すでに父から鍛冶を仕込まれていた少年は、父に代わって三太夫に扶持《ふち》されていた。

鍋釜《なべかま》などの鋳物《いもの》だけでなく、手裏剣も作れば刀剣も作る。三太夫から力仕事を命じられると、小作人どもが手伝いにも来たが、大抵のことは少年一人でやった。

少年のもともとの名前などに里の者は何の関心もない。「鉄」という身《み》も蓋《ふた》もない異名《いみょう》でこの少年を呼んだ。

「鉄よ」

無門もそう呼んだ。

「また随分《ずいぶん》と仕込んでるな」

「それがどうした」

と、鉄は作業を続けたまま答えた。

「伊勢との戦ならないぞ。織田家に降るとよ」

「なんじゃと」

鉄は振り向いた。

鉄は百地家に関わる鉄砲以外の武具製造を一手に引き受けていた。忍びである小作人たちは武具が欲しければ鉄に注文する。無論対価《たいか》は小作人が払う。

鉄は伊勢との戦を見越して、下人どもの好みに応じた幾種類もの手裏剣を大量に作っていたのだ。

「それ買う奴なんぞ、まあ、いねえんじゃねえかな」

無門は、うず高く積み重なった手裏剣の山を見て、意地悪そうに笑った。

「お前、いい加減家帰れよ」

鉄は作業を投げ出すと、無門を見上げた。

「しょうがねえだろ、お国《くに》が入れてくんねえんだから」

「だからって二年もわしの家にいるな」

鉄はそう無門を叱《しか》り付けた。

お国は、二年前に無門が西国《さいごく》の安芸国《あきのくに》（現在の広島県西部）から盗み出した、杉原将監《しょうげん》という侍大将の娘である。だが、どうしたわけか、無門は盗み出してきた途端、鉄の小屋へと転がり込み、我が家へ戻ることなくそのまま住み着いている。

「あんな女子《おなご》、さっさと叩き出せ」

鉄は無門が盗み出したという女子を間近《まぢか》で見たことがある。女は少年の目から見ても美しくはあったが、鼻先ごしに見下ろされたのが何やら腹が立った。

「あんな女子、どこがいいんじゃ」

「餓鬼《がき》にゃわからねえ楽しいことがいっぱいあんのよ」

無門はにやにや笑いながら言う。

「馬鹿《ばか》めが、百地家の下人の皆が言うとることじゃ」

無門の女子といえば里で知らぬ者はなく、ことのほか評判が悪い。鉄もまた吐き捨てるように言った。

無門は二刀を鞘《さや》ぐるみ脱した。「研いでおけ」と言い残すと、再び小屋を出て行こうとする。

「どこへ行く」

「わしの家よ。一刻《いっとき》したら戻るわ」

「いいから戻ってくんな」

鉄は閉められた戸に向かって怒鳴《どな》り上げた。

（ふん）

鉄は不機嫌な顔のまま、無門の二刀を鞘から抜いた。

血脂《ちあぶら》が薄《うっ》すらと刃に巻き付いている。

（あいつ）

無門が殺しをしたのは、二年ぶりだということに鉄は気づいた。

（なにかあるのか）

鉄は得体《えたい》の知れぬ胸騒ぎをこのとき感じた。

無門の百姓小屋は、喰代の里のはずれにあった。鉄の小屋からは、いくつかの百姓小屋と田畑を越えていかねばならない。

（へっ）

無門は麦畑からそっぽを向いて歩みを進めた。暮色《ぼしょく》が漂い始める中、麦踏みを終えた百姓たちが、無門に白い眼を向けていた。

無門は喰代の里の小作人たちからつま弾《はじ》きにされていた。

それには小作人らにとって充分な理由があった。無門もまた、そのわけを百も承知している。

だが、横着《おうちゃく》そのもののこの男は、

(文句あっか)

とでも言いたげに、顎《あご》を上げて悠々とあぜ道を進んだ。

妙なのは、そんな無門が小屋に近付くにつれて顎は下がり、心なしか背筋まで丸くなり、小屋の前にたどり着いたときには四十も年をとったかのような姿になり果ててしまったことである。とぼとぼ歩いてきたので、日もすっかり暮れてしまっていた。

「ただいま」

無門は重そうにのろのろと引き戸を開けた。

入れば、竈《かまど》を配した土間《どま》がある。というよりこの小屋は全部が土間であった。

――床《ゆか》はどうしたのです。

無門がお国を盗み出して、この小屋に初めて連れ込んだ際、お国は驚きの声を上げたほどだ。

台所と居間との間に横木が転がっているが、高低差は全然といっていいほどない。どちらも地面がむき出しの土間だからだ。

居間らしき土間には、申し訳程度に莚《むしろ》が敷き詰めてあるだけだ。中央に炉《ろ》が掘られている。

いま、無門が重たげに引き戸を開けて小屋に足を踏み入れたとき、お国は炉の傍らにいた。

「ようおわしました」

お国は首を無門にねじ向けると、小首をかしげてあいさつした。

だが、そこには、男に対する媚《こび》は一切ない。まったくの無表情である。

美人の無表情ほど恐ろしいものはない。無門は何度もこの表情を見せつけられてきたが、今度も早々と気が萎《な》えた。

「これ」

と、かぼそい声とともに無門が懐《ふところ》から取り出したのは、三太夫から毟《むし》り取った銭である。

「百文あるんですけど」

おずおずと横木ごしに袋を差し出した。

お国は銭の入った袋に見向きもしない。

無門は息を小さく吸い込み、

「でさ、どうかな」

と、莚に手を付いて身を乗り出した。

「何がです」

「そろそろ家、返してくんない」

「無門殿」

お国は、莚の上で膝《ひざ》を廻すと、無門に向き直った。よく見ると、莚を数枚重ねて座っている。そのせいか、居間のあちこちで土がむき出しになっていた。

「ちょっとこちらへ」

お国は自らの手前を指し示した。そこに莚はない。

「はい」

無門は返事をすると、横木をまたいで指定の場所に膝を揃《そろ》えて畏《かしこ》まった。

お国は百文入りの袋を顎で示し、

「まず、これは受け取れません」

「やっぱり」

「無門殿は」

「はい」

「わたくしを安芸国の父の元よりさらって来た折《おり》、何とおっしゃいました」

無門は何を言ったかありありと覚えている。だが、「いや、いろいろ言ったから何って言われても」などと首を傾《かし》げてみせた。

お国もはなから無門の答えなど期待してはいない。返事を遮《さえぎ》ると、

「わしは伊賀一の忍びじゃ、それ故《ゆえ》お国殿には銭の心配など生涯かけさせぬ。されば わしと伊賀に参り、夫婦《めおと》になれ」

長々と口真似《くちまね》を交えて自答した。

「そう申しませんでしたか」

子供を叱り付けるように、ぴしゃりと言葉を締めくくった。

これまで何度も繰り返されてきたやり取りである。

無門はいつもの通り窮《きゅう》した。

「まあそう言うけどな」

おどけた。

お国もいつもの通り激昂《げっこう》する。

「言いませんでしたか」

「言いました」

無門はぴしりと背筋を正した。お国は袋を指差し、

「しかるにこれは何事です」

「銭ですな。永楽銭百文」

「無門殿は」

「はい」

「この一年でいかほどの銭を持って来られましたか」

「まあこの百文入れて一貫《いっかん》と三百文ぐらいでしょうか」

「一貫と二百八十六文です」

お国は嚇《か》っと声を上げた。

「そうですか」

無門は横を向いた。うんざりしたような顔になるのを隠している。

お国が銭にうるさいのには理由がないわけではない。

安芸国の実家の父は、千石取りの武将であった。小作人の無門とは比べるべくもな

い豪奢《ごうしゃ》な暮らしぶりである。お国は実家並みの生活にこだわり、そのためにはせめて年間で永楽銭四十貫文（一貫は千文）は必要だと計算していたのだ。

「そういうわけですから」

伊賀に来た当初、お国は無門にそう言って、ある通達をした。

「年ごとに四十貫文を稼ぐようになるまでは夫婦の契《ちぎ》りは結びませぬ」

以来、お国は無門を家から叩《たた》き出し、無門の百姓小屋を占拠《せんきょ》してしまった。無門もまたこの通達を渋々《しぶしぶ》ながらも受け入れざるを得ず、鉄の小屋に転がり込んでいる。

だが、無門の稼ぎはどうあがいても四十貫文には達しない。それどころか、お国を伊賀に連れてきて以来、最も稼ぎのいい殺しをやめてしまい、懐具合はますます淋《さみ》しくなっている。このため、無門は方針を変え、せっせとお国に稼ぎを披露することで、四十貫文には届かないながらも家に入れてもらおうと企《くわだ》てていた。

お国は無門の稼業《かぎょう》の内容など知らない。ただ、忍び働きをしていることをかろうじて知っているだけである。そもそも、知ろうともしなかった。お国にとって関心があるのは稼業の内容ではなく、その稼ぐ額であった。

「そのような調子で」

依然、お国はまくし立て続けている。

「無門殿は、本当にわたくしと夫婦になるおつもりがあるのですか」

「いや、あるよ本当」

無門は口を尖《とが》らせながら言った。

「安芸国より持ち出したわたくしの金子《きんす》もいずれ底を尽きます。そうなればわたくしは罪を詫《わ》びて父の元へと戻らねばならなくなるのですよ」

そのくせ、お国は伊賀にきて以来二年というもの、安芸国から無門とともに逃げ出す際に持ち出した金子を惜しげもなく遣《つか》っていた。西国育ちでとりわけ冬は苦手らしく、炉の炭をどんどん焚《た》き、小屋は夏のごとく暖かい。

無門も異様な小屋の暖かさに気付いてはいるが、おくびにも出さない。苦情を言えばどういう反撃を食らうかは熟知している。上目遣《うわめづか》いにお国を見ながら、

「故郷《くに》に帰るって、そういうことを言うなよ」

「言われたくなければ、しっかりお稼ぎなさい」

「ごもっとも」

無門は拳《こぶし》を作って片方の手の平を叩いてみせた。

この辺りからお国の言葉は愚痴《ぐち》になってくる。これもいつものことである。

「だいたい忍び忍びというから何かと思えば伊賀ではただの百姓ではありませんか。

伊賀一の忍びの腕というのも本当かどうか。そもそも無門という異名はなんですか」

無門は大抵《たいてい》この辺からうわの空になっている。

お国は声を一段大きくして、

「なんですか」

と、繰り返した。

「はい？」

「本当の名をわたくしに言わないのはどういうことかと申しているのです」

「本当の名なんて使うことないからだよ。本当の名で言ったって誰のことだかわかんないよ、里の奴《やつ》らも」

そこで無門は気付いた。無門を救う足音に、である。

「あ」

「何です」

お国に足音はまったく聞こえない。

「木猿」

無門がそう言うと、戸をほたほたと叩く音が聞こえた。お国は渋々、座を立って戸口へ行った。

お国が戸を開けると、杖《つえ》をついた木猿がにまりと笑いながら立っていた。

「邪魔《じゃま》したかな」

無門がこの好機を逃すはずがない。「いや、入ってくれ」と、大声で呼ばわりながら立ち上がり、木猿の手を取らんばかりに炉のところへと招《しょう》じ入れた。

木猿と入れ替わりにお国は外に出て行こうとする。

「どこへ行く」

無門が訊《き》くと、

「外におります」

「三間《さんけん》より離れんでくれよ。気配《けはい》がつかめん」

「そういう気味の悪い術を使うところも嫌《いや》」

お国はそう言い捨てると、戸をぴしゃりと閉めた。

「忍びが嫌いらしい」

木猿は苦笑しながら無門を見た。

「まったく」

無門も小さく笑いながら、

（こいつ、何をしに来やがった）

と、心中様々に思いを巡らせた。

伊賀者同士が一対一で話すときの心得《こころえ》である。

木猿は、『万川集海』に、「下柘植《しもつげ》の木猿」として、十一人の隠忍《いんにん》の上手《じょうず》にその名を挙げられるほどの忍びである。

一説には、木から木へと飛び移って戦うさまが猿も舌を巻くことからこの異名がついたとも言われるが、この老忍者のもっとも得意とする術は、伊賀の方言でいうところの、

「オゴロ（もぐら）」

の真似《まね》である。木猿は、土遁《どとん》の名人とかつて称されたほどの忍者であった。

老いたとはいえ、こういう男に油断はできない。

（どうせ、ろくな事ではなかろうよ）

無門は、かつての忍術の名人の顔をじっと見据《みす》えた。

木猿は顔に微笑をたたえながら、

「無門よ」

と、昼間起きた事件について話を始めた。

三太夫が平楽寺を後にしようとしていたときのことだ。百地家の下人の一人が、

である。


「無門のことなんじゃがな」と、主に対して無礼《ぶれい》にも声をかけたという。

「申してみよ」

三太夫は福々《ふくぶく》しい笑顔を下人に向けた。何でも聞いてやるとでも言いたげな笑みで
「あの者は、伊賀者同士の戦でも殺しに格別の手当《てあて》を貰《もろ》うておりまするな。我らにも命危うきお役目には、手当を戴《いただ》けんものじゃろうか」

伊賀国内での小競《こぜ》り合いは日常茶飯のため、取り立てて報酬はないのがこの国での慣わしである。無門が下山砦《しもやまとりで》で次郎兵衛を殺した際、三太夫から銭を取ったのは異例のことであった。この下人は自分もそういう扱いにしろ、という。

「そんなことか」

三太夫は笑みも崩さず答えた。

「承知した、おのれらの良きようにしよう」

「本当か」

「嘘《うそ》はつかん」

訴えた下人は、喜びつつ里の下人たちと赤門を出たところで、刀を背から腹まで突き通され、殺された。里の下人たちはとっさに身構えたが、殺した者から「御屋形の

御下知《げち》じゃ」と告げられると、「そうかいな」あっさり引いて喰代の里へと帰っていった。

「当然のことだ」

無門も、他の下人たちと同様、殺された者を哀れむ気持ちなど微塵《みじん》もない。あの吝《け》嗇《ち》の三太夫に銭を求めるなど、殺してくれと頼んでいるようなものだ。

「無門よ、おのれのためにあの者は殺された」

と、木猿は言うが、三太夫の命で下人を殺したのはこの老忍者自身であった。

「御屋形に銭をせびるのはやめよ。銭なら他国の武将より稼げ」

木猿はそう言うと、御屋形から特別扱いされているが故《ゆえ》に、里の者はお前をつま弾《はじ》きにするのだ、と指摘した。

(そんなことは重々《じゅうじゅう》承知さ)

無門は木猿の無駄な助言をあざ笑いながら、

「できんな、刀術を使えば死ぬやも知れぬ。死ねば、せっかくさらってきた女子も抱けぬではないか。ただ働きでは割に合わん」

「おのれは刀術を二年も使わなんだ。おのれが殺しを断ったその間、代わりに他国へと雇われていった下人どもがどれだけ死んだか知らぬわけではあるまい」

（そんなの知ったことか）

無門は心中せせら笑った。

「わしが大事なのはわしの命だけじゃ」

そう言って思い出したように、「あとはお国のご機嫌」と片眉《かたまゆ》を上げてみせた。

木猿は微笑のままため息を洩《も》らした。

「武家の女子など連れてきおって。女など抱けば捨てよ」

（まったくだ）

無門は自らの愚行《ぐこう》に、一方では呆《あき》れ果ててもいた。

三太夫の命で二年前に西国の諜報《ちょうほう》に出向いたときのことである。いつもの通り、ついでのことで良き女を求めた。噂《うわさ》を集めると、安芸国のさる大身の侍大将の娘にたぐいまれなる美女がいるという。それがお国であった。

無門はさっそく、お国が住まう館《やかた》へと侵入し、寝所へと忍《しの》んだ。

お国の顔を逆さから覗《のぞ》きこむと、噂通り美しい。無門は顔面をさらに近付け、寸前のところで止めた。

術は簡単である。

狙《ねら》う女と同じ呼吸を鼻だけでしばらく繰り返す。

呼吸が完全に一致したと見るや、女の頬を両手で強く挟みこんで覚醒《かくせい》させればよい。間近に開いた両の瞳《ひとみ》に向かって一種の覇気《はき》を送り込めば、心の自由を奪い去ることができ、命ずればどんな痴態《ちたい》でも演じるようになる。

「なによ」

しかし、お国は目覚めるなり、ほとんど密着した無門の顔に向かって苦情を言った。

「どいて」

無門はしくじったことはない。だが、どういうわけかお国には、術をかけることができなかった。

それからの無門はまったく見苦しい。村の女と寝るべくあらゆる口説《くど》き文句を繰り出す百姓の若い衆そのものの挙《きょ》に出た。挙句《あげく》の果てには、

「銭の心配など生涯かけさせぬから、伊賀に来て夫婦《めおと》になれ」とまで言った。

「いいでしょう」

と、お国が即答したのには、無門もぎょっとなった。

「ただし」

お国は無門の身体《からだ》を脇《わき》に転がすなり、覆《おお》いかぶさった。

「夫婦にならねば、二度目はなりませぬぞ」

耳元で吐息《といき》とともに囁《ささや》いた。そして男女のことを終えると寝所《しんじょ》を一旦《いったん》出て、どこぞから金子《きんす》を持ち出してくるや、その場から無門とともに伊賀へと向かった。

「それで今では小屋まで取られておるというわけか」

木猿が黄色い歯を見せて笑った。

「そういうこと」

無門はそう言いながら、木猿が来訪した目的を大方《おおかた》察した。

(来るな)

無門は心中で身構えた。

「二年前、あの女子が来てから、おのれは門を開ける程度の働きさえ、めったにせぬようになった」

木猿は笑みを含みながら話を続けた。

「さてはお前、忍びに無用の里心が付いたか」

――七人の子をなすとも女に心許すな。

忍術秘伝書『万川集海』と並び三大忍術秘伝書に数えられる『正忍記《しょうにんき》』(残りの一書は服部半蔵《はっとりはんぞう》が記したと伝えられる『忍秘伝《にんぴでん》』)には、このように記されている。心を許せば情が生まれ、ともすれば血も涙もない忍びの術を衰えさせるからだ。

「斯様《かよう》な女子、わしが殺してやろうか」

と木猿が言うと、

「そりゃ困る」

無門は即座に答えた。じっと木猿を見据え、口元だけで笑っている。木猿も微笑したまま、

「ならばお前が死ね」

言うなり杖に仕込んだ刀を抜きざま、横に薙《な》いだ。

（やっぱりこれか）

苦笑したときには、無門は宙に舞っている。すとんと頭上の梁《はり》に尻《しり》を落ち着けながら呵々《かか》と笑った。

「老いたな木猿も」

「ああ」

木猿はここでようやく微笑を収め、この老忍者の普段の顔である苦虫を噛《か》み潰《つぶ》したような顔になった。これは、「敵《かな》わぬ故《ゆえ》、害意は捨てた」との意志表示であった。

無門にもそれは通じた。ひらりと莚《むしろ》の上に降りた。

そこで二人は気付いた。外の気配が変わっている。

お国は外の寒さに身を縮めながら、板壁に背を向けてしゃがみ込んでいた。

そこに、月光をさえぎるように人影が立ちはだかった。

伊勢に向かったはずの文吾である。血だらけであった。

（あっ）

お国が息を呑《の》んだ途端、無門の手がその口を押さえた。木猿は抜刀したまま、無門とお国を背にして辺りの闇《やみ》をうかがった。

異様に大きな音を立てて文吾が倒れた。だが、無門も木猿もその方には目もくれない。

五

「使えぬなら殺せ。飯代が浮くわ」

昏倒《こんとう》した文吾を、無門と木猿が百地砦の庭に据えると、縁に出てきた百地三太夫はそう言って関心なさげな顔をした。

三太夫に命ぜられるなり、木猿は抜刀して柄《つか》に両手を添え、文吾の咽喉元《のどもと》めがけて大きく振り被《かぶ》った。一切無言である。

「ちと待った」

無門が木猿を制した。

無論、文吾を哀れんでのことではない。

文吾の口元がかすかに動いている。うわごとのように何かつぶやいているようだ。

それに気付いて木猿も刀を収めた。

無門は文吾の口元に顔を近付けた。

「わかるか」

長々と口元を凝視《ぎょうし》する無門に、木猿がしびれを切らせた。

「全然わからん」

無門は言うなり、「やりたかねえが」とぼやきながら人差し指と中指を突き立て、文吾の口中に突っ込んだ。

文吾の舌の動きに自らの舌の動きを同調させる。言葉は発しない。

「下山平兵衛に斬《き》られた」

文吾の舌の動きは、そう訴えていた。

伊勢に向かうべく、伊勢地《いせじ》口から布引の山中に入ったとき、平兵衛の正装の入った挟箱《はさみばこ》を担《かつ》いで従っていた文吾を、平兵衛は振り向きざま二刀を抜いて斬った。

「喰代まではもつだろう。その傷をもって百地三太夫に伝えよ。下山平兵衛は伊勢の軍勢を率いて再び伊賀に舞い戻ってくるとな」

胸を斬り裂かれて、地に膝《ひざ》をついた文吾を見下ろしながら言い残すと、平兵衛は伊勢への道を再び歩み始めた。

平兵衛は、伊賀国内ならずとも生真面目《きまじめ》すぎる変人であったかも知れない。こんな性格の者の通弊《つうへい》として、極端へと走った。弟次郎兵衛の死に対する実父の反応に端《たん》を発した伊賀者への憎悪《ぞうお》は、伊賀者を根絶《ねだ》やしにするという行動へと突き進んでいった。

「御屋形」

無門は三太夫を見上げると、二本の指を引き抜いた。

「下山平兵衛の裏切りにござる」

三太夫は表情も変えない。一度ばかり鼻を鳴らしただけである。

そのころ、下山平兵衛は伊勢側が設けた関所に到着していた。門の両脇に焚《た》かれた篝火《かがりび》の傍では番卒《ばんそつ》が警戒に当たっている。その番卒に咎《とが》められ、

「伊賀の地侍、下山甲斐の嫡男《ちゃくなん》、下山平兵衛である」と名乗った。

「北畠信雄《のぶかつ》様にお目通《めどお》り願いたい」

ずばりと言った。

不敵な奴《やつ》、と六尺棒を突き付ける番卒に、

「待て」

平兵衛は制すと、二刀を両腿《りょうたい》から脱した。次いで身体中に隠し持った手裏剣を地面に捨てていった。やがて四方手裏剣やら棒手裏剣で小さな山ができると、番卒は平兵衛を抑えようと身構えた。

「まだだ」

平兵衛は言いながら、左肩に右手を添えた。少しの間、息を整えていたが、不気味な骨を外す音とともに肩を脱した。続いて右肩もやった。

「うむ」

「縛《しば》れ」

その場に胡坐《あぐら》をかいた。

番卒らは呆気《あっけ》に取られるほかない。

下山平兵衛は、翌日の朝のうちに信雄の居城、田丸城に連行された。北畠家から分《ぶん》捕《ど》った大河内《おかわち》城から、北畠具教暗殺の一年前に居を移した城だ。

(だが、以前の田丸城とは比べものにならぬ)

馬に乗せられ大手門を通りながら、平兵衛は織田家の財力に目を見張った。

もともと北畠家の拠点のひとつであった田丸城を平兵衛は見たことがある。当時は田辺の丘の東端に位置する玉丸山に城が築かれていたはずだ。それが信雄の居城とするに当たって、田辺の丘から玉丸山を切り離す大規模な土木工事を実施していた。その上で改めて玉丸山に本丸、北の丸、二の丸、三の丸の諸曲輪《くるわ》を造成し、十間はあろうかという水堀も巡らし、堀端はことごとく石垣で固めた。山頂の本丸を見上げると、三層の天主《てんしゅ》まで備えていた。

「再び縛り上げねばならぬが辛抱《しんぼう》せよ。必ず御本所《ごほんじょ》に会わせてやる」

そう言ったのは、平兵衛と並んで馬を進めていた柘植《つげ》三郎左衛門《さぶろうざえもん》である。瞳に誠心がこもっていた。

――下山平兵衛と名乗る伊賀者が伊勢地口の関所に現れた。

そんな知らせを三郎左衛門が受けたのは、夜更《よふ》けのことだった。だが、この男は即座に供回りの家臣を連れ三の丸の屋敷を出ると、関所へと向かっていた。

三郎左衛門は、かつて十二家評定衆の一人であった。平兵衛の父、下山甲斐も知っていたし、幼いころの平兵衛も何度か目にしていた。

「大きゅうなった」

番小屋で平兵衛に対面した三郎左衛門は、うれしげな声を上げた。しかし、平兵衛は三郎左衛門の顔を見るなり、

「あの者どもは人間ではない」

そう言って涙を流し始めたのだ。

（おお、この男は）

三郎左衛門は刮目《かつもく》した。

（俺と同じだ）

三郎左衛門もまた、伊賀の人情風俗に絶望した「変人」であった。この平兵衛と同様、かつて伊賀を滅ぼすべく伊勢の北畠家を頼り、一門である木造家《こつくりけ》に仕えたのだった。だが、当時の北畠家の主、北畠具教は一時は伊賀の征服を画策したものの、途中で投げ出してしまった。織田信長の北からの伊勢侵攻に、伊賀攻めどころではなくなったのだ。

――もはや北畠家は頼りにならぬ。

そう三郎左衛門が諦《あきら》めかけたとき、目を向けたのが信長の躍進《やくしん》ぶりであった。破竹《はちく》の勢いで伊勢を蹂躙《じゅうりん》していく信長に、三郎左衛門は期待した。この男が北畠家一門の木造家をいち早く信長方に寝返らせたのも、伊賀を攻め滅ぼさんがためだったのだ。

三郎左衛門は、平兵衛の一言だけですべてを理解した。

「縛《いまし》めを解け」

番卒に命ずると、御本所と称される信雄に会わせることを、その場で確約した。

田丸城三の丸の屋敷に戻った三郎左衛門は、平兵衛を丁重《ていちょう》にもてなすよう下人どもに指示して、自らは信雄のいる本丸へと向かった。

信雄に会った三郎左衛門は、平兵衛に目通りを許すことを渋々約束させると、日置《へき》大膳《だいぜん》や長野《ながの》左京亮《さきょうのすけ》らの重臣にも参集をかけるよう願い出た。

昼を過ぎたころ、信雄の重臣一同が本丸大広間に揃《そろ》った。

両側に重臣らが居並び、中央の遥《はる》か下座に、再び縛り上げられた下山平兵衛が着座した。

やがて上段の間に信雄が現れた。不機嫌である。

「お前か、わしに言上したきことがあるとか申す伊賀者は」

そう声をかけると、小さく不安げな顔を柘植三郎左衛門に向けた。

——突如《とつじょ》縄を抜け、襲いかかっては来ぬか。

そんな顔である。

三郎左衛門はそれを察して、

「すでに自ら肩を外し、縛《ばく》についておりまするゆえ、縄抜けの術は使えませぬ」

「直答《じきとう》せよ」

信雄は安堵《あんど》して平兵衛に促《うなが》した。

平兵衛は名乗り終えると、

「伊賀の者どもは人にあらず。されば御本所の武辺をもって伊賀に攻め入り、この人でなしどもを根絶やしにしていただきとうござりまする」

「伊賀者が伊賀攻めを進言するか」

信雄は唖然《あぜん》とした。

とっさに長野左京亮が信雄に向き直り、猛然と声を上げた。

「御本所、この男、十二家評定《ひつじょう》衆の命《めい》を帯びた者やも知れませぬ。軽々《けいけい》に伊賀に討ち入れば敵の罠《わな》にかかるは必定にござるぞ」

言い終えるや、三郎左衛門に首をぐいと向けた。

「おのれ柘植、何故斯様《かよう》な者の目通りを許した。おのれも伊賀に与《くみ》する者か」

「言葉を慎《つつし》まれよ」

三郎左衛門は鋭く左京亮を制した。次いで信雄に向き直り、

「御本所はこの三郎左衛門をお信じなさるか」

「何が言いたい」

「三郎左衛門をお信じなさるならば、この下山平兵衛もお信じなされ」

――それはそうなのだが。

信雄は苦い顔でいた。これまでも、十二家評定衆の命を受けた伊賀者が身分を明かした上で信雄に近付き、危害を加えようとしたことが何度かあった。それを伊賀者独特の嗅覚《きゅうかく》で、ことごとく見抜いてきたのが三郎左衛門である。この点では、左京亮などよりよほど信用できる目をもっていた。

「万に一つ罠だとしても不覚を取ることなどござりませぬ」

三郎左衛門は続けた。

「そうでござろう、左京亮殿」

伊賀のまともな兵力といえば、せいぜい五千であろう。それに対し、伊勢の軍勢はその三倍近くはある。

「ならば何故、この者は我らを伊賀に引き入れる」

左京亮は自らの疑念を取り払うことができない。

「お分かりにならぬか」

三郎左衛門は、平兵衛を指して訴えた。

「この者がまこと伊賀を裏切ったからだ」

そんな重臣どものやりとりを聞きながら、信雄は早くも苛立《いらだ》ちを募《つの》らせていた。

――こいつらは。

伊賀者が我らを引き入れる入れないの話以前に、思うべきことがあるはずではないか。

「伊賀攻めなどできるはずがないだろう」

信雄はほとんど奇声を上げるようにして吠《ほ》えた。

「忘れたか、父上の仰《おお》せを。伊賀には容易なことでは手を出してはならんとの仰せをおのれらはどう聞いたのだ」

その途端、笑い声を上げたのは三郎左衛門である。ことさらに軽快な調子で笑った。

「御本所は」

三郎左衛門は、いぶかしげな顔でいる信雄に試すがごとき視線を向けた。

「あの御言葉を斯様《かよう》に聞かれていたのでございまするか」

（まずい）

とっさに察したのは左京亮だ。あの奇妙な芝居。信雄を操《あやつ》る狡猾《こうかつ》な言葉を、この伊賀者は吐こうとしていると見て取った。

「柘植、御本所を術にかけるか」

怒号を上げるや、信雄に向き直った。

「御本所、この伊賀者の言葉を聞いてはなりませぬ」

と言ったときには、すでに信雄はこの伊賀者の言葉に搦《から》め捕《と》られていた。

「控《ひか》えろ左京亮」

信雄は左京亮を制し、「三郎左、聞かせろ」と次の言葉を促した。

「されば申し上げまする」

三郎左衛門は辞儀《じぎ》を正した。

「あの仰せは、御本所のみのお力で伊賀を切り取ってみせよとの裏返しの言葉にござる。伊賀よりの進言もあったことにござる。攻め入る名分《めいぶん》も立ちましょうぞ」

三郎左衛門は、信雄の弱みをわし摑《づか》みにした。三郎左衛門の言葉の終わらぬうちに信雄は顔色を変え、黙然《もくねん》と考え込んでしまった。

重臣一同もまた、信雄に合わせて言葉を慎んだ。

だが、慎まない男が一人いた。

日置大膳である。

「どいつもこいつも笑わせらあ」

場にそぐわぬ大声を放ってこの大男が言ったのは、これまでの議論の趣旨《しゅし》とは掠《かす》りもしないことだった。

「数に劣る人でなしの忍びなんぞ、退治したところで何の武名の足しにもならんわ。弱き者を討つ戦なんぞ、この日置大膳は御免蒙る《ごめんこうむ》」

大膳は、過度なまでに武者らしくあろうとするこの男特有の心意気を発揮したに過ぎない。しかし、大膳が発した言葉は、むしろ信雄を伊賀攻めへと駆り立てた。

「わしは決めたぞ」

信雄は息を荒げて言い放った。

「伊賀を攻める」

三郎左衛門を除く重臣たちは、一様に表情を固くした。信雄が大膳の言葉に抗《あらが》おうと伊賀攻めを宣言したのが明らかだったからだ。かといって決して不満を顔に出すわけではない。

だが、信雄は重臣どもの不満を敏感に感じ取っていた。

——この者どもは我が父を恐れるあまり、このわしを重んじるふりをしておるだけだ。

重んじるふりなど当然のことなのだが、このことは信雄の心を敏感にしていた。二十以上も歳《とし》が上の重臣どもの何気ない表情や動作に、この若い主の心はいちいち過敏に反応していた。

このときもまた、過敏な心の反応を言葉で示した。いつも以上に態度は高圧的になった。

「不満か。わしに不満あらば父上に申し上げるがそれでよいか」

と、結局は父の威光《いこう》を笠《かさ》に着ていた。

信長の威光は抜群の効果を上げた。重臣どもは一様に下を向き、板敷きの木目《もくめ》を数え始めた。

三郎左衛門が、この機を逃すはずはない。信雄に向かって重ねて進言した。

「されば、兵を籠《こ》めておくための拠点を伊賀にお築きなされ」

「どうすればよい」

「伊賀には丸山城と申す北畠具教卿《きょう》が中途で築城を放棄した城がござる。これを再建するのでござりまする」

三郎左衛門はそう戦略を授けた。

(伊賀攻めのために、再び丸山城を築くというのか)

三郎左衛門の意外な進言に、小さく驚いたのは大膳である。

大膳は、旧主の具教がかつて伊賀の征服を目論《もくろ》んでいたことを当然知っている。三郎左衛門の進言によるものだったことさえ知っていた。

信雄が北畠家に養子に入る以前の話だ。北畠具教は伊賀征服のための拠点として城を築いた。それが平楽寺から南東約三里の伊賀郡依那具《いなぐ》郷下神戸《ごうしもかんべ》村にある丸山城だった。いうまでもなく伊賀国内である。

このとき、伊賀者はどういうわけか伊賀国内への築城を許したという。この築城の許しを伊賀に行って取り付けたのもまた、柘植三郎左衛門であった。

だが具教は、信長の北からの脅威に伊勢の防衛を余儀なくさせられ、丸山築城を中止し、伊勢兵どもを引き揚げてしまった。このことが三郎左衛門を落胆させ、織田家の伊勢侵攻を手引きする端緒《たんしょ》となったことは先に述べた。

「伊賀への築城など伊賀者が二度も許すか」

信雄は当然の疑問を発した。三郎左衛門はすかさず、

「伊賀には再び某《それがし》が参り申す。御本所の御使者として参り、十二家評定衆に丸山築城を承知させまする」

「できるか、三郎左」

「伊賀者の急所を心得ておりますれば。かつて北畠具教卿も同じ手を使い申した」

そういって、「その手とは」と、さらに説明を続けようとしたとき、

「俺も行こう」

大膳が大声を上げた。耳をほじくりながら、さも馬鹿馬鹿《ばかばか》しげな調子である。

「どういう風の吹き回しだ」

信雄は冷笑をもってそれに応《こた》えた。

「ちと思案がござってな」

大膳は片眉《かたまゆ》を上げ、冷笑で応じた。

その後、信雄は平兵衛を城内に監禁するよう命じた。三郎左衛門は反対したが、平兵衛はむしろこれを歓迎した。

「されば、三郎左衛門と大膳は用意整い次第、伊賀へと向かえ」

信雄はそう命じ、上段の間を去った。

三郎左衛門は城内の屋敷に戻ると、先触《さきぶ》れの使者を発し、その二日後には大膳と連れ立って伊賀へと向かった。

六

柘植三郎左衛門が発した先触れの使者に接した十二家評定衆は、三郎左衛門と日置大膳が来着する当日、平楽寺の本堂で彼らを待った。

「伊勢は使者を寄越《よこ》して一体何を告げに来るのか」

評定衆の一人が思案顔で言った。先触れの使者は、三郎左衛門と大膳が入国すると伝えただけで、さっさと伊勢に戻ってしまっている。

「平兵衛めが裏切ったとあれば、いずれ戦《いくさ》の前触れに相違《そうい》あるまい」

と言ったのは、音羽半六である。節々《ふしぶし》が痛むのか、しきりに肩やら腕やらを揉《も》みほぐしている。首の後ろにまで手をやりながら、

「甲斐よ、おのれはどう始末《しまつ》をつけるつもりじゃ」

下山甲斐は、にやにや笑うのみで言葉を発しようともしない。

甲斐の顔は五十を過ぎたにもかかわらず、異様に若い。皺《しわ》一つなく、ともすれば二十代とも見紛《みまが》うほどだった。甲斐だけでなく、十二家評定衆のいずれもが、下人どもに苦労という苦労を肩代わりさせているせいか、十歳以上は若く見えた。

「三太夫よ」

答えぬ甲斐に憮然《ぶぜん》としながら、半六はこれもつるりとした若い顔を、百地三太夫に向けた。すでに何事かを薄々《うすうす》察している。

「甲斐との小競《こぜ》り合《あ》いの折、何故《なにゆえ》無門まで使うて平兵衛が弟、次郎兵衛《じろべえ》を殺させた」

そう低い声で訊《き》いた。

三太夫は不敵に笑うと、

「半六よ、もはや気付いたか」

「平兵衛に伊賀を裏切らせるためか」

半六は一層声を低くして問い詰めた。

三太夫は、細い目をさらに細めて微笑を作り、ゆっくりとうなずいた。

「甲斐、おのれは我が子を術にかけたのか」

とっさに半六は甲斐に向き直り、叫ぶようにして問うた。

「ああ、そうじゃが」

甲斐は己《おのれ》の術を誇るかのごとく言った。

甲斐が言うには、これまでも信雄に害を与えるため、下人に意を含めて伊勢に放ったことが何度かあった。だが、忍びの血を引く柘植三郎左衛門がことごとく見破り、これを葬《ほうむ》り去った。

「それゆえ、意を含まされたとも知らぬまま、あたかもおのれが存念《ぞんねん》で平兵衛が伊勢に寝返ったとする必要があったのよ」

甲斐は評定衆を舐《な》めるように見回しながら言葉を続けた。

「弟を殺され、その仇《あだ》を誰も討たぬとあれば、あの変わり者は必ず伊勢に向かう。さすれば、柘植三郎左衛門は必ず平兵衛に同調し、信雄めを口説き、軍勢を伊賀へと発するはずじゃ。なにせ北畠具教が丸山築城を求めてきたときも、あの男が使者になってきたぐらいだからな」

「あの小競り合いからして術であったか」

半六でさえ、三太夫と甲斐の策謀に寒気すら覚えるほどである。

だが本来、忍びの術とはこういうものであった。何も跳《と》んだり撥《は》ねたりが忍術の本質ではない。肉体を使って働くのは無門ら下人の役目である。下人を追い使う三太夫ら地侍は、知恵を巡らし策謀を練った。術をかける相手の「心」を読み解き、その「心」につけ込むことで勝ちを得る。忍びの術の真価はそこにあった。

伊賀者たちは、人ならば付け込まれまいとするこの「心」のことを「無門の一関《いっかん》」、すなわち門が無い関所と名付け、これを破ることに無上の価値を置いた。そして、その真価を発揮するためには手段を選ばなかった。

『万川集海』には、そんな十二家評定衆の気分が僅《わず》かに知れる箇所がある。「必ず侵入できる夜の八箇条」のひとつに、

「愁歎《しゅうたん》の事ありし後二、三夜之《の》事」

と臆面《おくめん》もなく記されているのがそれだ。嘆き哀《かな》しむことがあった者の家にはその当日ではなく、二、三日後に生じる虚《きょ》に付け込んで忍び込め、という。

また、『正忍記』にはこんな一節がある。

「己が難を人にゆづるハいやしき事也《なり》と八世の常の事、忍《しのび》はくるしかるまじきもの也」

自分の災いを他人に押し付けるのを卑《いや》しいと考えるのは普通の人間で、忍びはそれをやっても構わない、とする。

こういう価値観は、いかに謀略《ぼうりゃく》たくましい当時の武士でも持ち合わせてはいない。

「下賤《げせん》の職にして武士の職にあらず」

寒川辰清《さむかわときよ》が、『近江輿地志略《おうみよちしりゃく》』の中で伊賀忍者をこう評したのには、この者どもに対して唾棄《だき》するような思いがあったからに違いない。

甲斐が、その術を明かしたとき、十二家評定衆に動揺が走った。

半六などは、

「何ということをしてくれた。何故、我らが伊勢の軍勢を引き入れねばならん」

烈火のごとく怒り狂った。

半六が言うには、北畠具教の丸山築城を承諾したのは、丸山のある依那具郷を領していた小泉家の独断で、伊賀の総意ではなかった。

この頃も伊賀《いが》惣国一揆《そうこくいっき》や伊賀十二家評定衆に似た同盟のごときものはあったが、掟《おきて》書《がき》として明文化されてはいなかった。このため伊賀の他の地侍たちは、他領である小泉家の決定を、北畠家に脅威を感じながらも追認せざるを得なかった。こうした反省も一因としながら『伊賀惣国一揆掟書』は成立した、とする。

「そうであろうが」

半六は怒鳴った。

ましてや、信雄率いる伊勢の軍勢は一万をゆうに超すはずで、伊賀の兵力五千程度が迎え撃てるわけがない。

「伊賀は勝つ」

三太夫は、評定衆の動揺を断ち切るように断固とした調子で言い放った。

「伊勢は一枚岩ではない」

三太夫によると、伊勢の信雄が北畠具教を旧家臣らに討たせたのが不覚であった。

これが北畠の家臣どもの「無門の一関」を歪《いびつ》にせぬはずがない。

「旧主の密殺に無理やり加担させられ、信雄に意趣《いしゅ》を抱く者さえおるはずだ」

——日置大膳。

三太夫はとくにその名を挙げた。

大膳が武者らしさを過度に重んじ、弱き者を討つことをことさらに嫌い、さらには信雄と仲が悪い、ということを三太夫は摑《つか》んでいる。

「あの男はそういう奴《やつ》だ。伊賀攻めの軍令が下れば、必ずこれを拒《こば》む」

大膳が率いるのは二千程度の兵に過ぎない。だが、大膳ほどの武者がいないとなれば、伊勢の軍勢の武威は半減するといっても過言ではなかった。

「日置大膳がおらぬとなれば、あとは名のある武将といえば、長野左京亮ぐらいか」

評定衆の一人がつぶやいた。動揺は薄れつつある。その機をとらえて三太夫は追い討ちをかけるように言い添えた。

「信雄の軍勢を打ち破ったならば、織田家の軍勢を打ち破ったものとして、伊賀の武名は天下に轟《とどろ》く」

「下人どもの注文が増えるということか」

素早く察した半六が、思わず唸《うな》りながら問うた。

破竹の勢いで中央を制した織田家を破ったならば、織田家に抵抗する大名たちは争って伊賀の下人どもを雇い入れるだろう。さらには、ひとり頭の雇い賃も吹っかけることができるはずだ。

「つまりはな」

三太夫は狡猾《こうかつ》な笑みを半六に向けた。

「信雄めを破れば我らは儲《もう》かるということよ」

そう言われた半六は、うなずきながら腕を組み考え込んでしまった。しかしながら心配なのは、この悪謀の肝《きも》の部分である。

「日置大膳はまこと伊賀攻めを拒むか」

と、半六が三太夫に訊いたとき、下人が本堂を覗《のぞ》き込んで、「伊勢よりの使者が長野峠を越えてござりまする」と、報《し》らせてきた。

「半六よ、大膳めを直《じか》に見極めよ。わしの申すことがわかるはずじゃ」

三太夫は笑みを浮かべたままそう言った。

七

日置大膳と柘植三郎左衛門以下、数十人の供回りの家臣どもは、布引山地に分け入り、長野峠を越えて阿波《あわ》口から伊賀に入った。

「見事に信雄の急所を突きおったな」

大膳が、横に並んで馬を進める三郎左衛門に声をかけた。大膳の眼下には小川が流れている。この小川は他の山々を流れる山川と合流し、服部川へと為《な》り変る。軍勢を入れるならこの川沿いをたどるほかない。

「何としても伊賀に攻め入りとうてな」

三郎左衛門は素直に自らの思いを口にした。

「わしが織田家に身を投じたのは、この宿願のためだ」

大膳は、三郎左衛門がそんな思いを抱いていたとは知りもしなかった。

「伊賀出自のおのれが、何故伊賀者を憎む」

「わしがまだ伊賀に居を構え、十二家評定衆に名を連ねていたころのことだ。同じ十二家評定衆の一人に我が子を殺された。他家同士の小競り合いに我が下人を貸すことを拒んだだけでか」

「拒んだからだ」

大膳が小さく驚いて三郎左衛門の横顔を見ると、この伊賀者は寂しげな顔でうなずいた。

「十二家評定衆に訴えたが、意に介する者など誰一人としていなかった。斯様《かよう》なことは当たり前のことであろうと言わんばかりであった。下山平兵衛の言う通りだ」

——伊賀の者どもは人ではない。

そう言うと、三郎左衛門は口を固く引き結んだ。

大膳は、この伊賀者の思わぬ告白に意外な思いがしていた。

（こいつ）

——案外悪い奴ではないのかも知れん。

だが、おのれの宿願のために、伊勢を織田家に渡す手引きをしたというのか。

「おのれも人でなしの同類であろうが」

大膳はそう吐き捨てると、馬速を上げて一人先を行った。

大膳が伊賀者を嫌うのには、他の武士どもとは違い、この男自身に関わる理由があった。

大膳の出自のことである。

この男の祖も実は伊賀者である。『三国地誌』によると、源頼朝《みなもとのよりとも》の助命に尽力した平宗清《たいらのむねきよ》には三人の子があり、長男は日置氏を、次男は福地氏を、三男は北村氏を立て、それぞれ伊賀の下柘植、上柘植、中柘植に住んだという。下柘植には日置氏の氏神である日置神社があり、日置氏が伊賀者であることは歴《れっき》とした事実である。

一方、前述の通り、三郎左衛門を出した柘植氏もまた平宗清を祖としており、日置氏と柘植氏は同根ということになる。

(だが――)

大膳は伊賀者の自身をおもうとき、必ずある男の名を想起した。

日置流の祖、日置弾正正次《だんじょうまさつぐ》である。大膳のおよそ百年前に伊賀で生まれ、戦国期には多くの分派を生みだした弓術の絶人は、大膳の自我の拠《よ》り所《どころ》であった。大膳が武士の表芸である弓術に固執し、過度に武士たらんとするのは、伊賀者の出自がそうさせていたのだ。

もっとも、こうしたこだわりは大膳だけのものだった。三郎左衛門と異なり、大膳自身は伊賀で生まれ育ったわけではない。北畠家中の者も別段こだわるわけでもなく、むしろ大膳の持つ武辺を畏怖《いふ》した。

大膳が駆け去った後、三郎左衛門は急ぐことなくゆっくりと馬を歩ませていた。

そこに、忍び装束に身を包んだ伊賀者たちが木々の陰からぞろぞろと姿を現した。

三郎左衛門は、「構わん」と、身構える供回りの家臣を制した。伊賀者たちは三郎左衛門を囲むようにして同道《どうどう》する。一切、無言であった。平楽寺までの案内のつもりなのだろう。

ふいに、「御屋形」と呼ぶ声がした。

馬上から三郎左衛門が見下ろすと、伊賀者が顔を上げた。老いている。

「木猿ではないか」

三郎左衛門は懐《なつ》かしげな声を上げた。

木猿はもともと柘植家に仕《つか》えていた下人であった。三郎左衛門が伊勢に行くのを嫌い、この老忍者は伊賀に留まったのだ。

三郎左衛門は、伊賀にいるころから下人を大事に扱うことでも変人扱いされていた。いまも、この木猿の旧主は優しげな調子で声をかけた。

「当家を離れ、今はどこに仕えておる」

「百地家にござりまするわ」

木猿は顔を伏せながら答えた。

「老いたの、木猿も。得意の土遁《どとん》ももはや銹付《さびつ》いたのではないか」

と言ったのは、三郎左衛門の不覚であった。老いはこの老忍者にとって深刻な問題であった。人の気付かぬところで、木猿は忍びの術の衰えに焦《あせ》りを感じていたのだ。

伊賀者らしい暗い怒りが木猿の心を満たした。

――この男、必ず殺す。

老いた、と言われただけで、そんなことをあっさり決めた。

だが、そこは伊賀者である。そんな殺意はおくびにも出さず、

「はて、お見せできるとすれば戦場しかござりませぬ故な、お答えのしようもござりませぬわ」

――土遁で殺す。

伊賀者ならばこの言葉をそう取れたかも知れない。が、三郎左衛門には伝わらなかった。小さく笑った。もはやこの男は伊賀者の習性を忘れていたのだ。

馬を飛ばして先に行った大膳も、案内の伊賀者に囲まれていた。

「よっ」

と、大膳に声をかけたのは無門である。

「なんじゃ、お前か」

「相変わらずでけえな」

無門は嘲笑《ちょうしょう》するかのように大膳を見上げて言った。

なるほど馬上にあると、大膳の巨大さは一層際立《きわだ》った。細くて中背の無門など、片手で捻《ひね》り潰《つぶ》すことも可能であろう。

「かつての雇い主ぞ。辞儀を改めんか」

大膳は思わず苦笑した。大膳はかつて大河内合戦の際、織田軍の攪乱《かくらん》のため無門を雇ったことがある。その際には神妙な顔で白洲《しらす》にうずくまっていたくせに、戦が終わって関わりがなくなればこんな生意気な口をきく。

「銭さえ払えば辞儀だろうが何だろうが改めるがな」

（伊賀者だなあ）

大膳は、こんな無門を嫌いではない。大膳が嫌うのは、狡猾な知恵を巡らす百地三太夫らのごとき伊賀の地侍たちであった。地侍に使われる無門などの下人は、掌《てのひら》の返し方が露骨《ろこつ》で怒る気にもなれない。むしろ知恵の足りない山の獣でも見る思いで、可《か》愛《わい》げすら感じていた。

「それで、女房にできたのか。安芸の姫御前《ひめごぜ》は」

お国のことである。

大膳はそんなことまで知っていた。大方、他国に雇われた下人どもが面白半分で誰ぞに話し、それが廻り回って大膳の耳に届いたのだろう。とすれば、無門のやられっぷりは全国的に伝播《でんぱ》された情報ということになる。

「知らんのか、もう女房にしておるわ」

無門は平然を装《よそお》ったつもりだが、顔の筋肉をうまく調整できないらしい。ひくひくと眉《まゆ》の辺りがしきりに動いている。お国のこととなると、どういうわけかこの忍びの達者は、子供以下の能力しか発揮できなくなった。

「忍びのくせに嘘《うそ》が下手じゃ」

大膳は大口を開けて哄笑《こうしょう》した。

やがて大膳ら一行は布引山地を抜け、上野盆地に入った。服部川に沿って下阿波を通過し、川北の集落を通ったころはまだ峡谷の景色が目立ったが、平田の集落にさしかかったころには、景色は周囲を山々に囲まれた盆地の様相を呈《てい》してきた。

大膳の前方の台地に、城郭のごとき建造物が見えた。

「あれが平楽寺よ」

無門が興もなさげに指差した。

八

平楽寺の境内は、十二家評定衆の下人らでごった返していた。大膳を先頭に伊勢の使者が赤門をくぐると、下人らの群れは左右に分かれ、本堂までの道を空けた。

無門は境内に入るや大膳に言葉をかけることもなく、さっさと下人の群れに紛れていく。

（愛想《あいそ》のない奴だ）

大膳は、馬上のまま本堂に進みながら小さく噴き出した。

大膳に続いて徒士《かち》が行く。徒士の数人は重たげな挟箱《はさみばこ》を肩に担《かつ》いでいた。

下人の群れに紛れた無門は、

「おう、しぶといな」

と男に声をかけ、ついでに平手でその肩を勢いよく叩《たた》いた。相手は文吾である。

「っ痛《てえ》なあ」

という文吾は、無門の言う通りほとんど回復していた。

「飢渇丸《きかつがん》が効いたか」

と訊《き》くと、文吾はいやな顔をした。

飢渇丸は、三粒服すれば心力労することなし、といわれる一種の栄養剤である。人参《にんじん》十、蕎麦《そば》粉二十、小麦粉二十、山芋十、耳草（はこべ）一、ヨクイ仁《にん》（はとむぎ）十、糯米《もちごめ》二十の割合で混合し、酒で煮込んで丸薬にするのだという。

「ああ、くそ不味《まず》かったがな」

効果のほどは定かではないが、ともかくも文吾には効いたらしい。

そんな二人の前を、馬上の大膳が通り過ぎて行く。

「あの男、伊勢で見た」

文吾が小声で無門に告げた。

「ああ、日置大膳だ」

無門は言い、「腕を見ろ」と顎《あご》で示した。

「猿臂《えんぴ》だ」

猿の肘《ひじ》の意味である。

もともと六尺以上もある大男が、その体軀《たいく》にさえ不釣合《ふつりあ》いな、異様に長い腕を持っている。

「あの男の強弓《こわゆみ》の秘密があの猿の腕よ」

文吾はようやく、伊勢で朋輩《ほうばい》を切断した矢の主を知った。

「道理《どうり》で、すげえ武者振りだ」

半《なか》ば呆《あき》れ顔で言った。

続いて三郎左衛門が過ぎていく。

「あの男も三瀬《みせ》の御所で見た」

「柘植三郎左衛門。伊賀を見限って伊勢に渡った、かつての十二家評定衆じゃ」

無門はそう告げながら、十二家評定衆が大膳と三郎左衛門を本堂前で出迎えるのを眺《なが》めていた。二人の伊勢武者は評定衆に案内され、挟箱を担いだ徒士とともに本堂の中へと消えていった。

本堂では、春日仏工《かすがぶっこう》の手による丈六《じょうろく》の阿弥陀如来座像《あみだにょらいざぞう》を背にして十二家評定衆が居並んで座った。日置大膳と柘植三郎左衛門は徒士を後方に控えさせ、座像の正面に座した。

「柘植殿、久方《ひさかた》ぶりじゃな。伊勢では大変なご出世とか」

音羽半六が対話の口火《くちび》を切った。半六が、三郎左衛門の伊勢に渡った理由を知らぬはずはない。にもかかわらず、ぬけぬけと追従《ついしょう》の笑みさえ向けてくる。

三郎左衛門は、伊賀者らしく意にも介さぬ顔でいた。

「いや、伊賀退転の折には何かと心痛をお掛けし申した」

慇懃《いんぎん》に詫《わ》びを言い、頭を下げさえした。

「なんの」

半六は言うと、大膳に向き直り、

「こちらは伊勢随一の武者、日置大膳殿でござりまするな」

「世辞《せじ》はいい」

大膳は、三郎左衛門のような大人ではない。半六が発する笑みに露骨に不機嫌な顔を見せた。

「それで」

半六は、大膳の態度を見なかったかのごとく、

「伊勢の御本所が伊賀に使者をお立てになるとは、如何《いか》なる用件にござりますかな」

「されば十二家評定衆の方々に申し上げまする」

三郎左衛門が辞儀を正して、声を張り上げた。

「伊勢の御本所は十二家評定衆を始め、伊賀の豪族《ごうぞく》すべてを織田家の給人《きゅうにん》として迎え入れたいとの御意向にござる」

「ほう」

半六はあいまいに答えた。

給人として迎え入れる、とは、伊賀の地侍の領地を安堵《あんど》する代わりに織田家の軍団に加われということである。これまで好き勝手にやってきた地侍どもにとっては、まったく魅力のない提案だ。

「しかしながら」

三郎左衛門は、不満げな十二家評定衆の顔を見ながらすかさず付け加えた。

「この申し出をお受けくださるとあらば、丸山城の再建に助力《じょりょく》したいとも申されてござる」

不服とするであろう条件を先に提示し、次いで城を進呈すると申し出た。ただ城をやると言っても、伊賀者どもは怪しむとみたからだ。無論、三郎左衛門にすれば城などやるつもりはない。出来上がった瞬間に乗っ取り、伊賀攻めの拠点《きょてん》とする腹である。あくまで武力での伊賀討伐《とうばつ》が目的だった。

（さて伊賀者どもはどう出るか）

大膳は十二家評定衆を眺め回した。

「馬鹿《ばか》な、伊賀国内に伊勢衆の城を築かせるなど、許すはずがないだろう」

下山甲斐が吠《ほ》えた。

無論、百地三太夫の意を汲《く》んだ芝居である。

――丸山城を再建し、拠点とすることで、伊賀を攻略するつもりか。

三太夫は、信雄の丸山築城の意図がありありと分かった。

伊賀攻めをさせたい三太夫としては、むしろ諸手《もろて》を挙げて歓迎すべき提案である。

だが、ここで易々《やすやす》と築城を容認したなら、こちらの意図を読まれぬとも限らない。

「到底、呑《の》めるはずのない申し出である」

甲斐が再び、心底腹を立てたかのように怒声を上げた。

「ほら来た」

大膳は愉快げに、三郎左衛門に小さくささやいた。この伊賀者の言う通りである。他国の者に城を築かせる馬鹿がいるものか。

「伊勢衆の城を築くと申すのではござらん。十二家評定衆が籠《こも》るとあらば、平楽寺ではいかにも手狭《てぜま》。されば石垣、水堀を巡らした当世流行《とうせいばや》りの城を築いて差し上げると申しておるのでござる」

三郎左衛門は諭《さと》すように甲斐に向かって説いた。

（すげえな）

大膳は舌を巻いた。三郎左衛門の表情に真心《まごころ》が籠っている。そうなると、この伊賀者を軽蔑《けいべつ》する気持ちが、またむらむらと湧《わ》き起こってきた。

すると、三郎左衛門に諭された伊賀者は興味深げに、

「田丸城にもある、天主付きか」

身を乗り出して質問さえ発しているではないか。

「無論、天主付きにござる」

三郎左衛門は、後方に控えた徒士どもに合図しながら、

「なお、伊勢衆が手を貸すことは申すまでもなく、築城一切にかかる銭は当方が持ちまする」

言い終わるなり、徒士たちは伊勢から持ってきた挟箱を次々に勢いよく開けてみせた。

中には、おびただしい数の金塊と銀塊がぎっしり詰まっている。

十二家評定衆は中身を見るなり、一斉にどよめいた。

どよめいたどころではない。

——金銀米銭を与へしかば、皆々大悦《おおよろこび》（後略）。

『伊乱記』には、このときの十二家評定衆の食いつきぶりがこう書きとめられている。

「良き申し出と聞いたが」

三太夫も、よだれを垂《た》らさんばかりの表情を作って、十二家評定衆の面々に問いかけた。評定衆もまた虚《うつ》ろな顔のまま、しきりにうなずいてみせた。

（なんという馬鹿者どもだ）

大膳は、伊賀者が見せる習性に呆れ果てた。伊賀に城を築くなど、侵略目的に決まっているではないか。それが一度は疑念をはさんだものの、金銀塊を目にするなり、

それも消し飛んでしまった。

なんのことはない。かつて北畠具教によって伊賀に遣わされた三郎左衛門が丸山築城を承諾させた「手」とは、単に金銭をばらまくだけのことであった。

——伊賀者の急所を心得てござれば。

（三郎左衛門が信雄に言った急所とはこれしきのことだったか）

大膳は内心そう舌を打つと、大声を上げた。

「お前ら馬鹿か」

大膳が信雄に、わざわざ伊賀に行くと申し出たのは、これを言うためだ。

「あのな」

呆れ顔で猿臂を組むと、

「信雄が伊賀に攻め入るつもりだとわからんか。築城が済めば伊勢衆は城を押さえるぞ」

信雄の意図を明かし、伊賀攻めそのものを潰《つぶ》すつもりである。

——おのれ。

という顔で三郎左衛門が大膳を睨《にら》んだ。だが、それも僅《わず》かな間のことだった。

突如、陽気な大笑が堂内に響き渡った。半六であった。

半六は、大膳の物言いを聞いて、この大男が三太夫の言う通り、信雄に意趣を抱く者だと理解した。この馬鹿なら伊賀攻めを断るに違いない。

「よくぞ申してくだされた」

半六はしきりにうなずきながら、

「それこそが我らの案ずるところでござった」

「ん」

大膳はとっさに半六が何を言っているのか理解できなかった。

半六は人の良い笑顔を大膳に向け、

「そうあからさまに申されるは却《かえ》ってそのような謀《はかりごと》がないとの証《あかし》」

と、大膳にすれば嬉々《きき》として鍋《なべ》に飛び込んでくる鴨《かも》のようなことを言った。

次いで葱《ねぎ》も喋《しゃべ》り出した。三太夫である。

「左様、信雄様が伊賀を欲しくば、築城なんぞ面倒なことをせずともいきなり攻め寄せればよいのじゃ。我らに勝つ手立てはござらんわ」

これも大口を開けて笑った。

（これはいよいよ救い難《がた》い）

大膳は口をつぐまざるを得ない。

会見は終わった。十二家評定衆は、大膳と三郎左衛門をともない、本堂外の廊に出た。

境内の下人たちが注目する中、三太夫が宣言した。

「伊勢の御本所より、我ら伊賀者を給人として迎えたいとの申し出があった。されば十二家評定衆はこれをお受けし、伊勢と伊賀の不戦の証として丸山城を再建する」

下人らの間で一斉に不満のどよめきが発せられた。

無論、丸山築城によって国全体が危機に瀕《ひん》するのではないか、などと将来を案ずる不満の声ではない。

——忍び働きができんようになるわ。

——働いても銭は出さんだろが。

そんな、ごく目先のことを案じた不満の声である。

小作人である下人たちは、一年の大半を農作業に費やし、それがない時期に忍びとして他国に雇われ小銭を稼いだ。だが、自国内での築城となると、銭は出ぬだろうし忍び働きをする暇もなくなるではないか。

だが、次の情報を三太夫がもたらしたとき、下人たちの表情は一斉に狡猾《こうかつ》な笑みへと変わった。

「なお、築城に参《さん》ずる者には織田家より銭が出る故《ゆえ》、皆謹《つつし》んで受け取れ」

「へえ」

無門は意外だ、とでも言いたげな声を上げた。

そんな無門に、木猿が、「どう思う」と訊《き》いてきた。「丸山の城を再建などさせて、伊賀攻めの足掛《あしが》かりとなりはせんか」

「銭になるなら、わしは構わんよ。何はともあれ銭が入用《いりよう》でな」

無門はそう鼻で笑った。そしてそれは下人たち全員に共通する思いでもあった。

本堂外の廊では、大膳が言葉を失っていた。

（こいつら何考えてんだ）

十二家評定衆も下人どもも、揃《そろ》いもそろって大馬鹿ときてやがる。

伊賀十二家評定衆が繰り広げる、欲望に正直な銭阿呆《あほう》の芝居に、大膳はころりと騙《だま》された。伊賀者を武士以下と見下す大膳にすれば、十二家評定衆の行動は意外ながらも充分ありうる条件反射であった。そんな大膳がすんなり騙されるのも当然といえた。

三郎左衛門は、大膳を横目で睨みつけ、小さく非難の声を上げた。

「こやつらが銭阿呆でなければ、貴殿《きでん》の一言で伊賀攻めが潰れるところであったぞ」

三郎左衛門は、伊賀者の習性を熟知しているだけに、大膳以上にあっさり策に引っかかったと言える。金銀をちらつかせれば異論など吹っ飛ぶだろうと、この男は伊賀者を甘く見た。自らの策略を過信していたのだ。

だが、伊賀者が阿呆でないことは、のちにこの三郎左衛門自身が身をもって知ることになる。

第三章

一

『三国地誌』や『伊乱記《いらんき》』等によると、丸山城は麓《ふもと》の周囲七百九十六間《けん》、高さ三十間程度の小山に築かれた山城である。「天正伊賀《いが》の乱」発祥《はっしょう》の地とされるこの城は、完成後、本丸以下、二の丸、西の丸や、秋の丸という出丸《でまる》らしきものまで有し、三層の天主をも備えるほどであった。

柘植三郎左衛門《つげさぶろうざえもん》は築城を急いだ。

このためには多少の事故も見逃さねばならない。

三郎左衛門以下の伊勢衆《いせしゅう》は、そのとき築城する伊賀者どもを監督していた。

伊賀忍者の築城風景はすさまじい。

なにしろ遠い昔、南都の寺々に材料となる木々を供給していた杣《そま》の末裔《まつえい》たちである。木から木へと飛び移り、不必要な木々はまたたく間に伐《き》り倒した。彼らが使う忍びの術はこうした山間《やまあい》の作業から生まれた山岳武術として磨《みが》き上げられた。

「斯様《かよう》な築城ができるのは、この者どもを措《お》いて他にはおらんだろうな」

本丸から各曲輪《くるわ》の建設を見下ろしていた三郎左衛門は、伊賀忍者の体術にあらためて舌を巻いた。

眼下の二の丸では、櫓《やぐら》のための柱が次々に建てられ、柱と柱の間では鑿《のみ》やら鋸《のこぎり》やらの道具が飛び交っている。

そんな中、ひとり二の丸で怠《なま》けている男がいた。

文吾《ぶんご》である。ふてくされたように、柱の土台に座り込んでいた。

「おい」

と、不運にも、その文吾に声をかけたのは二の丸を監督していた伊勢者である。

「休むな。おのれらにいくら払《はろ》うておると思う」

頑丈《がんじょう》そうな顎《あご》を上げて怒鳴《どな》りつけた。

――ふん。

文吾は小馬鹿《こばか》にしたように笑うと、立ち上がって二の丸の隅《すみ》に歩いていった。そこに作業すべき箇所はない。そして人もいなかった。

「どこへ行く」

追ってくる伊勢者に、文吾は振り向きざま、
ふっ、
と息を吹きかけた。

息だけではない。数本の針が伊勢者の頸《くび》に突き立っていた。

「なにをした」

手を頸に当てて訊《き》く伊勢者に、

「知らんか、馬銭《まちん》よ」

文吾は、痙攣《けいれん》を始めた伊勢者を見てせせら笑った。

馬銭の種子や皮には中枢《ちゅうすう》神経を麻痺《まひ》させるストリキニーネが含まれる。少量ならば興奮剤として使えることから、文吾ら伊賀忍者は好んで口に含んでいたが、慣れぬ伊勢者には良く効いた。

死んだ。

「あちゃあ」

と、頭を抱えたのは天主台で梁《はり》を渡す作業をしていた無門《むもん》である。すぐさま梁を蹴《け》って伐り残した木へと飛び移り、木々を伝って二の丸にいる文吾の前に舞い降りた。

「困るんだよなあ」

無門は、伊勢者の屍骸《しがい》を山の斜面に蹴飛ばしながら苦情を言った。

「妙なことすんなよ。ここの手当《てあて》がすげえいいのお前もよく知ってんだろが。仕事がなくなっちまうじゃねえか」

「伊勢に降《くだ》るなんぞ俺は承知してねえぞ。城造りなど真《ま》っ平《ぴら》だ」

文吾は不機嫌な顔を無門に向けた。若い文吾にとっては銭金よりも戦《いくさ》の魅力の方が勝っていた。伊勢に降れば無論、戦はおあずけとなる。

「俺はな、殺しがしたいんだよ」

「うわあ、嫌《や》な趣味してんなあ」

無門はそっぽを向いて、げっ、という顔をした。

三郎左衛門も文吾の悪業を目撃していた。それでも、傍《そば》にいた家臣に、

「見逃せ、築城を終えるが先だ」

と言い、事故として片付けるよう命じた。

丸山城さえ出来てしまえば、伊賀者を根絶《ねだ》やしにしてやる。そうなれば死んだ伊勢の男の無念も晴れるはずである。

作業は農閑期に毎日行われ、夕刻には終わった。夜目《よめ》がきく伊賀者は昼夜関係なく

作業を続けられたが、監督者である伊勢衆が働けなかったからだ。

合図の法螺貝《ほらがい》が鳴ると、伊賀者たちは作業をやめ、南に面した大手門からぞろぞろと城を出てくる。門を出たところで、伊勢衆がその日の手当を手渡した。

無門も受け取った。紐《ひも》を通された永楽銭《えいらくせん》百五十文《もん》がずしりと持ち重りがした。

「無門殿」

と堀端で待っていたお国《くに》が声をかけてきた。これまでとは異なり、機嫌がいい。口元には笑みさえ浮かべていた。

だが、どういうわけか無門は、すぐさま浮かない顔になった。

お国の機嫌がいい理由を、無門は知っている。ここのところ毎日、お国に手渡す百五十文の手当がそれだ。いまも無門が手当を渡すと、「ご苦労様でござりました」と、ねぎらいの言葉を発し、腕を絡《から》ませんばかりの勢いさえ示した。

築城が始まってからというもの、無門はほぼ毎日作業に出て、日当である永楽銭百五十文を稼いでいた。

無論、百五十文は、お国に吸い上げられる。そしてその総額は、お国が無門に課した四十貫文《かんもん》を今日超えるはずであった。

(でもなあ)

無門は、お国と連れ立って歩きながら、丸山城を振り返った。

（もうじき城が出来上がっちまうよ）

城が完成すれば当然のごとく、この割のいい仕事もなくなる。なくなれば、お国のご機嫌もまた消え去ってしまうであろう。

「織田家と申すは随分と羽振《はぶ》りがようございますね」

お国は無門を見上げた。初めて見るような美しい笑顔だ。

羽振りがいいどころではない。百五十文の日当だと、四人家族が一年に食う米をわずか二十日程度で稼ぐ計算である。

無門は、お国の笑顔を見ないようにしたまま、

「まあ、天下を取ろうってんだから、銭もたんまり持ってんだろうね」

信長が「天下布武」の印判《いんばん》を用いて天下一統を標榜《ひょうぼう》し始めたのは、いまから十年も前のことだ。いま、安土《あづち》城の信長は、大坂の石山本願寺相手に苦戦しながらも、最近では羽柴秀吉《はしばひでよし》を中国地方に派遣するなど天下一統への布石《ふせき》を着々と打ち進めていた。

そんな信長の動きや破竹の勢いを無門も知っている。ならば丸山築城も伊賀者を織田家の給人《きゅうにん》にすることとの交換条件などという生易《なまやさ》しいものではなく、武力討伐《とうばつ》の拠点と見た方が自然なのだが、この馬鹿忍者は、そんなことにまで思い至らなかった。と

いうより、どうでも良かった。

関心はお国の機嫌だけである。

「あのさ」

無門は、恐る恐るお国を横目で見つめた。

「はい」

「そろそろさ、城造りも終わってしまうんだよね」

無門は仕事がなくなることをほのめかした。が、お国は笑顔のままでいる。

（どうやらわかってないらしいな）

無門は、お国の顔を覗《のぞ》きこむようにして、

「でさ、築城が終わればさ、ほら、手当もさ」

お国の機嫌を探るように言うべきことを言った。

（どうだ）

無門は一種の覇気《はき》をもってお国の目を見つめた。忍術ではない。男が秘密を暴露《ばくろ》するときに向ける、「怒んないで下さい」という懇願《こんがん》のまなざしである。

すると覇気が通じたのか、お国は、

「左様にござりましょう」

と、笑顔のままで言うではないか。

（これはどういうことだ）

驚愕《きょうがく》する無門をよそに、お国は、

「いつまでも城造りが続くはずはござりませんもの」

「はあ」

無門は、不審ながらも返事をせざるを得ない。

しかし、「でも」と、お国が話を続けたとき、無門はようやく合点《がてん》がいった。

「十二家評定衆《じゅうにけひょうじょうしゅう》の皆様は織田家の給人となられるのでござりましょう。さすれば四十貫文どころか、無門殿にも立身出世の道が開けましょう」

伊賀から山ひとつ越えた近江国甲賀《おうみのくにこうが》の地侍《じざむらい》、滝川一益《たきがわかずます》が織田家に仕《つか》えてからというもの出世に出世を重ねて、今では北伊勢で一城の主《あるじ》になっていることは、無門もよく知っていた。さらには地侍でさえなく、出自もさだかではない羽柴秀吉が、異数《いすう》の立身を遂《と》げ、滝川をしのぐほどの勢いなのは、子供でも知っている事実であった。

（俺にそうなれってのか）

冗談ではない。無門は機嫌がいい方のお国と暮らし、たまに忍び働きで小金《こがね》を稼ぎながら気楽に毎日を過ごしていくことが望みである。聞けば織田家の人使いはひどく荒いというし、信長という男もいきなり家臣を殴りつけるようなよくわからない主人だという。そんな家中《かちゅう》であくせく働き出世を狙《ねら》うなど、無門は考えただけでも寒気がした。

しかし、こんなことをお国に言えるはずもない。

「ああ、そういうことねえ」

意味不明の返事を発して、とぼとぼと家路についた。

四十貫文を過ぎたのに、無門は自分の家には帰らない。お国に、もごもご言い訳して鉄の小屋に向かった。

「お前、家帰れよ」

帰るなり苦情を言う鉄を尻目《しりめ》に、土間にごろりと寝転がった。

「いや、女って恐いわ」

今にも泣き出しそうな顔で言った。

無論、こうなればお国の言う通り、腰っ骨《ぽね》が折れるほど働き、織田家で出世するしかない。

二

信雄《のぶかつ》は丸山城が完成した途端、予定通り掌《てのひら》を返した。

完成予定の数日前から滝川雄利《かつとし》（北畠《きたばたけ》家の一門である木造具政《こつくりともまさ》の次男、滝川一益の養子）に数千の軍勢を与えて少数ずつ伊賀に送り込み、丸山城の柘植三郎左衛門に合流させたのだ。

城はまだ日が高いうちに落成《らくせい》を迎えた。そしてこのときには、城内はすでに伊勢衆であふれ返らんばかりになっていた。

「無門よ、まずいぞこれは」

二の丸から大手門に至る左右に曲がりくねった大手道を行きながら、木猿《きさる》が隣の無門にささやいた。

無門が後ろを振り向くと、屈強《くっきょう》な伊勢衆が武装までして伊賀者を丸山城から追い出しにかかっている。

――城造りが終わったのなら、さっさと出て行け。

そんな調子で、威圧《いあつ》を込めながらぐいぐいと伊賀者を追い立てた。

「城を乗っ取る気だぞ」

木猿は再び小声で言った。

（そうかなあ）

この期《ご》におよんでも無門は、伊勢の兵どもが城を乗っ取ることを信じかねていた。いや、信じようとはしなかった。伊勢兵が城を乗っ取るとすれば、伊賀者を織田家の給人にするという申し出は嘘《うそ》ということになる。これが嘘ならお国のご機嫌は霧散《むさん》してしまうではないか。

（まさか、乗っ取るなんてないだろ）

というのは見方というより希望であった。

無門の希望的観測が正しいという証拠が示されたのは、無門らが大手門に差し掛かったときだ。

先頭を行く百地三太夫《ももちさんだゆう》を、三郎左衛門が門の手前で出迎えた。三郎左衛門は、三太夫に歩み寄るなり、

「長い間、ご苦労にござった。伊賀衆の働きには伊勢の御本所《ごほんじょ》もほとほと感服《かんぷく》してござる」

慇懃《いんぎん》に言うと、深々と頭を下げてみせた。

三太夫もまた、「なんの、伊勢衆のご指示が行き届いていた故《ゆえ》にでござるよ」と、にこやかに応じている。

さらに三郎左衛門が、「些少《さしょう》ながら」と、兵に命じて数個の挟箱《はさみばこ》を開けさせると、

またもや金銀塊が現われた。

「伊勢の御本所よりの祝金《いわいきん》にござる。明日よりは築城の疲れをゆるりとお取りくだされ。城の守りは我らがお引き受け申す」

（そらみろ）

無門は、木猿の悲観的な見方をあざ笑った。こんな調子で城の乗っ取りをやるわけがないだろう。

――無門の馬鹿《ばか》め。

木猿は、せせら笑う無門にむしろ呆《あき》れかえった。伊賀者ならばこのやり取りの、どうにもならないキナ臭さを全身で感じ取っていいはずであろうが。

それにしても木猿にとって解《げ》せないのは、三太夫が、「ではこれにて」と、易々《やすやす》と大手門から出て行こうとしていることである。

三太夫が大手門を出ると、下人らもそれに続いた。無門と木猿も城を出た。

三太夫らの一行が城門を出た途端、彼らの背後で門扉《もんぴ》が轟音《ごうおん》とともに勢いよく閉じられた。

そしてこの瞬間、史上「丸山合戦」と呼ばれる戦闘が始まった。『伊乱記』によれば、天正六年（一五七八年）十月二十五日のことである。

城門が閉じられるや、城内の三郎左衛門は笑顔を消した。

「諸門《しょもん》を固めよ。伊賀者は、あ奴《やつ》らで最後のはずだ。伊賀者が忍び入るを決して許すな」

厳命した。

一方、城外の三太夫は、城門の閉まる音を背中で聞きながら、

「さて、焼くか」

野焼《のや》きでもやるような気軽な調子でつぶやいた。

(焼くのかよ)

げっ、という顔で無門は三太夫を見た。木猿を始め他の下人たちも、無門と同様の顔で主を凝視した。

三太夫は、そんな下人らの怪訝《けげん》な様子を見て、何を驚いているとでも言いたげな顔を向けた。

「おのれらも散々《さんざん》に稼いだであろう。もはや城に用はない」

そんな手筈《てはず》でいたとは誰も聞いていない。

ただし、一人は密命を帯びて、すでに行動に移しつつあった。

文吾である。

このとき文吾は、天主台の石垣から飛び降りていた。天主台を擁《よう》した本丸の郭内には三十人程度の伊勢兵がいる。その真《ま》っ只中《ただなか》に文吾は舞い降りた。

「伊賀者か」

身構えた伊勢兵たちだったが、文吾の様子を認めて毒気《どくけ》を抜かれた。

文吾は水をくぐったようにずぶ濡《ぬ》れであった。

「なんじゃ、その格好は」

と、不審げに問いかける伊勢兵に、文吾は、

「火が出るからな」

「どこじゃ」

「これよ」

そう文吾が人差し指を上げ、天を指した瞬間、空に向かってそびえる天主のすべての格子窓《こうしまど》が一斉に火を吹いた。

文吾は素早く刀を抜いた。文字通り仰天《ぎょうてん》する伊勢兵数人の咽喉《のど》を切り裂き、「追ってこい」と挑発しながら山の斜面を滑り降りた。

だが、文吾が滑り降りた直後、追う伊勢兵を阻《はば》むように炎が巻き起こった。またたく間《ま》に本丸は炎で覆《おお》われ、伊勢兵の三十人ことごとくが焼け死んだ。

本丸から発した炎は、どういうわけか下へ下へと燃え広がった。他国の武将が伊賀忍者をとくに恐れた理由のひとつに、火術の巧《たく》みさがある。忍者どももこの火術を重視し、『万川集海《ばんせんしゅうかい》』の忍器篇では、もっとも多くの頁《ページ》を割いて二百近くの火薬の調合法を記しているほどだ。

炎は本丸を焼き、二の丸にも襲い掛かった。

そのころには、三太夫らの一行は、喰代《ほうじろ》の里へ帰るべく比自岐川《ひじきがわ》沿いを進んでいた。ほどよく離れたその辺りからは、みるみる炎に包まれる丸山城がよく見物できた。

(うわあ)

無門は、派手な爆発を起こしながら真っ赤に燃えていく城を見て、頭を抱えたくなるような思いでいた。

もはや織田家での出世どころの話ではない。織田家との合戦は決定的だ。無門には、燃えさかる城が烈火のごとく怒り狂うお国の姿に見えて仕方なかった。

各曲輪《くるわ》に建てた櫓《やぐら》などは景気良く燃えた。火薬でも仕込んでいたのか、瞬時にして木《こ》っ端微塵《ぱみじん》に吹っ飛んだ。

(あーあー、こらこら)

呆然《ぼうぜん》と城を眺めていると、こちらに駆け寄ってくる男がいる。

文吾であった。

無門の横に並ぶと、見たか、と言わんばかりの顔を無門に向け、次いで城に目をやった。

無門はほとんど半泣きで、文吾の生き生きした横顔を恨めしげに見つめた。

「喰代に帰るぞ。あとは他家の者どもが始末する」

やがて三太夫はそう言うと、城に背を向け比自岐川を渡り始めた。


「逃げよ」

城内では、炎に追われた柘植三郎左衛門が、信雄に派遣された滝川雄利を引《ひ》き摺《ず》るようにして大手道を駆けていた。

一度は西の丸に入った三郎左衛門だったが、大手門から脱出するべく兵たちとともに駆けに駆けた。

前方に大手門が見えてきた。後方を振り向くと道に満《み》ち溢《あふ》れた兵たちが炎に巻かれつつある。

「門を開けよ」

三郎左衛門は先頭を駆ける兵どもに大声で命じた。

大手門が開いた。

完成したばかりの城である。完成前には毎月、市も立ったというが、城下町はまだない。城外は一面、稲刈りを待つ田であった。

三郎左衛門らが大手門を出て堀に架かった橋を渡り、兵どもも半《なか》ば城から吐き出されたときである。稲のことごとくが人に為《な》り変ったかと見紛《みまが》うほどに、突如《とつじょ》、伊賀者が群がり出てきた。

下山甲斐《しもやまかい》と音羽《おとわ》半六の下人どもである。

「放て」

甲斐が下知《げち》を飛ばすや、鉄砲やら半弓が一斉に撃ち放たれ、伊勢兵はばたばたと斃《たお》された。

「伊勢まで駆け続けよ」

三郎左衛門は身をかがませながら、兵たちに守られつつ駆け続けた。滝川雄利をともない、兵を削り取られながらも敵を防いで比自岐谷へと逃れ、日が暮れても駆け通しで布引《ぬのびき》山地を越えた。そしてほとんど満身創痍《まんしんそうい》で田丸城へと逃げ込んだ。

——両陣の軍兵《ぐんぴょう》、手負《てお》い死人数千人に及ぶ。

『伊乱記』には、この合戦での惨禍《さんか》がこう記されているが、その大半が伊勢側の被害であった。

なお、『伊水温故《いすいうんご》』は、双方の軍勢の屍骸《しがい》を葬《ほうむ》った「頸塚《くびづか》」が枅川《ひじきがわ》か才良《ざいりょう》の辺りにあるとしているが、現在その所在は不明である。

三

（あいつを止めねば）

丸山城が攻められた翌日の夕刻、長野《ながの》左京亮《さきょうのすけ》は田丸城の二の丸から大手門へと続く道を駆け下りながら、焦燥《しょうそう》していた。

日置《へき》大膳《だいぜん》を追っている。

大膳は、十二家評定衆の見立て通り、伊賀攻めへの参戦を拒否したのだ。いまから二刻前のことである。日の高いうちから酒宴に興《きょう》じていた信雄のもとに、柘植三郎左衛門からの報《し》らせがあると家臣が飛び込んできた。

（丸山城の乗っ取りがうまく運んだか）

信雄はほくそ笑んだ。酒宴もその祝賀のつもりである。

広間に出ると、三郎左衛門当人がいた。滝川雄利をともない、城下の乞食《こじき》でも着ないようなぼろを纏《まと》っている。背中には刀傷さえあった。

信雄は二人の姿を見ただけで悟った。

「伊賀者の仕業《しわざ》か」

顔色を変えて怒鳴った。

三郎左衛門はありのままを言上《ごんじょう》し、

「我が方の兵、千人以上が討ち取られ申した」

と、自らの不甲斐《ふがい》なさを詫《わ》びた。

すぐに城下の屋敷にいた重臣たちが集められ、広間で評定が開かれた。大膳も左京亮もいる。

評定などというものではない。信雄がただ、「ただちに伊賀を攻める」と、何度もわめき立てているだけである。

——何故《なにゆえ》、伊賀者は丸山城を攻め、我ら伊勢衆を怒らせるようなことをわざわざしたのか。

というふうには、広間の重臣の誰もが考えもしなかった。

『伊乱記』にもあるが、「当国（伊賀）の勇士は古今短慮の沙汰《さた》、遠国《おんごく》までも隠れなきもの」なのである。

——丸山城を築くことで銭を儲《もう》け、儲けたらさっさと焼いてしまえ。

丸山城攻めは伊賀者特有の「短慮」の結果で、その先何が起こるのかなど、この忍者どもは考えもしていない。重臣たちは、城攻めの理由をそんなふうに見ていた。

それゆえ信雄が、「伊賀に攻め入る」と騒いだとき、重臣らはなにやら馬鹿をなぶるがごとき戦《いくさ》をせねばならぬような、うんざりした気分になった。重臣らにしてみれば、丸山築城でさえ三郎左衛門に押し切られたから承諾したまでで、もともと乗り気だったわけではない。

「御本所」

大膳はわめく信雄を大声で呼ばわった。信雄が思わず言葉を呑《の》んだほどの大音声《だいおんじょう》である。ずいと立ち上がり、長大な体軀《たいく》で信雄を見下ろすと、

「日置家は伊賀攻めをお断り申すわ」

言い捨てるなり、大股《おおまた》で広間を出て行った。

仰天したのは、左京亮だ。

（あいつを止めねば）

信雄の許しも得ず、大膳の後を追った。

左京亮は、大手門を出た堀端で大膳を捉《つか》まえた。

「どこへ行くつもりじゃ」

「広間にて信雄めに申した通りじゃ。七日市《なぬかいち》の城に帰る」

大膳は振り向きざまに言った。大膳は北畠具教《きたばたけとものり》暗殺の功《こう》として、七日市の地で城を預かる身となっていた。左京亮もまた山田野城の主《あるじ》となっている。

「丸山城が焼かれた今、伊賀を攻めねば御本所は却《かえ》って面目《めんぼく》を失う。伊賀攻めを拒むとあれば大膳、御本所はおのれが城にも攻め入るぞ」

左京亮は必死に説得した。だが、大膳は自嘲《じちょう》ぎみに笑った。

「その方がよほど良いわ。無知蒙昧《もうまい》の力なき伊賀者を討つよりはな」

「おのれ、大膳」

そう怒気を発する左京亮を、大膳は「聞け、左京亮」と制した。

深刻な顔つきで言葉を続けた。

「北畠具教様はな、俺に自らの止《とど》めを刺せと仰《おお》せになったのだ。止めを刺さねば俺の家臣どもに災禍《さいか》が降りかかると申されてな。北畠家は何もせずともいずれは滅びておった。それを我らは瀕死《ひんし》の者をなぶるがごとく殺したのだ。余人《よじん》は知らず、俺は弱き者をなぶるがごとき振る舞いを、二度とはせん」

大膳は、旧主の暗殺に加担したことに傷つき切っていた。そして信雄に腹を立てながらも、文句を言う程度で、なんら決定的な反旗《ひるがえ》を翻すこともない自分に、ほとほと愛想が尽きる思いでいた。

左京亮とて、そんな大膳の気分が分からぬわけではない。

(だが、それが今の世ではないか)

むしろ大膳の割り切れなさに憤《いきどお》った。

「これが乱世なのだ。力ある者のみが天下を安寧《あんねい》に導ける。力なき者は従うか滅ぼされるか二つに一つしか道はないのだ」

こういう所は、左京亮は割り切り過ぎていたかも知れない。乱世とはいえ、旧主を殺せば非難する者もいたし、政治利用され討伐《とうばつ》の名目にさえなった。

もっとも、左京亮が割り切るのには理由があった。この男は、伊勢の中部を支配し、安濃津《あのつ》に本拠を置いた長野家の一門で、長野家は過去に長い間、北畠家とはいざこざが絶えなかった家柄なのである。

北畠具教は長野家を掌握《しょうあく》する過程で、次男の具藤《ともふじ》を長野家の当主として送り込んだ。のちに信長が信雄を北畠家にねじ込んだのと全く同じことを、長野家に対してやっていたのだ。

その後、信長が伊勢中部を襲うにおよんで、長野家は具教が送り込んだ具藤を叩《たた》き出し、代わりに信長の弟信包《のぶかね》を当主として迎え入れた。そして、信長と具教が対決した大河内《おかわち》合戦で、長野家は信長方として城攻めに参加した。左京亮が、具教とともに大河内城に籠《こも》ったことは先に述べた。大河内合戦で、左京亮は一族の決定に反し、長野家の侵略者であったはずの北畠具教に臣従《しんじゅう》を誓い続けたのだ。

だが、左京亮の忠誠もここまでであった。

——主家とは変わるものじゃ。

これ以上は余計な感傷というものだ。長野家に育った左京亮はさほどの後ろめたさもなく、そう意を決したのであろう。

後のことだが、左京亮は信雄をもあっさりと見限る。織田信長が本能寺で自刃《じじん》し、羽柴秀吉が信長の天下を簒奪《さんだつ》しようと画策していたとき、信雄は徳川家康《いえやす》と組んでこれを阻もうとした。秀吉に対し信雄と家康の連合軍が挑んだ所謂《いわゆる》「小牧《こまき》・長久手《ながくて》の合戦」だが、これに至るまでの前哨戦《ぜんしょうせん》として、秀吉は麾下《きか》の武将たちに信雄の所領である伊勢の支城へと攻め込ませた。

信長の元重臣のほとんどが秀吉に味方している。左京亮も秀吉に従った。

「長野左京亮は秀吉の味方に参ずと云々《うんぬん》」

『勢州軍記』には、左京亮の行動がそう簡潔に記されている。

なお、左京亮は非業《ひごう》のうちに死ぬ。

秀吉に臣従したのち、織田信包（秀吉麾下に入っていた）に預けられていたが、同じ家中の家所《いえどころ》清次郎という者と不仲になり、とある場所ですれ違った際、馬上で互いに鐙《あぶみ》を引っ掛け合った。鐙を掛け合うのは「喧嘩《けんか》を売る」との意思表示である。左京亮は抜き打ちに斬《き》られ即死した。

「長野、剛《ごう》の者と雖《いえど》も、数度不義を企《くわだ》て、その報いによりて今若武者の家所がために討《う》たる」

同書は、北畠具教の密殺に関与し、信雄さえも裏切った左京亮の死を、こう冷ややかに断じた。

しかし、左京亮のような生き方は、乱世においては珍しくはなかった。それは乱世においてはむしろ、正しいとさえ言えた。

大膳も、左京亮のごとく割り切ることが生き延びる上では不可避であるぐらいのことは承知している。

「左京亮、お前は正しい」

だが、続けてこう言った。

「しかし俺は信雄に従いもせぬし、むざとは滅ぼされもせんぞ」

そう告げると、踵《きびす》を返して城下の屋敷へと足を進めた。

（今度こそ信雄と一戦を交え、華々しく闘死《とうし》する）

大膳はそう腹を決めている。

左京亮は見送るほかなかった。


「大膳は意を翻したか」

信雄は、長野左京亮が広間に戻るなり訊《き》いてきた。無言で出て行った左京亮だったが、信雄はその理由を察していた。

信雄にはそんなところがあった。重臣どもの一挙手一投足を過敏に捉《とら》え、その眉《まゆ》の動き一つで彼らの心をありありと読み取ることができた。

先ほど左京亮が無断で広間を出て行ったときも、

（大膳を説得に行くのだな）

そう悟ったまではよかったが、

（二人していまの境涯《きょうがい》を宥《なだ》め合うのに違いない）

とまで陰気臭く深読みしている。そんなわけだから、「意を翻したか」と訊いたときも、左京亮に対して大いに不機嫌な様子を見せた。

「やはり大膳は伊賀攻めには参戦致しませぬ」

左京亮は広い背中を平らにして平伏しながら言上した。次いで、やおら上体を起こすと、

「御本所、大膳抜きで伊賀を攻めるおつもりならば某《それがし》も大膳と同様、参戦をお断り致しまする」

傲然《ごうぜん》と言い放った。具教暗殺の際、命を救ってくれた大膳に殉《じゅん》じる覚悟を決めていた。

「伊賀へと攻め入るからには必ず勝たねばなりませぬ。しかしながら大膳の武辺なくば、殿は伊賀には勝てませぬ。伊賀は弱小にござる。負けるはずのない戦に負けたとあっては御本所の武名は地に落ちまするぞ」

背筋を立て、信雄を正面から見据《みす》えたまま明言した。

「城下の屋敷にて沙汰をお待ち致す故《ゆえ》、如何様《いかよう》にも御処断くだされ」

言い終えると小さく頭を下げ、座を立とうとした。

——わしが負けるというのか。

信雄は怒りで顔を紅潮《こうちょう》させた。

しかも、大膳のいないが故に、伊賀に負けてしまうのだという。

──嘘《うそ》だろう。

信雄は、左京亮を引き止めると、重臣らの中でほとんど唯一《ゆいいつ》信頼している男に訊いた。

「待て」

「三郎左、存念《ぞんねん》を申せ」

三郎左衛門は考えていたが、

「大膳なくば、戦は当方の負けと存じまする」

と、目を伏せた。三郎左衛門にすれば大膳がここまで思い切った行動に出るとは思いも寄らなかった。

──大膳がいなければ負ける。

そのことを三郎左衛門はありありと想像することができた。正直な男であった。いくら伊賀者に打撃を与えたくとも、敗北との見通しが立てば、それを伝えねばならぬと考えた。

「左様か」

信雄は歯《は》嚙《が》みしながら、重臣どもを睨《にら》むように見つめた。

「伊賀攻めは追って下知《げち》するゆえ、それまで留め置く」

大膳と左京亮に対する沙汰も伝えぬまま評定を終わらせた。

散会した後、信雄は三郎左衛門に下山平兵衛《しもやまへいべえ》を北の丸の地下の石牢《いしろう》に繋《つな》ぐよう命じた。やはり平兵衛が十二家評定衆の命を受けてきたのではないかと疑ったからである。

三郎左衛門は、違うと確信していたが、ここは従わざるを得なかった。

四

「まだ来ぬか」

十二家評定衆の間で、そんな苛立《いらだ》ちの声が上がっていた。

なにしろ、丸山落城から一年近くも経《た》とうというのに、信雄は一向に伊賀攻めを行う気配《けはい》を見せないのである。

信雄には、日置大膳の不参戦以外にも伊賀攻めをやろうにもやれない理由があった。

丸山落城の直後、摂津国《せっつのくに》（現在の大阪府北部および兵庫県東部）を任され石山本願寺の攻略の一翼を担《にな》っていた荒木村重《あらきむらしげ》が信長に謀反《むほん》を企て、本拠の摂津有岡城に閉じこもってしまった。このため、信雄は伊勢兵ともども摂津に動員されたのだ。翌天正七年の初めごろまで摂津に在陣し、摂津の任務が解かれたのちの同年四月には、秀吉が担当している中国攻略の助勢のため播州《ばんしゅう》（現在の兵庫県南西部）へも行かされた。

この間、伊勢はほとんど空《から》の状態であった。信雄は伊賀攻めどころの騒ぎではなかったのだ。

十二家評定衆の苛立ちが終わりを告げたのは、天正七年の秋ごろである。ようやく信雄が伊勢の田丸城に戻ってきたのだ。

「いよいよか」

田丸城下に埋《う》めた下人からの報《し》らせが入ったとき、十二家評定衆はそう狂喜した。

さらに評定衆どもを喜ばせたのは、大膳が信雄の一年におよぶ軍旅に従うことなく、七日市城に籠《こも》ったきり出てこなかったことである。主従の軋轢《あつれき》は明白だ。日ならずして、大膳は信雄に討伐されることになるだろう。

「しかしな」

音羽半六は、会議所である平楽寺の本堂の床に寝転びながら三太夫に問うた。

「大膳が伊賀攻めに来ぬのは分かったが、このままでは信雄めは、伊賀攻め自体を取りやめるのではないか」

三太夫は、下山甲斐と目顔でうなずき合うと、半六に向かって不敵な笑みを返した。

――斯様《かよう》なこと、案の内よ。

十二家評定衆は三太夫の笑みをそう取った。

三太夫は立ち上がり、

「左様、大膳なきまま伊賀攻めをさせるには、いまひとつ〝無門の一関《いっかん》〟をこじ開けねばならん」

また誰かの心を操るのだという。

「誰だそれは」

と言いながら、半六は上体を起こした。

「無門が想《おも》い女《め》よ。斯様な他国の女子《おなご》を殺しもせずに置いたは、なんのためじゃと思う」

三太夫はそう言うと、本堂の扉を開け、外の廊へと出た。十二家評定衆もこれに続いた。

境内には下人たちが群れをなしている。扉の開く音に、一斉にその方へと注目した。

「聞け、伊賀の者どもよ」

三太夫は大音声《だいおんじょう》で命《めい》を下した。

「信雄めの軍勢は日を置かずして伊賀へと攻め入る。されば伊賀の下人は伊勢よりの攻め口である阿波《あわ》口、馬野《ばの》口、伊勢地《いせじ》口の三道を固め、これを迎え撃て」

『伊乱記』には、

「此《こ》の度の合戦に見事に戦死を遂《と》げ、屍《しかばね》を山野に曝《さら》し、名を万代《ばんだい》に挙げ、誉《ほまれ》を末の世に留むべし」

と、三太夫が宣言したらしき言葉が記されているが、それを聞いた下人たちの反応は、およそ戦《いくさ》に臨《のぞ》む者のそれではなかった。

——本当かよ。

うへえ、というげんなりした気分が境内の下人たちの間で一時に蔓延《まんえん》した。自国を守る戦となれば、銭は出ない。しかもその相手は伊勢の大軍ではないか。それもこっちが挑発したから向こうは攻めてくるのである。

——やってられるか。

伊賀者らしい損得勘定《かんじょう》でそう思った。「やった」と、喜色満面《きしょくまんめん》でいるのは文吾ぐらいのものである。

そこに下人らの思いを代弁した男がいる。

「戦となれば誰が銭を払うのじゃ」

無門が廊に向かって叫び上げていた。

「他国より雇う者のない戦じゃ。我らが命がけの戦に誰が銭をもって購《あがな》うのじゃ」

(——無門め、やはりそう来たか)

三太夫は内心ほくそ笑んだ。だが、顔だけは怒りを漲《みなぎ》らせ、

「おのれは、この期《ご》におよんでまだ銭を言うか」

と、一蹴《いっしゅう》した。

妙なことに、無門にだけは許していた銭を与えるという〝特権〟を、伊勢との戦では認めないという。また、伊賀者にとって有利となるはずの日置大膳の不参戦をも、下人らには明かさなかった。

「今は非常の時である。丸山城を焼き払ったのも、伊賀を奪うとの信雄の企てを我らが見抜いたからじゃ。城を焼き払えば信雄は必ず攻めてくる。もはや事態を収める術《すべ》は戦しかない」

自衛のための戦だと、ぬけぬけと言い放った。

さらに三太夫は、『伊賀惣国一揆掟書《いがそうこくいっきおきてがき》』の条文をも持ち出した。

——他国より当国へ入るにおゐては、惣国一味同心に防がるべく候事《そうろうこと》。

「伊賀に生きる者、この掟に背《そむ》くとあらば相当の覚悟あってしかるべし」

——従わねば殺す。

三太夫は無門に対してそう言っている。

掟書は、地侍たちの間で取り交わされたものだ。当然、地侍の支配下にある下人ら

も、これを突き付けられれば従わざるを得ない。

無門は苦い顔をしていたが、本堂に背を向けると下人らの群れを掻《か》き分けて赤門に向かった。

（帰れ）

三太夫は無門の背に無言で呼ばわった。

（帰って、あの女にこれを伝えるのだ）

三太夫は、これからの無門の狂騒を思うと可笑《おか》しくてならない。

無門は、とぼとぼと自らの百姓小屋に向かって足をひきずるようにして歩いていた。

（絶対叱《しか》られるな）

まったく憔悴《しょうすい》しきっている。

お国は丸山城が焼かれてからというもの、再び平常へと戻っていた。

つまりは機嫌が悪い。いや平常に戻るどころか、お国はより凶暴さを増していた。

それは無門の様子を見ても分かる。丸山築城のころは若返ったかに見えたが、再び齢《よわい》百を越えたかのように萎《しぼ》み果てていた。

「こんちわ」

無門は細めに戸を開け、小屋の中へぬるりと身を差し入れた。

お国の顔は見ない。だが、火の消えた炉端《ろばた》にお国がいるのはわかる。

わかっただけではない。無門が入り込んだ途端、こちらを冷ややかに見つめたことさえ肌で感じた。

「あのさ」

無門は竈《かまど》に目を向けたまま、口火を切った。

「伊勢の信雄がさ、攻めてくるんだよね」

「左様でござりましょうとも。城を焼かれて黙っているはずがないでしょう」

お国は冷ややかな調子のまま答えた。

（出直して来ようかな）

無門は早くもそんな誘惑に駆られたが、いつ来ても同じであろうことは承知している。意を決して伝えるべきことを伝えた。

「戦に出ても、手当は出ないんですと」

鳥が飛んでますなあ、と日常の出来事でも伝えるようにことさら軽い調子で言ってみた。

当然、効果はない。

「死ぬかも知れぬ合戦に出て、何の足しにもならぬというのですか」

そんなことは許しませんぞ、というふうに、お国はぴしゃりと口早に言った。

無門もそんな返事が返ってくる程度のことは予想している。一応、次に言うことぐらいは考えていた。

「戦に出ないとえらい目に遭《あ》わせるとも言ってた。さっき平楽寺《へいらくじ》で。三太夫のおやじが」

そう言うと、お国の方にはじめて向いて、道すがら考えてきた案を口にした。

「だからさ、他の国に逃げないか」

「どこへ逃げると言うのですか」

「まあ、京とか」

「京でどうやって食べていくのです」

そうお国に問い詰められ、無門はもう窮《きゅう》していた。とっさの思い付きで逃げを試みた。

「そりゃお前、軽業《かるわざ》とか幻術《げんじゅつ》とか見せりゃ多少の銭は」

言い終わらぬうちに、お国は激昂《げっこう》した。

「物乞《ものご》いですか」

「いや、そういうんじゃなくてさ」

「じゃあ何です」

全くもって〝そういうの〟だから、無門が二の句を継《つ》げるはずがない。意味不明の笑みを浮かべたまま固まった。

お国は容赦《ようしゃ》なく言葉を浴びせかける。

「だいたい忍びですら嫌だと存じておりますのに、言うに事欠《ことか》いて今度は物乞いですか。わたくしは、物乞いと共に家を捨てた覚えはありませぬ。他国に逃げるなど絶対に嫌でござります」

こうなると、無門は降参するしかない。

「よし、ここに居よう」

言いながら、一方でぼんやり考えていた。

(信雄の馬鹿《ばか》が、伊賀攻めやめてくんねえかなあ)

信雄さえ丸山城を焼いたことを勘弁《かんべん》して伊賀攻めを断念すれば、日置大膳なんかを相手にただ働きはしないで済むし、お国の機嫌も少しは直ろうというものだ。

そんな甘いことを考えていたが、ふいに、

「もう降りてこんか」

苦笑いしながら声をかけた。お国にではない。

するど頭上からけっけっ、という嘲笑《ちょうしょう》が聞こえてきた。

文吾である。

「噂《うわさ》通りのやられっぷりじゃな」

驚いて言葉を失ったお国をよそに、梁《はり》の上から飛び降りてきた。

無門は苦い顔のまま、

「何の用じゃ」

「前例なきことじゃが」

「葉擦《はず》れの術を使え」

無門は文吾を制した。

「葉擦れの術」は、微《かす》かな声で話す術に過ぎない。だが、傍《はた》で聞くと、葉と葉が擦れ合うかのごとき音にしか聞こえないことからこの名が付いた。

「前例なきことじゃが、下人同士で評定を開く」

「場所は」

無門も葉が擦れ合う音を唇から発した。

「平楽寺。本堂の屋根で。日暮れとともに参集する」

「行こう」

そんな二人を、お国が異物でも見るような目で見つめているのに、この伊賀者たちは気付きもしない。


日暮れとともに、無門はいったん鉄の小屋に戻り、再び出かけた。月のない闇《やみ》の中を芒《すすき》の穂を掠《かす》めながら走り、やがて平楽寺の赤門の前で足を止めた。

二層の屋根を見上げると、無数の目玉がこちらを向いていた。

夜行性の獣のごとき光を帯びた目玉である。それが一斉に閉じられた。濃紺の野良《のら》着《ぎ》のせいか、屋根の上は瞬時にして無人の闇に返った。

（伊賀中の下人どもが集まってやがんのか）

無門が僅《わず》かに驚いたのは、開け放たれた赤門をくぐり、境内に足を踏み入れたときだ。

歩を進めながら辺りを見回すと、前方の本堂はおろか奥の院など、堂塔伽藍《どうとうがらん》の屋根という屋根で数え切れぬほどの目玉が不気味にまたたいていた。

（こりゃ、ろくな相談じゃなさそうだ）

無門は小さく顔をしかめながら跳躍《ちょうやく》した。木の幹を足場に再び跳んで、本堂の屋根にふわりと舞い降りた。

「よっ」

先着している下人たちに声をかけ、鳳《おおとり》の甍《いらか》に腰掛けながらその顔ぶれを確かめた。すでに話し合いは進んでいるのか、いずれも深刻な顔つきでいる。中には木猿も文吾もいた。文吾はなにやら膨《ふく》れっ面《つら》をしていた。

「んで、何を話すんだ」

無門は深刻な様子をほぐすべく、おどけてみせた。

先着の下人らには、他家の者も交じっている。そのうち、元は柘植三郎左衛門の下人で、三郎左衛門が伊勢に退転した後に長田《おさだ》郷《ごう》朝田の福喜多家に仕えた、通称、下柘植の小猿が葉擦れの術で語り始めた。

「無門、おのれの申す通りじゃ。御屋形《おやかた》同士の小競《こぜ》り合《あ》いとはわけが違う。もはや付き合いきれんわ」

『万川集海』で、木猿と並び十一人の隠忍《いんにん》に数えられたほどの忍者がそう言った。かつては上水の樋《とい》を通って伊勢の田倉城に単身忍び込み、火を放って落城させたという奇《き》功《こう》の持ち主だ。子供ほどに小さい。

「あの日置大膳と長野左京亮を相手に、ただ働きでは割に合わん」

小さな頭を横に振りながら言った。下人らは皆、当然のごとく大膳が参戦するものと思い込んでいた。

「だから、どうすんだ」

無門が促《うなが》すと、老忍者の木猿が代わって、

「逃散《ちょうさん》すると申しておる」

「え、逃げちゃうのか」

無門は驚いた。驚いたまま境内の方を向き、葉擦れの術で、「お前たちはどうなんだ」と問いかけた。

すると、ざわざわと葉の擦れる音が即座に返ってきた。

(うわっ)

「結構いるなあ、逃げたい奴《やっ》」

無門はようやく事態の深刻さが分かってきた。

木猿が追いかぶせるように、

「福喜多家のほか、滝野家、町井家、田屋家の下人どもも逃げたいと言っておる」

「そんなにかよ」

戦力の半数は逃げることになる。伊勢の兵力は一万をゆうに超すはずだ。これに対して半分となった伊賀の兵力は二千五百である。ほとんど五分の一の戦力で伊勢の軍勢を迎え撃たねばならぬではないか。

「うちは、百地家はどうなんだ」

木猿の胸倉を摑《つか》まんばかりにして訊《き》くと、

「大方逃げたいと申しておる」

「うそっ」

無門はおもわず術を解いてしまった。声は境内にこだました。

（絶対負けるぞ、戦《いくさ》）

無門は総毛立《そうけだ》った。無門にはもはや伊賀に残って戦うしか選択肢《せんたくし》はないのである。

「皆、お前のやり方に習ったまでよ。銭が出ねば殺しはやらぬ」

無門のやり口は他家にも知れ渡っていた。小猿は皮肉な顔でそう言った。

「俺は残るぞ」

と言ったのは不機嫌な様子の文吾である。この若造が膨れっ面をしている理由が無門にもようやく分かった。だが、文吾の戦力になど無門はまったく期待していない。

「あそ」

ほとんど泣き顔で言い捨てると、「木猿は」と問うた。せめてかつての忍術の名人にでも参戦してもらわねば困る。

「わしは老い先長いというわけではない故《ゆえ》な、土遁《どとん》の術を斯様《かよう》な大戦で使えれば本望《ほんもう》じゃ」

訥々《とつとつ》と参戦の旨《むね》を語ると、

「無門、お前はどうするのだ」

と訊き返してきた。

「俺は」

無門は自問した。

（逃げようかな）

思った途端、お国の顔が思い浮かんだ。無論、機嫌の悪い方である。

「んなことできるわけねえよ」

頭を抱えた。

横目で見ると、小猿が小さな身体《からだ》を屋根の先に移し、「では我らは行くぞ」と屋根から飛び降りようとしている。

「待て」

と、小猿を制したのは無門ではない。布生《ふのう》家の下人である。布生家の下人らは伊賀

に残ると決めていた。刀を抜くと、

「伊賀より逃げるがどれほどの大罪か知らぬわけではあるまい。銭など申しておるときか」

腕ずくでも言うことを聞かせると言わんばかりの気勢を示した。

（いいぞ、布生家）

無門は心中で応援の声を上げたが、それも即座に終了した。木猿が甲羅を経た忍者らしく、布生家の下人をたしなめたのだ。

「逃げると申しておる者を無理に戦に出させたところで敵に寝返るだけじゃ。却《かえ》って我らが仇《あだ》となる。おのれも忍びなら分からぬものではあるまい」

木猿の言う通りであった。もともと心底《しんてい》定かならぬ忍者たちである。寝返るのは確実であった。ならば敵を増やさぬよう、このまま逃がした方が利口《りこう》だ。

「それよりも小猿、逃げたとて敵に加わらぬと約束せい。その代り、我らも御屋形には逃散を内密にする」

「心得た」

小猿は即座に答えた。所詮《しょせん》は忍者の約束だが、せぬよりはましであろう。

布生家の下人も少しの間考えていたが、やがて刀を収めた。

「すまんな」

小猿はそう言うと、小さな身体を闇に躍らせ、境内へと飛び降りて行った。これを皮切りに、他の下人たちも次々に屋根という屋根から飛び降りた。

「待てこら、お前たち待て」

無門は術も忘れて叫び下ろしたが、止まる者などいるはずもない。

木猿も、「ならば戦場でな」と綱を伝ってするすると降りて行く。文吾も、「じゃあな」と膨れっ面のまま、派手に身を翻《ひるがえ》して虚空《こくう》を舞った。

「こりゃ、えらいことになった」

無門は瞬《また》く間に無人と化した境内を見つめながら呆然《ぼうぜん》となった。

かといって、無門は戦に加わっても討死《うちじに》するなどとは思っていない。それほどにこの男は自分の腕に自信をもっていた。だが、自分ひとりが奮戦しても、戦の負けは目に見えている。伊賀に残らねばならぬ以上、伊賀が滅びては元も子もない。

(だったらもう、戦自体を止めるしか手はねえじゃんか)

無門は泣きたい思いで考えた。

(伊勢の者に掛け合うしかない)

無門は平楽寺を飛び出すと、伊勢に向かって駆け出した。

伊勢で顔見知りといえば、日置大膳しかいない。

五

日置大膳の居城、七日市城は、伊勢湾へと流れ込む櫛田川《くしだがわ》のはるか上流にある。櫛田川の岸辺の台地の端に築かれているため、川が天然の堀の役目を果しており、まず堅城といえた。信雄の居城、田丸城からは西方十里ほど離れている。

大膳は居城に籠《こも》っている間、ときおり家臣とともに所領の高鉢山に分け入り、鹿《しか》を狩った。

この日も大膳は獲物を仕留めると、決まって立ち寄る猟師小屋へと向かった。着いたころには日もすっかり暮れていた。

(甚平《じんべい》め、またいやな顔をするだろう)

大膳はいたずらっぽく笑った。甚平は七十を越した今も猟師小屋に一人で暮らし、獣を狩って生計を立てている。

甚平は大膳の所領の領民であった。だが、領主である大膳が鹿の血抜きを頼むと、老境の域に達すると恐しいものなど何もなくなるのか、「これが最後じゃぞ」と、露骨《ろこつ》にいやな顔をした。そのくせ毎回きれいに獣を解体し、獣肉と皮革とを持って七日市城に参上する。

「甚平」

小屋の前で大膳が呼ぶと、「やかましいわ」と、中から声が返ってきた。いつもの通り、領主とも思わぬ口のきき方である。

(面白い奴だ)

大膳が苦笑していると、甚平が小屋から出てきた。

「血抜きを頼む」

「いやだね」

甚平はいつもの通り答えた。大膳はやり取りを楽しむように、

「何故《なにゆえ》じゃ」

「伊賀者だからよ」

甚平が伏せていた顔を上げると別人の顔があった。無門である。

「この者を捕《とら》えよ」

大膳が大喝《だいかつ》するなり、家臣らが一斉に無門を取り囲んだ。

「わかった、わかった」

無門は家臣らの気を殺《そ》ぐようにへらへら笑うと、二刀を脱した。

「なんなら縛ってくれ」

後ろで手を組むなり、その場に胡坐《あぐら》をかいた。

大膳がすかさず、

「肩を外して縛れ」

「え、知ってんのかよ」

無門は顔をしかめた。

肩を無理やり外された無門は、縄で身を絞《しぼ》るがごとく、腕と胴とを幾重にも縛り上げられ、猟師小屋へと放り込まれた。

「床《ゆか》がありやがんだよな」

無門は土間で身を起こしながらぼやいた。

無門の百姓小屋とは異なり、板敷きの床がある。伊勢は猟師小屋でさえ伊賀より裕福そうだった。

「なにしにきた」

大膳は家臣三人だけを連れて小屋へと入り、框《かまち》に座ると無門を正面から見据えた。

横目で見ると甚平が土間の隅に転がっている。腹がかすかに動いていた。生きているらしい。

「お前、伊賀攻めに出ないんだってな」

無門は大膳の顔を覗《のぞ》きこむようにして言った。後ろ手に手首を縛られ、足首も同様にされながらも器用に膝《ひざ》を畳《たた》んで座っている。

「誰に聞いた」

「甚平には何でも話すらしいな」

小馬鹿《こばか》にしたように無門は笑った。

そうか、甚平に話してたか、というように大膳は苦笑すると、

「伊賀者のごとき弱き者どもを、日置大膳ともあろう者が討てるかよ」

吐き捨てるように言った。

大膳だけではない。当時の武将は、伊賀者の持つ摩訶《まか》不思議な忍びの術を恐れはするものの、正面切っての合戦に伊賀者が長《た》けていようとは思っていない。これまで伊賀者は他国の武将に雇われ様々な合戦に参加したが、そこで見せるのは敵の油断に乗じた忍び働きだけだったからである。

――堂々、軍勢を押し出せば伊賀者などひとたまりもない。

他の武将たちと同様、大膳もそう見ていた。

「信雄の腹いせに付き合うなんぞ御免《ごめん》だ。伊賀になど間違っても行かぬ」

大膳は明言した。

――なら伊賀は勝てるのではないか。

無門の頭をそんな着想がよぎったが、即座にそれは否定された。伊賀の下人どもの半数は逃げるというのだ。大膳が参戦しなくとも伊賀の負けは確実であろう。

「信雄はどうかね」

と、無門は訊いてみた。

「そんなこと知るか」

「お前が信雄を諫《いさ》めて止めてはくれんか」

「俺が止めたら、余計に攻めると言い出すぞ、あの小僧は」

大膳は、馬鹿言うなとでも言いたげな顔をした。

「それにな、丸山城で騙《だま》し討《う》ちを喰らわされたとあれば、信雄でなくとも怒ろうってもんだ」

「当人に掛け合うしかないか」

そりゃ怒っちゃうよな、というふうに無門は嘆息《たんそく》すると、

「この縄な」

と、思い出したように言った。

「肩を外して抜けるなんぞ、初歩の技よ。伊賀一の忍びの達者はな——」

言うなり、息を大きく吸い込んだ。次いで一気に吐き出した。その瞬間、無門の身体から骨が砕けたかと聞き紛《まが》うような不気味な音が発せられ、胴体が棒切れほどに窄《すぼ》まった。

「あばらを外すのよ」

数ある忍術の中でもっとも信じられないのが、この骨格を自在に操る術である。

伊賀忍者の中には幼いころから骨折を繰り返させられ、骨折した状態を常《つね》の姿とすることで、通常では不可能な身体の動きを可能とする者がいた。恐らくは、そのほとんどがこの細工《さいく》の過程で死んでしまったものと思われ、可能になったのは単に運がよかったか、あるいは異常な体質の持ち主かのどちらかであったのだろう。

無門はそのどちらかの男であった。

「めちゃくちゃ痛いけどね」

涙目になりながら言うと、肩のきしむ音とともに、後ろ手に縛られた手首をぐるりと廻し頭上に差し上げた。さらに前方にまで廻しきると、胴と腕とに巻きついていた縄はするりと上から抜けた。次いで手の甲からもばきりと音を発するなり、瞬時にして手首の縛《いまし》めをも解いてみせた。

(――これが忍びの術か)

大膳は驚嘆のあまり言葉を失った。大膳ほどの男が動くことも忘れ、ただ呆然と無門の術に見入った。三人の家臣などは木偶《でく》のような顔でいる。

すると、傍らの水瓶《みずがめ》から煙が立《た》ち上《のぼ》った。『万川集海』忍器篇にもある水篝《みずかがり》である。一定時間を過ぎると水中で発火する火薬だ。

大膳は、無門の姿を煙幕が消しきったところで、ようやく我《われ》に返った。

(おのれ)

とっさに刀を抜くと横ざまに薙《な》ぎ払った。

斬《き》ったのは煙のみである。

大膳は猟師小屋を飛び出した。

無門の素早さは絶無《ぜつむ》である。外に残してあった数人の家臣のことごとくが悶絶《もんぜつ》していた。無門の姿はない。

見ると、木々の間を見え隠れしながら、山道を駆け下る馬上の無門の姿があった。

(ちっ)

馬に乗った。だが、馬は大膳の重みを支えきれず、どう、と倒れ込んでしまうではないか。

(なんだ)

馬の脚を見ると、筋《すじ》が切られている。残された馬のいずれもがそうされていた。

(野郎――)

嚇《か》っとしながらも頭を巡らせた。

無門は、信雄のいる田丸城へ向かったに違いない。あれほどの術を身に付けた男なら、易々《やすやす》と信雄の寝所に忍び入るだろう。

(――とすれば信雄の命はない)

大膳は考えた。

(ええ、くそ)

家臣を叩《たた》き起こした。

「わしは田丸城に向かう。おのれらは七日市城に戻り、わしの馬を取ってこい」

命ずるや、東に向かって駆け出した。

六

無門が十里の道を馬で駆け通して田丸城下近くに到着したのは、真夜中近くの亥《い》の刻《こく》である。駆ける馬から飛び降りて、そのまま城下町に駆け入った。すでに頭には紺布を巻き、目ばかりを出している。

屋敷が立ち並ぶ城下町を疾風のごとく駆け抜けると、やがて前方に幅十間程度の水堀が見えてきた。

（久しぶりだが）

無門は、走りながら下帯《したおび》に手を入れると、二枚の薄い素焼《すや》きの土器《かわらけ》を取り出した。普段は金的《きんてき》を守るのに使っている。

駆ける速度を緩《ゆる》めず、水堀に向かって投げた。

二枚の土器は、向こう岸の石垣に向かって等間隔に浮いた。と同時に、無門は堀端を蹴《け》ってふわりと宙に舞った。

土器の上に音もなく着地して、それを足場に再び跳躍するなり、土器は小さく音を立てて割れ、水底に沈んでいった。

再びぱきり、と音がした時には、無門は石垣に取り付いている。堀の水面はもとの穏やかさを取り戻していた。

自らの姿を晒《さら》しながら他人に化《ば》けるなどして敵方に潜入することを「陽忍《ようにん》」という。これに対して、姿を見られぬまま忍び入ることを「陰忍《いんにん》」と伊賀者は呼んだ。

無門は、陽忍、陰忍ともに術を使う際は伝書通りのことを行った。

まず、腹這《よこば》いになった。『万川集海』にある「鶉隠《うずらがく》れの術」であるが、術というほど大げさなものではない。単に目の光を敵に悟られないがために壁や地面に腹這いになるだけのことである。

無門はやもりのように平たくなると、そのままずりずりと這って本丸を目指した。

途中、何度か石垣を這い登り、幾つかの曲輪《くるわ》も通過しなければならない。その度に舌を出して、べろり、と地べたを舐《な》めた。

——人の通る道は舐めてみるに、其《そ》の味わひ塩はゆきもの也《なり》。

『正忍記』によると、人が普段通る道は塩の味がするのだという。

塩の味がするのは、そこを見張りの者が巡回する経路と定めているからだ。

無門は塩の味がしない場所を選んで這い進み、やがて本丸にたどり着いた。

灯《ひ》の入っていない石灯籠《いしどうろう》の陰に身を沈めながら、天主台の麓《ふもと》にある御殿を凝視した。

そこに信雄がいるはずだ。

見つめるうち、ずしりと御殿がわずかに沈んだかのように見えた。

（信雄め、寝やがったな）

無門は口の端で小さく笑った。

——家主寝入れば家の棟沈《むね》むやうに見ゆる。（『正忍記《しょうにんき》』）

忍者の中には糸を結びつけた小石を用意して、家の棟から数センチほど石を浮かすようにして朝のうちに垂らし、夜になって石が地面に付いたら家主が寝た、と判断する者もいたという。

無門は、石灯籠の陰から這い出すと御殿の屋根へと舞い上がり、信雄の寝所《しんじょ》と見当を付けた中央部の瓦《かわら》を外して内部へと侵入した。

四半刻《しはんどき》もしないうちに、寝所の天井板を外して信雄の枕元《まくらもと》に音もなく舞い降りている。

無門は信雄の顔を逆さからまじまじと見つめた。

（きれいな顔じゃな）

子供のようにふっくらした頰《ほお》を見ながら苦笑した。父の信長も美男だというが、この信雄にも顔の造作《ぞうさく》は受け継がれたものらしい。

（さてと）

無門は腰板から諸刃《もろは》の剣を抜くと、信雄の咽喉元《のどもと》に当てがった。

信雄はすぐに目を覚まし、とっさに枕頭《ちんとう》の刀に手を伸ばした。だが、

（これだろ）

と言うように、無門が刀を目の前でちらつかせると、黙って再び身を横たえた。

「信雄だな」

無門は葉擦《はず》れの術でささやいた。

信雄は諸刃の剣を咽喉元に受けながらうなずく。

(どうにもこれは)

無門は少々呆《あき》れていた。目を覚ますと信雄はますます子供のような容貌《かお》に見えた。無門のごとく骸骨《がいこつ》に直接皮膚を貼《は》り付け、鼻は尖《とが》り、目は野生の獣のようにぎらつかせた顔とは対照的である。

「いくつになる」

無門は思わず訊《き》いていた。

信雄は二十一歳と手で示した。

「その割には幼き面《つら》じゃな。苦労が足らんと見える」

無門は、鼻で笑うと、

「信雄よ」

無言で怒って起き上がろうとする信雄を剣で押さえながら続けた。

「今宵《こよい》限りで伊賀を攻めるは忘れよ。忘れぬとあらば、この無門様が再び寝《ね》物語に来るぞ。怖かろう。わしが恐ろしければ、伊賀を忘れることだ」

「名は無門か」

信雄は小さく声を発した。

「声を立てるなよ」

無門はさらに諸刃の剣に力を込めたが、信雄は無門の予想以上に子供だった。大人なら、黙って言うことを聞いて伊賀者をやり過ごすところを、この若殿は我慢というものをまるで知らなかった。

「おのれ、忍びづれの指図《さしず》を受ける信雄じゃと思うたか」

御殿中に響き渡るような大声で大喝《だいかつ》するなり、むしろ刃に向かうようにして半身を起こしにかかった。

(嘘《うそ》だろ)

無門は諸刃の剣を信雄の咽喉元から外した。宿直《とのい》の人数に備えなければならない。案《あん》の定《じょう》、次の間から二人の宿直が襖《ふすま》を開けて飛び込んできた。

(馬鹿《ばか》め)

無門は空いた手で奥襟《おくえり》を探るなり、棒手裏剣《ぼうしゅりけん》二本を同時に打った。額に棒手裏剣を深々と打ち込まれて斃《たお》れる宿直に見向きもせず、再び信雄に剣を突き付けた。

それでも信雄は吠《ほ》え続けた。

「おのれら虎狼《ころう》の族《やから》なんぞ、この信雄が根絶《ねだ》やしにしてやるわ。男はおろか女子供のすべての首を切り離し、曝《さら》しものにしてやるからそう思え」

唾《つば》を吐き散らしながら、無門につかみかからんばかりの気勢さえ示した。

この間にも廊下を駆けてくる人数の足音はどんどん近付いてくる。

（そうかよ）

無門の心の内で、伊賀者特有の暗い怒りが渦巻いた。

無門には、信雄がそう言ったとしか聞こえなかった。

――お国の首を落す。

（言いやがったな）

もともと残忍この上ないこの男の心が、真っ黒に染め上がった。

（人の持つすべての誇りを奪い、丸裸にした上で首を落す）

無門はそう心中、含み笑いをした。そして頭に巻き付けた紺布に手をやり、勢いよく剝《は》ぎ取ると、信雄に顔を晒した。

伊賀忍者が必殺を告げるときに必ず行う所作《しょさ》である。

無門は素顔のまま言った。

「ならばその首、あずけておこう。わしが戦場にて直々《じきじき》におのれが首を切り取り、おのれが名を地に叩き落とした上で地獄に落とす」

信雄はこれほどの憎悪《ぞうお》を浴びせられたことはない。思わずその場にへたり込んだ。

無門が言葉を吐き終えるなり、信雄の近習《きんじゅう》のひとりが飛び込んできた。無門はさらに一刀を抜くと、ずんと咽喉元と心臓に二刀を刺し込んだ。

「お前も来い」

屍骸《しがい》となった近習ともども床柱《とこばしら》を蹴って、再び天井裏へと吸い込まれていった。

七

無門が信雄の寝所に忍び込んでから半刻後、七日市城から追いついた馬に乗った大膳が、馬蹄《ばてい》を轟《とどろ》かせて田丸城の大手門に飛び込んできた。

すでに城内は騒然となっている。

信雄の家臣たちは手に手に得物《えもの》を持ち、辺りを探っていた。

信雄の近くに張り付いていなければならない近習の若侍さえ、手足を泳がせるようにして駆け回っていた。「御屋形様が」と喚《わめ》きながら、大膳が無事を問う間《ま》も与えぬまま、城下の重臣たちの屋敷へ注進にいく、と言い捨て駆け過ぎていった。

無論、近習になりすました無門である。

大膳は虚《きょ》を突かれた。駆け去っていく近習を気にも留めず、本丸に向かう道を馬上のまま駆け上がった。

「御本所、無事か」

と叫びながら、信雄の寝所に飛び込んだときには、信雄は半狂乱となって手の付けられない有様であった。

「皆に出兵を命じよ、兵が集まり次第、伊賀に攻め込む」

数人の家臣の腕の中でもがきながら喚き続けていた。

大膳はとっさに信雄の頰を張った。

「気を確かに保《も》て、無事なのか」

言いながら、信雄の身体《からだ》を見回したが、傷は見当たらない。

信雄はようやく大膳の出現に気付いた。

「おのれ大膳」

忍び込んだのが大膳であるかのごとく、怒りの矛先《ほこさき》をこの巨軀《きょく》の男に向けた。

「どの面《つら》下げて我が城に来おった。よう聞け、おのれなんぞの力など借りずとも、この信雄は伊賀を攻め滅ぼしてやるわ」

（なんだ――）

信雄の一言を聞いた大膳の頭を、ぴしりと閃《ひらめ》きのような直感が駆け抜けた。だが、とっさにはその閃きが何であるか自分でも理解できなかった。信雄の顔を見つめたまま、動きを止めた。

「聞いておるのか」

という信雄の怒声に、大膳は我に返った。

「もう一度言ってくれ」

大膳はこの場に不似合いなほどの静かさで問うた。

「何」

「いま何と言ったかもう一度言ってくれ」

すると、信雄は息を大きく吸い込み、

「おのれなしでも伊賀を攻めると言ったのだ」

（なんなのだ）

大膳はまだ自らの閃きが何であったかわからない。わからぬまま踵《きびす》を返すと、寝所から飛び出した。向かったのは、下山平兵衛が監禁された北の丸の地下牢《ちかろう》である。

大膳は平兵衛の牢の前に走り寄るなり、

「聞かせろ」

と、中で結跏趺坐《けっかふざ》したままの伊賀者に向かって叫んだ。

「何をだ」

「おのれが伊勢に来た訳だ」

平兵衛はしばらく考えていたが、静かに語り始めた。

「弟を殺された。次郎兵衛という者だ。無門がやった」

「無門憎しのために伊賀攻めを進言したか」

平兵衛はかぶりを振り、百地三太夫と平兵衛の父下山甲斐の小競《こぜ》り合《あ》いのことを語った。

「情に欠ける弟ではあったが、戦《いくさ》が終わったとて誰一人、弟の死を悼《いた》む者はいなかった。父甲斐にしてそうだ」

そう言うと、半《なか》ば閉じていた瞼《まぶた》を上げ、

「伊賀の者どもは人の心を持たぬ。古来続く裏切りの稼業《かぎょう》が、伊賀者を人でなくしてしまったのだ。あのような者どもはこの世におってはならんのだ」

そして最後にこう締《し》めくくった。

「――伊賀の者どもは人ではない」

（この言葉、二度聞いた）

大膳は刮目《かつもく》した。

大膳の見るところ、平兵衛は真実を語っている。だとすると、この男はまったく伊賀者らしくない。

これとまったく同じ男が大膳の身近にいるではないか。

――柘植三郎左衛門。

（あの男も同じことを言った）

伊賀殲滅《せんめつ》に懸《か》けていた三郎左衛門は、北畠具教を動かして、中途で頓挫《とんざ》したものの丸山城を築くまでにもっていった。平兵衛もまた伊賀を滅ぼすと言い、丸山城再建にまで駒《こま》を進めたが城は焼かれ、いま伊勢の軍勢は伊賀に攻め込むことが必至《ひっし》な状況にある。

――同じことが二度起きた。しかもまったく同じ理由で。

（これは偶然の一致なのか）

――偶然でない。

大膳はそう考えてみた。

偶然でないとすれば、事の発端《ほったん》が伊賀での小競り合いにある以上、その意図は伊賀者から発せられていると見なければならない。

——伊賀者は、信雄に自領を攻めさせようとしている。

(なぜだ)

大膳は考えた。信雄に自領を攻められれば、伊賀の負けは火を見るより明らかではないか。

(なぜなのだ)

——勝つと踏んだから攻めさせようとしたはずだ。

直感の糸を手繰《たぐ》っていくうち、ようやく大膳は最前、自身の頭を閃光《せんこう》のように駆け過ぎていった直感の根元にたどり着いた。

(——俺だ)

大膳は自らが平楽寺で取った言動を思い起こしていた。信雄の方針にあからさまに反抗するあの不遜《ふそん》な態度。

(俺が伊賀攻めを拒《こば》むと踏んだのだ)

——俺が戦に出なければ伊賀は勝てると踏んだのだ。

自負心の強すぎるこの男はそう納得した。そして大膳が戦に出なければ伊勢は負けるという見立ては、他の者から見ても充分正しいと言ってよかった。

（俺の武辺をそれほどまでに値踏《ねぶ》みしたか）

「平兵衛」

大膳はむしろ喜色を露《あら》わにしながら叫んでいた。

「おのれは十二家評定衆の術に嵌《はま》っておる。伊賀攻めを欲しておるのは奴らの方じゃ。伊賀者らしからぬおのれが性根《しょうね》を利用したのだ。いましがた無門が御本所の寝所に忍び込んだ。怒りに我を失った御本所を、もはや止められる者はおらぬ」

「あり得ぬ。一万を越す軍勢にわざわざ攻めさせようとするなど考えられぬ。丸山城を焼いたのも信雄様を挑発するためだというのか」

平兵衛は疑問を差し挟んだ。

大膳は得意げに、

「俺さ」

と、顎《あご》をぐっと上げた。

「俺が参戦しないと読んだのだ。俺すら十二家評定衆が術中にあったのだ」

言うなり、刀を抜いて木製の牢の格子《こうし》を叩《たた》き斬《き》った。

「平兵衛、付いて来い」

牢を蹴破《けやぶ》ると、先にずんずん歩いていった。その足取りは精気に満《み》ち溢《あふ》れている。

（伊賀者の武略《ぶりやく》とはこれほどのものか）

本丸に戻った日置大膳は、下山平兵衛を従えて廊下を行きながら驚嘆していた。名将が名将たる所以《ゆえん》は、敵との駆け引きに長《た》けていることによる。これは詰まるところ敵の心を読み切ることに尽きる。

（だとすれば――）

伊賀十二家評定衆は暗黒の名将ともいうべき者どもではないか。

――あの無門の馬鹿が忍び込んできたのも、十二家評定衆が案の内に違いない。

（戦う）

――戦うべき相手である。

大膳はそう判断した。

「弱き者などとんでもない。忍びの武略を甘く見たが俺の不覚《ふかく》じゃ」

うれしげに喚きながら廊下を駆け出した。

「御免」

と、日置大膳が信雄の寝所に戻ったときには、長野左京亮や柘植三郎左衛門らをはじめとした重臣たちが詰め掛けていた。

大膳は、平兵衛を背後に控えさせながら次の間に着座した。

信雄は、「まだおったか」と落ち着きを取り戻したかのごとく大膳を一瞥《いちべつ》した。

大膳は辞儀を正すと、

「御本所に申し上げまする。この日置大膳は、伊賀攻めの御下知《げち》をお受け致しまする」

宣言した。

「何を今さら」

信雄は冷笑で報いた。大膳は構わず、

「恐れながら、この大膳なきまま伊賀に攻め入れば御本所は負けを喫《きっ》しまする。これこそが伊賀十二家評定衆が術策。この下山平兵衛すら術中にあり申す」

信雄を始め、重臣らはいぶかしげな顔を大膳に向けた。

「それはいかなることにござる」

三郎左衛門も、不審げな顔で大膳に先を促した。

「この平兵衛は自ら伊賀を裏切ったと思うておるが、これは十二家評定衆が暗に導いたものだ。それゆえ三郎左衛門、おのれすら平兵衛が抱えた毒を見抜けなかったのだ」

大膳はそう言うと、十二家評定衆の術策の肝《きも》ともいうべきことを、むしろ誇らしげに語った。

「俺なしなら伊賀は勝つ。それゆえ伊賀者は御本所を挑発し続けたのだ」

（まさか）

三郎左衛門はまったく信じられない。たしかに大膳なくして伊賀へ出兵するならば、我らの敗北はまず必至であろう。だが、そもそもの発端である平兵衛の伊賀裏切りから十二家評定衆が仕組んでおり、大膳なしで信雄が出兵することまで初めから見込んでいたというのか。

（伊賀殲滅《せんめつ》にのめり込む余り、わしの目が曇《くも》っておったのか）

そう考え直してみても、到底あり得るとは思えない。平兵衛を見ると、この男もまた信じられないという顔でいる。

だが、大膳の言うことを三郎左衛門は信じざるを得ない。なぜなら現実は大膳の言う通りに進んでいたからだ。

大膳の言う伊賀十二家評定衆の術策は、依然、その効力を発揮し続けていたのだ。

大膳の参戦を拒みながらも、伊賀に攻め込むと息巻《いきま》く男がここにいた。

信雄である。

「おのれぬけぬけと」

この信長の次男坊は、大膳を睨《にら》み付け、

「おのれごときがおらずとも、わしは伊賀を攻める」

「おのれのみを高しと見、自儘《じまま》にものを言いおって。おのれごときがおらずとも、わしは伊賀を攻める」

激昂《げっこう》した。そして、「おのれらもじゃ」と叫びながら重臣らをぐるりと睨《ね》め回した。

「おのれらもわしに心底《しんそこ》、臣従《しんじゅう》を誓っておらぬなら伊賀攻めに加わるな。わしの手勢だけで伊賀に攻め入ってやるわ」

ほとんど自棄《やけ》な勢いで喚《わめ》いた。

「勘違いするなよ小僧」

信雄を制したのは大膳である。

勢いよく立ち上がって信雄の胸倉《むなぐら》を摑《つか》み上げるや、

「ここにおる誰もが、おのれがおやじのためにおのれに従っておるなど当たり前のことじゃ。俺が伊賀を攻めると申すは俺がためじゃ。おのれのためなどではないわ」

最後にはまったくの怒声を上げた。信雄もそれに劣らぬ怒声を上げ、

「おのれ申したな」

「だったら何だ」

大膳は信雄の胸倉をさらに引き寄せ、顔を付けんばかりに睨みつけた。

――こいつ死ぬ。

そう焦《あせ》ったのは左京亮である。誰もが心に秘《ひ》していたものを、この友は一切の手心を加えることなくぶちまけた。

だが、左京亮はおろか重臣らすべてにとって意外なことが起きた。

信雄はしばらくの間、負けじと大膳を睨み返していたが、突如ぼろぼろと涙を流し始めたのだ。

(なんだ)

思わず大膳は信雄の胸倉を放してしまった。

信雄は後ずさりしながら、

「おのれらにわしの気持ちがわかるか」

重臣らに向かって泣きながら訴えた。

「生まれてより人に優れ、誰にも負けず、他人も羨《うらや》むおのれらのような武者に、わしの気持ちがわかるか。おのれらがわしを慕《した》っておらぬことぐらい承知しておるわ。じゃがおのれらはわしの父ごとき男を親に持ったことがあるのか。天下一の父を持ったことがあるのか。何をやっても敵《かな》わぬ者を、おのれらは父に持ったことがあるのか」

そう言うとその場にへたり込み、あとはしくしくと泣き続けた。

(そうだったか)

大膳から見ても、信雄という青年は有能というには程遠い男であった。だが、さらに不幸なのは、この青年が自分の無能さを理解できる程度の頭は持っていたことにある。そんな男が、あの信長を父に持ち、無視され続けてきた。

(この男は、生まれて以来、この世のどこにも身の置き場がないほどの自責《じせき》の念に囚《とら》われ続けてきたのに違いない)

思えば、北畠家の重臣らに見せてきた高圧的な態度も、自責の念に苛《さいな》まれる自分を覆《おお》い隠さんとするための必死の芝居だったのだろう。

(子供なのだ)

大膳は、しょんぼりと肩を落とす信雄を見下ろしながら哀れんだ。

信雄は鼻をすすり上げると、再び言葉を発した。

「すまなかった」

下を向いたまま、そう謝った。

「大膳、左京亮、すまなかった。北畠具教をおのれらに討たせたは、わしが間違いであった」

泣き声を震《ふる》わせながら、「すまなかった」とまた小さくつぶやいた。

それを聞いた大膳は、再び信雄の胸倉を摑み上げた。次いで、その身を引き起こすと力任せに殴りつけた。

（これにてわが意趣は水に流した）

大膳なりの宣言である。

このときから大膳は、信雄の家中きっての腹心となり、主戦力となった。

後のことだが、この日置大膳は、先に述べた秀吉と信雄・家康が戦った「小牧《こまき》・長《なが》久手《くて》の合戦」の折、伊勢松ヶ島城に滝川雄利や家康の家臣、服部半蔵《はっとりはんぞう》らとともに籠《こも》り、秀吉が発した筒井順慶《つついじゅんけい》、藤堂高虎《とうどうたかとら》らの軍勢と戦った。左京亮とは正反対の行動を取ったのである。

――人々、其《そ》の武威《ぶい》を誉《ほ》むと云々《うんぬん》。（『勢州軍記』）

大膳はたびたび松ヶ島城から突出し、敵の心胆を寒からしめたという。

小牧・長久手の合戦後、大膳の戦ぶりに惚《ほ》れ込んだ家康は、大膳を家臣としたい旨《むね》、信雄に申し入れた。当時の信雄にとって、家康との実力差は隔絶したものがある。信雄は泣く泣く大膳を手放し、大膳は家康の家臣となった。が、大膳はまもなく死んだという。理由は分からない。

「日置大膳亮、家康の所望《しょもう》により後に家康に奉《ほう》じて早世《そうせい》すと云々」

『勢州軍記』で大膳について記されているのは、ここまでである。

大膳に殴り付けられた信雄は、一間《いっけん》ほども吹っ飛んだ。何事が起こったのか理解できないかのような表情で、殴った巨《きょ》軀《く》の男を見上げた。

「御本所」

大膳は信雄に向かって深沈《しんちん》とした顔を向けた。

「父上が発せられた伊賀を攻めるなとの御下知は、伊賀を攻め取ってみせよと申すが真意にござる。されば北畠家臣団は御本所の御下知に従い、伊賀攻めに参戦致します る」

平伏した。左京亮、三郎左衛門を始め重臣らもこれに習った。

信雄はしばらくの間、平伏する重臣たちを呆然《ぼうぜん》と眺めていた。やがて、つぶやくように命を下した。

「所領に戻り、軍を催《もよお》し、急ぎ田丸城下に参じてくれ」

済まなげともいうような調子で告げた。

重臣らは下知が発せられるや即座に、「応」と一斉に声を上げた。

十二家評定衆の見込みは外れた。もはや伊勢の軍勢は意をひとつにして、怒濤《どとう》のごとく伊賀に乱入するに違いない。

八

「信雄にああは言ったものの、どうすりゃいいんだ」

田丸城を抜け出た無門は途方《とほう》に暮れていた。伊賀に戻るべく、闇《やみ》の中を大膳から奪った馬で疾駆《しっく》しながらそうぼやいた。

(信雄の馬鹿《ばか》はもう絶対伊賀に攻めて来やがるだろうし、伊賀の連中は連中で逃げるなどとほざいてる)

頭を抱えたくなる思いであった。

(伊賀はもう駄目だな、こりゃ)

途中、大河内《おかわち》を過ぎた辺りで考えるのも面倒くさくなってきた。昼であれば、田丸城を改造する材料とするため取り壊された大河内城が山上に見えるはずである。

(どうにでもなれ)

そう思うほどに眠い。なにしろ、平楽寺を出たその足で大膳の所領へと出向き、猟師の甚平を縛り上げたり、大膳と会ってあばらを外したりしたのち、田丸城に忍び込んで信雄を脅し上げてきたのである。馬で走った距離も含めると一晩のうちに二十五里近くも移動している。

無門は馬上でうとうとしながら西に進路を取って山中に分け入った。が、堀坂峠を越えた辺りで、どうにも耐えられなくなった。

（この辺りは）

無門には見覚えがある。伊勢山上《いせさんじょう》と称される修験道《しゅげんどう》の霊場があるはずだ。そこには、北畠家の祈願所となっていた飯福田寺《いぶたじ》があり、具教が殺された際に、この寺も焼かれたと聞いた。

（そこならまずゆっくり寝られるだろう）

無門は寺近くで馬を捨て、近習《きんじゅう》の装束《しょうぞく》を脱ぎ捨てた。

見上げるといかにも修験道の霊場らしい隆起した奇岩が乱立している。無門は岩から岩へと跳び移り、岩屋《いわや》の前にたどり着いた。修験道の開祖、役小角《えんのおづぬ》が修行したという岩屋である。

（おや）

無門は変な顔をした。まだ役小角が修行を続けているらしい。それが証拠に加持《かじ》を行う声が聞こえてくる。

（馬鹿な）

相当眠いらしい。役小角は九百年近くも前の人間ではないか。

岩屋の中では、修験者が炉に組まれた檀木《だんもく》が発する炎を前に呪術《じゅじゅつ》を施《ほどこ》していた。

――オンボラカンマネイソワカ。

奇妙な言葉を発している。

修験者の後ろで立ち上る炎を凝視しているのは、北畠具教の娘、凜《りん》であった。侍女を二人引き連れている。

異変が起きたのは、修験者が乳木《にゅうもく》を炉に焼《く》べ、炎が更《さら》なる高みに達したときである。

「なにが望みだ」

加持の験《げん》が顕《あらわ》れたのか、突如、岩屋の中で声がこだました。

無門が発した声である。

侍女は騒然となった。侍女のひとりは泣き出しさえしている。どうしたことか、加持をしていたはずの修験者までがうろたえた。

そんな中、凜だけは背筋を正したまま身じろぎ一つしない。炎から視線を移さず、

「我が父、北畠具教が仇《かたき》、信雄を討ち滅ぼしていただきとうござりまする」

（ほう）

すでに炎の後ろに身を潜《ひそ》めていた無門は喜色を浮かべた。ここにいるのは信雄の妻だという。無門は信雄の妻が、北畠具教の殺されたのち、いままで三年近くもの間、田丸城に軟禁状態にあったことを知っている。それが田丸城を抜け出し、焼け落ちた北畠家の祈願所にまで、哀れにもわざわざ信雄を呪《のろ》い殺しにきたというのか。

（だがな）

無門は苦笑した。

（こいつがやってんのは、疫病除《えきびょうよ》けの加持だぜ）

要するにインチキ修験者である。

伊賀忍者は鍛錬《たんれん》の過程で修験道を学ばされる。忍術伝書に身を護《まも》る札の作成方法などといった項目があるのはこのためだ。戦う前に九字《くじ》を切るのも修験道の影響で、無門は、目の前の修験者が紛《まが》い物《もの》だと即座に見抜いた。

（どこでこんな奴《やつ》を摑まえて来たんだか）

具教の娘はこんな者を頼りにするほどに思い詰めているらしい。

（ならば――）

無門は炎の中に腕を突っ込んだ。

驚愕《きょうがく》したのは修験者である。炎の中から手がぬっと飛び出し、腕をがしりと掴まれたのだ。

実を言えば、火などほとんど消えかかっている。だが、無門を除く岩屋の者たちには、立ち上る紅蓮《ぐれん》の炎から腕が伸びてきたかに見えた。彼らは異常な現象を易々《やすやす》と受け入れる心の状態に自ら堕《お》ち込んでいた。そこに付け込むなど、伊賀者にとっては容易《たやす》いことである。

「おのれは」

無門は、酔ったような目で見つめてくる修験者を凝視した。

「岩屋より退散せよ」

大喝《だいかつ》されるなり、修験者は悲鳴を上げて走り出ていった。岩屋の外は断崖《だんがい》である。無門は炎を掻《か》き分けて凛の前に立った。目の前でちらつかせていた火のついた乳木を捨てただけだが、凛たちは気付かない。

「伊賀者だ。無門という」

残り火に浮かび上がる無門の姿を見て、凛も侍女らもようやく我に返った。凛は見《み》下《くだ》すように、

「忍びの者か」

と問うた。

「左様。腕はこんなものではないぞ」

無門はそう言うと、顔を凜にぐいと近づけ、

「どうだ。神仏に頼るよりわしに頼らんか」

卑《いや》しげに笑った。

とっさに凜は襟元《えりもと》を掻き合せて身構えた。

「違う違う」

むしろうろたえたのは無門の方である。両手を振って、犯すというのではないと示すと、指で輪を作って、「コレよ」と言った。

凜は手を襟元から離した。座したまま無門を見上げると、

「伊賀者は銭にて術を売ると聞く。銭と引き換えに信雄めを討ってくださるというのか」

（よし）

無門は内心、にやりと笑った。商売の相手が関心を持ったのだ。安いならやんないけどね、とでも言いたげな態度にたちまち豹変《ひょうへん》した。

「いかにも。だがわしはちと高いぞ」

片眉《かたまゆ》を上げて見せた。

凜は無門の顔を見つめていたが、

「あれを出しなさい」

と侍女に命じた。侍女たちは躊躇《ちゅうちょ》するふうであったが、「出すのです」と一喝され、しぶしぶ凜の前に袱紗包《ふくさづつみ》を差し出した。

凜は袱紗に包まれた箱を開けた。中の物を取り出し、幾重《いくえ》にも重ねられた布を外すと、小さな茶入れが現れた。

（もしや小茄子《こなす》か）

無門は目を見張った。

凜は父の形見《かたみ》の品をいつ何時も傍《かたわ》らに置いていた。父が恋しいというよりも、信雄への怒りを忘れぬための戒《いまし》めが、この小茄子という名器であった。

「一万貫《まんがん》の値が付くとのことです」

伊賀者などに言ったところで知らないだろうと軽く見たのか、凜は小茄子の値だけを明かした。

（どうやら真物《しんぶつ》らしいな）

無門は狂喜したいのを必死に抑えながら、凜の目を見つめた。侍女に目を移せば怒りに震えている。これが真実、小茄子だからに違いない。

「確かに預かった」

無門は言うなり、素早く小茄子を取り上げると狭い岩屋の中で跳躍した。次の瞬間には崖下《がいか》に消えている。

「姫」

無門が消えるや、侍女が声を上げた。

「よいのです」

凜は落ち着いた声で侍女に言った。

「願いが通じたのです。神仏が我が願いを聞き届け、あの男を遣《つか》わしたのに違いありません」

この時代の者たちが神仏に願をかけるのは、現在の我々が神頼みするのとは訳が違う。現実に利益を与えるものとして、神仏にすがった。凜が無門の出現を神仏の仕業《しわざ》と思ったのも、自然なことであった。

「無力であった私はようやく為《な》すべきことができた。もはや思い残すことはありません」

凜は満足げな顔を侍女に向けると、そう言って微笑《ほほえ》んだ。

崖下に舞い降りた無門は、凜の期待など眼中にない。

(とてつもない幸運が転がり込んできた)

小茄子を見ると、眠気もどこかに吹っ飛んでいった。

(逃げよう)

これをお国に見せて、京に逃げることに同意させるのだ。

凜に嘘《うそ》をついたことに微塵《みじん》の呵責《かしゃく》もない。嘘は忍びの術の基本中の基本である。そんな術にかかる者の方が、弱くて悪いのだ。

(ん)

見ると、足元に修験者の墜落死体が転がっている。

崖の上を見上げた。無門に暗い予感が走った。再び崖の上へと跳ね上がった。

岩屋の前に戻ると、辺りにはすでに血の臭《にお》いが漂っている。

(やはりそうか)

岩屋の中を覗《のぞ》くと、凜はおろか二人の侍女までもが自刃《じじん》を遂《と》げていた。

無門は鼻をふん、と鳴らした。

「馬鹿な奴らだ。忍びの言葉など真《ま》に受けおって。馬鹿な奴は死ぬ。俺の知ったことか」

九

無門が馬を駆って伊賀に入ったときには、すでに夜が明け昼近くになっていた。喰《ほう》代《じろ》の里に着くと、まずは鉄の小屋へと出向いた。武具を仕入れるためである。

小屋に入ると、鉄は汗まみれで座り込んでいた。

「皆が武具を求めて来おってな」

と言いながら鉄は汗を拭《ふ》くと、

「御屋形を捨てて皆、逃げるそうじゃな」

まったく他人事《ひとごと》のように訊《き》いてきた。

「皆そう言ってたか。鉄、お前は」

「わしは御屋形のお陰《かげ》でこれまで生きて来られた。恩に報いる」

「殊勝《しゅしょう》なことだ」

無門は鼻で笑うと、特注の手裏剣をありったけ求めた。幸い鉄は大量の在庫を抱えていた。

座ったままで手裏剣の入った袋を渡すと、鉄は無門をじっと見上げた。

「無門、お前はどうするんだ」

「逃げるさ」

無門は即座に答えた。

「なら早《はよ》う出て行け。喰代の里の者は、戦《いくさ》が始まる直前に逃げるそうじゃ」

戦の始まるまでは大人しく伊賀に留まって戦の備えも手伝い、開戦直前のどさくさに紛れて逃げるのだという。

「そうかよ」

無門はそう返事をすると、「じゃあな」と戸を開けて出て行こうとした。

鉄は、無門に横顔を見せたまま、

「無門よ」

「ん」

「恥を知らんか」

無門は片頬をゆがませた。

「知らんな。忍びってそういうもんだろう」

戸を閉めた。

（なんのことだ）

無門はお国のいる百姓小屋へと向かいながら、小さく腹を立てていた。

（俺は三太夫のおやじに恩などないぞ）

むりやり忍びの術を仕込まれ、命懸《が》けで働いても儲《もう》けの大半は三太夫に持っていかれる。

（そんな奴にどんな恩があるってんだ）

吐き捨てるような気分でいた。

百姓小屋に着いた。

朝の遅いお国を叩《たた》き起こすと、「逃げよう」といきなり切り出した。お国は眠い目を擦《こす》りながら、

「またその話でござりますか。嫌だと申したはずでしょう」

「安芸国《あきのくに》での約束を果す。だから共に逃げよう」

無門には自信があった。なにせ小茄子があるのだ。死んだ北畠家の娘によると一万貫の値打ちがあるのだという。これさえ見せれば、お国は飛び付いてくるに違いない。

小茄子を見せた。手に入れた経緯《いきさつ》は多少変えて、「田丸城より盗み出した」と嘘をついた。

「これを元手《もとで》に商いでもしよう。京で夫婦《めおと》になろう。よいな」

無門はいつになくはっきりした口調でお国を口説いた。

が、お国の反応は、無門が思いも寄らないものだった。

「卑怯者《ひきょうもの》」

お国はそう大喝したのだ。

「伊賀の皆が戦おうというときに、無門殿は逃げると申されるのか」

――見損なった。

とまで言い放ち、背を向けてしまった。

この間までは、銭がないから伊賀から逃げないと言ってたじゃないか。無門はいきなり途方に暮れた。

(ほんとかよ)

お国は、無門が伊賀者のくせに伊賀国を守る戦から逃げるという考え自体が気に入らなかった。逃げるぐらいなら、ただ働きでも戦う方がましだとさえ思っている。無門に対して銭がないから逃げないと言ったのは、こんな思いがあったからだ。

こういうところ、お国は武士の娘であった。武士は名を惜《お》しむ。住み慣れた土地を捨てて逃げるなどという考えは武士にはない。

無門とて、そんなお国の心の置き所を知らないわけではない。

（武士特有のあれか）

武士どもは土地を奪われる脅威に曝《さら》されれば、命懸けでそれに立ち向かうという。さっさと逃げるなど許されざるべき悪業である。

（馬鹿《ばか》だねえ）

そもそも卑怯だ、などと言われても、無門にとっては意味の分からぬことであった。忍術に卑怯はいけない、という教えはない。むしろ卑怯を尊《とうと》び、他人を欺《あざむ》くことによって術を成功に導くのが、忍術の本道ではないか。

（死んでしまえばおしまいじゃねえか）

無門はそうお国の背中に心中で語りかけた。

それが通じたのか、お国は振り返り、

「絶対に伊賀からは出ませんから」

言うと再び背を向けてしまった。

（これは脅し上げるしかないな）

無門は目を細めてお国の背中をじっと見つめた。

「あのさ」

「何です」

お国は背を向けたままで答えた。

「逃げるのは俺だけじゃないんだよね」

「他に誰が逃げるというのです」

「そうだな」

無門は一息つくと、

「下人の半分」

「嘘」

お国は反射的に無門へと向き直った。

(かかった)

無門は内心手を打った。

「昨夜《ゆうべ》、平楽寺で話したらそうだってさ」

「ならば伊賀はどうなるのです」

「滅びるだろうね。それに昨夜伊勢の北畠信雄にも会ったんだけど」

「嘘」

「いや本当。そいつもね、女子供も容赦しないってさ」

「女子供も──」

こうなると、お国は口ばかりでからきし意気地《いくじ》がなかった。炉の一点を見つめたまま、それっきり黙りこくってしまった。

（いまだ）

無門は畳み掛けた。

「伊賀は戦った刹那《せつな》に負けるよ。そうなれば伊賀は全部が焼き払われるだろうね。お国殿も無事では済まないんじゃないかな」

そっぽを向いてまるで他人事のように言った。

そう聞いて、お国は文字通り震え上がった。

無門はここで口調を変えた。お国に向き直るや断固とした調子で、

「芸州生まれのお国殿が、伊賀につきあって死ぬ義理はない。俺と一緒に逃げるんだ」

お国は、しばらく無言で考えていたが、やがて不承不承《ふしょうぶしょう》うなずいた。

第四章

一

伊勢《いせ》の軍勢が田丸城下に集結したのは、無門が忍び込んでから数日後の天正七年（一五七九年）九月十六日のことである。その日の未明には、城外およそ一里のところを流れる宮川のほとりに総勢一万一千余騎が勢揃《せいぞろ》いした。

信雄《のぶかつ》を中央に、日置大膳《へきだいぜん》、長野左京亮《ながのさきょうのすけ》、柘植三郎左衛門《つげさぶろうざえもん》らの侍大将が横一列になって軍勢の前に居並んだ。

「聞け、伊勢の武者どもよ」

馬上の信雄が叫んだ。

「これは伊賀《いが》が望んだ戦《いくさ》である。されば者共ためらうことなく伊賀へと踏み入り、伊勢武者の武辺を骨の髄まで思い知らせてやれ」

さすがに一万余の軍勢に声は届かない。松明《たいまつ》に照らされた前方の数百程度が、威勢良く「応」と答えたのが精一杯である。

「大膳」

信雄が命じた。

大膳は馬をずいと進めた。そして天を仰《あお》いで腹いっぱいに息を吸うや、地鳴りの如《ごと》き雄叫《おたけ》びを上げた。この男が合戦前に決まって上げる咆哮《ほうこう》であった。初めは低く、長く続くにつれ大音声《だいおんじょう》になった。前方の兵たちも咆哮で応《こた》え、そしてその咆哮は最後尾へと波及した。

（ついにきた）

一万を超す軍勢の中で拳《こぶし》を固く握り締めたのは下山平兵衛《しもやまへいべえ》である。

日置大膳も加わった大軍は、必ず伊賀を攻め滅ぼす。

（これは我が正義の軍勢である）

平兵衛もまた、兵たちの中で雄叫びを上げた。

全軍が上げる咆哮の中、すべての兵が武者の血を沸騰《ふっとう》させた。

「進軍」

大音響の中を、信雄が大声で下知《げち》を飛ばした。

伊勢の軍勢は、十六日の未明に田丸城を打ち立ち、伊賀への進軍を開始した。すでに軍議を行い、伊賀への攻め口は北から阿波《あわ》口、馬野《ばの》口、伊勢地《いせじ》口の三道と決めてある。いずれの攻め口も伊賀の地名から取ったものだ。三道とも壁となって立ちはだかる布引《ぬのびき》山地を乗り越えていかねばならない。

各攻め口の割り当ては、

阿波口　北畠（織田）信雄

馬野口　柘植三郎左衛門、長野左京亮

伊勢地口　日置大膳

である。

行軍速度はすさまじく速い。徒士《かち》はほとんど全力で走った。一万余の軍勢がうねるようにして進む様は、一匹の大蛇が獲物に向かって這《は》い進むが如き光景であった。平生《ひろ》の辺りまで来たときに、大蛇は三頭の怪物と化した。信雄の軍勢は長野川に沿って進み、三郎左衛門と左京亮の軍勢は榊原川《さかきばらがわ》を、大膳の軍勢は雲出川《くもずがわ》をそれぞれたどって西進を続けた。

阿波口に向かった信雄の兵力は、合計八千騎である。従う侍大将は、生駒半左衛門、城戸内蔵之助、天野佐左衛門、池尻平左衛門、津川源三郎、土方彦三郎などで、この伊賀攻めの主力兵団であった。

信雄は、夜になっても灯火を消しながら進軍を続けた。長野の在所でようやく行軍を停止し、陣を構えて一夜を明かした。前方の長野峠を越えれば、伊賀である。

馬野口に向かう柘植三郎左衛門と長野左京亮も夜間行軍を敢行した。兵力は計千五百騎。

三郎左衛門の兵どもは奇妙だ。通常の合戦であれば具足《ぐそく》を着込むものを、伊賀攻めには忍び装束《しょうぞく》で臨み、音もなく駆けた。平兵衛の献策である。伊賀者同士の戦では速さが決め手となるとみた。伊賀者の迅速さの前には具足など無用の脂肪に過ぎない。平兵衛もまた、忍び装束を纏《まと》って馬野口に向かう軍勢に加わった。

三郎左衛門と左京亮の軍勢は、鬼瘤《おにこぶ》越えの難所の手前、榊原で停止して陣を敷き、これも翌朝を待った。鬼瘤越えの向うは、伊賀である。

伊勢地口に向かう日置大膳は、もっとも密《ひそ》やかな行軍を行った。伊賀者はこの男が不参戦とみている。このため、大膳は長野左京亮の軍勢を装《よそお》い、攻め口に向かった。

だが、千三百騎を率いるこの男は、密やかな行軍をしながらも、もっとも大胆な行動に出ていた。兵の半数を割《さ》くと、自らそれを率いて夜のうちに伊賀領内へと入ったのである。

伊賀との国境、青山峠にいた伊賀の哨兵《しょうへい》を打ち殺して峠を踏み越えた。伊賀領内の伊勢地の里から見て布引山地の麓《ふもと》の小山をひとつ越えた谷に陣を敷き、朝を待った。後続の兵たちは、青山峠の手前、伊勢領内の垣内《かいと》に待機させた。

二

こうした伊勢側の動きを伊賀者が察知しなかったわけはない。

十二家評定衆《じゅうにけひょうじょうしゅう》は阿波口、馬野口、伊勢地口の各守り口に狼煙台《のろしだい》を設置していた。その狼煙台から伊勢平野を見下ろした下人たちが、猛烈な速さで駆ける軍勢を目撃したのは、軍勢が三頭の怪物となったころである。下人たちは即座に山を駆け下り、各口の守将へと注進した。信雄らが行軍を開始したその日の夕刻のことである。

「来おったか」

平楽寺《へいらくじ》で伊勢との戦を宣言して以来、受け持ちの阿波口で戦の用意を進めていた百《もも》地三太夫《ちさんだゆう》は、下人の注進に思わず喜色を浮かべた。

(無門めはどうやら田丸城に行ったらしいな)

我が術の冴《さ》えに大いに満足した。

――敗色濃厚の戦に出るにもかかわらず銭も出ぬとあれば、あの無門の想《おも》い女《め》は騒ぎ出すに違いない。ならばあの知恵足らずの無門は、術を生かして信雄を脅し上げに田丸城へと忍び込むだろう。信雄めの反応は、自明《じめい》のことだ。

三太夫が施す術の総仕上げを、無門とお国がやった。大膳が戦に加わらないだろうとの見通しを下人どもに明かさなかったのも、無用の焦燥《しょうそう》を掻《か》き立てるための策であった。

「日置大膳はおらんだろうな」

三太夫は下人に一応確認した。すると下人は、見当たらない旨《むね》、答えた。

各守り口に向かう敵の主将と兵力は、旗標《はたじるし》から判断すると、阿波口に北畠信雄の軍勢一万、馬野口に柘植三郎左衛門の軍勢二千、伊勢地口に長野左京亮の軍勢二千で、各軍勢のいずれもが、布引山地の手前の伊勢領内で夜陣を敷いている模様だという。

(策は成った)

三太夫は天を仰ぐと大きく息を吸った。

人の心理を読むのに長《た》けたはずの三太夫をはじめ伊賀の地侍《じざむらい》の誰しもが、下人どもが逃げ出すなどとは思いもよらなかった。

地侍どもは、そもそも下人など人とも思っていなかった。彼らは子供のころから下人を鍛え上げ、「我が下知は絶対」と、下人どもの脳髄に刷《す》り込み続ける。下人は成人するころには恐怖を伴ってそんな教えを身体《からだ》の隅々にまで行き渡らせ、「その場で死ね」と言われれば、即座に命を擲《なげう》つような道具になり果てている。道具ならば心はない。そんな者共の心をどうして読む必要があろうか。三太夫もまた、そんなふうに考えていた。

「念を入れ、各守り口に敵の到来を伝えよ」

高揚した声で下人に命じた。

「明日ぞ」

柘植三郎左衛門が攻めるべき馬野口の守将下山甲斐《しもやまかい》は、下人の報《し》らせを聞くとそう叫んだ。

すでに戦の用意は進めている。左妻川が馬野の里に流れ降りた扇状地《せんじょうち》に、五百程度の穴を掘っているのがそれだ。

「土遁《どとん》の術を柘植三郎左衛門が兵どもに喰らわせよ」

甲斐は、半円状に森で囲まれた扇状地の中で下人らに下知を飛ばした。

軍勢がここに至った刹那《せつな》、下人どもは死人が蘇《よみがえ》るがごとく、一斉に土中から湧《わ》き出て、敵の眼前に突如《とつじょ》出現することだろう。敵を押し留めれば、森に潜《ひそ》ませた下人三百に包囲させ、一気に殲滅《せんめつ》する。

甲斐必勝の策であった。

下人どもは自らが入る穴を、日が暮れるまで掘り続けた。

そうした穴の一つに木猿《きさる》が横たわっている。

「やはり御屋形《おやかた》は馬野口を選んだか」

三郎左衛門がこの馬野口を攻めると聞くと、木猿は残忍に笑った。鬼瘤越えの難所を経路とする馬野口は、伊賀者にとってもっとも相応《ふさわ》しい攻め口であろう。木猿は甲斐の許しを得て、馬野口の守兵の群れに身を投じていた。

「突け」

木猿は上に目を向けると、穴の傍《かたわ》らで棒を持って見下ろす文吾《ぶんご》に命じた。

「突けばわしは仮に死ぬ。仮に死ねば息は止まる」

若い者にはできまいよ、とでも言いたげな顔である。

木猿のみが使える技であった。文吾が他の穴を見ると、下人たちは空気孔《あな》となる竹筒を持って穴に寝転び、土をかけられていた。注意さえしていれば、ここに人が埋《う》まっていると、わざわざ教えているようなものだ。

「仮に死んだわしに土をかければ、何人《なんぴと》たりともわしが姿を窺《うかが》い知ることはできぬ。

これ即《すなわ》ち、真の土遁の術よ」

木猿は得意げに言った。

「竹筒は」

「いるかよ」

木猿は生き生きと答えて刀を抜くと、

「さあやれ」

みぞおちの辺りを指で示した。

「本当に大丈夫か」

文吾は不審げな顔のまま両手に持った棒を振り被《かぶ》ると、思いっきり突いた。

「馬鹿者《ばかもの》っ」

木猿が上げたのは、意外にもそんな断末魔《だんまつま》の叫びである。

「本当に死んでしまうだろうが」

仮死状態になった。

文吾には何かの冗談にしか思えない。

(このまま埋まったまんまかもな)

けけっ、と笑いながら、文字通り半殺しにされた老忍者に景気よく土をかけていった。

「おい」と、文吾に声をかけてきたのは甲斐である。

「おのれの持ち場はこの馬野口ではあるまいが」

百地家の受け持ちは信雄が攻めるであろう阿波口である。

木猿は土遁の達者ゆえ許したが、おのれごとき小僧がこの馬野口で何をしておる、と頭ごなしに怒鳴りつけてきた。

（困ったな）

文吾は顔を伏《ふ》せた。

すでに夜も更《ふ》けている。

明日の開戦を知り、無門ら逃亡組の連中は、夜陰《やいん》に紛《まぎ》れて姿を消し始めているに違いない。

（初めから御屋形に白状しときゃ良かったかな）

別に無門らの身を案ずるわけではない。無門らの逃亡に気付いた三太夫に、「今まで何で言わなかったのか」とうるさく言われるのがおっくうだった。

（ま、別の守り口に行くさ）

文吾は、へっと頭を下げると、阿波口とは逆方向の伊勢地口へと向かった。信雄最強の軍団、日置大膳が受け持つ予定戦場である。

夜明けが近い。

阿波口の三太夫は、下人どもを叩《たた》き起こすと、何度も繰り返した戦術をまたも喚《わめ》きたてた。

「よいか」

三太夫の足元、およそ五間《ごけん》の崖下《がいか》に川が流れている。

服部川《はっとりがわ》である。

阿波口に通じる山道は、眼下の服部川に沿うように蛇行を繰り返していた。

「北畠信雄の軍勢が、この阿波口を通るとなれば、必ず川沿いの道をとる。軍勢ここに至れば、――」

三太夫はそう言うと、服部川下流の山道に築いた胸壁《きょうへき》を指し示した。

「あの堰《せき》にて我が兵三百が敵の軍勢を押し留める。さすればおのれらは、敵の頭上より矢弾《やだま》の雨を降らせよ」

三太夫は阿波口の兵力、およそ一千のうち、主力の七百を崖《がけ》の上の両側に配していた。闇夜《やみよ》の松明《たいまつ》だけでは見えにくいが、川に沿うように置き並べた崖の上の兵のことごとくが、服部川に沿って来るであろう敵の軍勢を、鉄砲やら半弓やらを携えて待ち構えているはずである。

（おや）

三太夫が不審に思ったのは、崖の上の兵どもが随分まばらになっていたことである。

「無門はおらんか」

三太夫は無造作《むぞうさ》にその名を呼んだ。

すると、崖下に向かって腹這《はらば》いになっていた下人が仰天《ぎょうてん》すべき報をもたらした。

「無門なら逃げたのではございませぬかな」

下人は軽々と言った。

「なに」

「無門だけではない。百地家は木猿と文吾のほかは皆逃げましたわ」

馬鹿め、とでもいうように、下人は薄ら笑いを浮かべていた。

（なんだと）

三太夫が改めて崖上の下人どもに目をやると、明らかに数が減っている。ほとんど半減しているのではないか。

（なぜだ）

下人どもが勝手な動きをする理由が、三太夫には皆目見当《かいもく》がつかない。逃げなかった下人どもから報告があってもよいはずではないか。

「馬鹿者、何故《なにゆえ》、このわしにそれを告げぬ」

下人の肩を摑《つか》んで身体を表に返した。それでも下人は薄ら笑いを浮かべたまま、

「わしは百地家の下人ではない故な。教える義理などないわ」

（しまった――）

この阿波口に展開した兵どもは、無論すべてが三太夫の下人ではない。軍勢は、阿波口近くに領地を持つ村井家や中倉家、安岡家など、数十家もの地侍どもの下人を寄せ集めたものである。三太夫はその指揮権を預けられているに過ぎない。

（これまでのいがみ合いの結果がこれか）

三太夫は下人を見つめながら悔《く》やんだ。この下人は、戦《いくさ》に負けても誰がお前なんかに教えてやるもんか、とでも思っているのに違いない。

ふと横を見ると、鉄も兵どもの中に加わっている。

「鉄、おのれは知っておったのか」

三太夫は腹立ちまぎれに子供に向かって怒鳴り上げた。

鉄は腹這いになって黙然と崖下を見つめたまま、こちらを見ようともしない。

（知っていたな）

三太夫は心中、激昂《げっこう》したが、

（そんなことよりも）

と思い返した。

（無門どもを呼び戻さねば）

そこでようやく気付いた。自らの目に兵どもが映っていることにである。兵どもの姿は松明の明かりに浮かび上がっているのではない。

（夜が明けたか）

とっさに、長野峠に設けた狼煙台《のろしだい》を見上げた。

すでに、もうもうと煙が立ち上っている。

（遅かったか――）

歯噛《はが》みした途端《とたん》、陣貝《じんがい》を吹き降ろす音が響き渡った。

阿波口を攻める信雄の軍勢が行軍を再開したのだ。

各守り口の主将は、防衛線が破られた場合に備え、上野盆地の中に二千もの下人を埋伏《まいふく》させていた。だが、これも半数以上が逃げ散ったという。

（これで勝てるのか）

三太夫は思わず身を震《ふる》わせた。

阿波口だけではない。馬野口に至る鬼瘤越えの狼煙台からも、野太い貝の音は鳴り響いた。そしてその重奏は、盆地全体で反響を繰り返し、一国の危難をいやが上にも伊賀の者たちの眼前に突き付けた。

無門が盆地の向こう側から鳴り響く陣貝の重奏を聞いたのは、御斎峠《おとぎ》に向かうべく山の中腹にいたときである。

（始まったか）

商人に扮《ふん》した無門は、上野盆地の方を振り返った。お国もまた、商人のなりで男装をさせられている。逃亡組である数百人からの人数も同道していたが、彼らもまた、出家やら放下師《ほうかし》、山伏など、「七方出《しちほうで》」という七つの手法で変装していた。

無門が上野盆地を見下ろすと、逃げ惑う伊賀者たちが無数の点となって交錯していた。戦に参加しない老人やら女子供が逃げ惑っているのだろう。

避難所は平楽寺と寿福寺、大光寺にあらかじめ定められているはずである。無数の点はやがて三つにまとまり、三つの寺へと向かっていった。

陣貝の音がやんだ。

「行こう」

無門は興《きょう》のなさげな顔をお国に向けると、そう促《うなが》した。

馬野口を追い出された文吾は、伊勢地口へとたどり着いていた。

伊勢地口の守将は音羽《おとわ》半六である。

青山峠から流れ出た青山川が伊勢地口に流れ降りた一帯には、河の流れを阻《はば》むように、大きな森が横たわっていた。それが山から独立するかたちで飛び出している。

「魂抜《たまぬ》きの森」

付近の土地の者からそう呼ばれている。丑《うし》の刻《こく》の深夜にこの森を通ると魂を抜かれ、呆《ほう》けたようになってしまうのだという。

伊賀に乱入するとなれば、この魂抜きの森を通過せねばならない。半六はこの森の木々に一千近くの下人を潜ませ、敵が通れば頭上から攻撃するよう命じていた。

だが、朝を迎えた半六は、戦どころの騒ぎではなかった。

（もう逃げやがったか）

半六の狂態を目撃した文吾は、舌打ちした。伊勢地口にいた逃亡組の下人どもも、すでに姿を消してしまっているらしい。

「逃げた者どもを連れ戻せ」

半六は下人どもの間を駆け回っては命じていた。五百程度の下人が伊勢地口には留まっていたが、動く者はいない。

「今ならまだ間に合う」

半六は喚いた。

さっきまで他の口の陣貝が鳴り響き、敵の来襲を伝えていたが、どういうわけか青山峠の狼煙台に置いた伊勢地口の哨兵《しょうへい》からはなんの合図もない。

「長野左京亮めは、慣れぬ山道に難渋《なんじゅう》しておるのだ」

半六は、伊勢地口を攻めるのが大膳だとは知らない。そして大膳の兵によって青山峠の哨兵がすでに打ち殺されていることも当然知らなかった。伊勢地口に警戒を促す狼煙も昇らなければ陣貝も鳴らないのは、このためである。

半六は、文吾を見つけた。

「おのれは百地家の下人じゃな」

文吾に摑みかからんばかりの勢いで駆け寄った。

（またうるさいこと言ってきやがんのかな）

文吾は密《ひそ》かに顔をしかめたが、半六はそれどころではなかった。

「文吾、おのれが逃げた下人どもを連れ戻してくるのだ」

(無駄だっての)

文吾は半六の狂騒に軽侮《けいぶ》の目を向けた。半六はそんな文吾のまなざしにも気付かず、

「敵の軍勢が来ぬうちに、早《はよ》う」

懇願《こんがん》するように叫んだ。

だが、文吾は気付いていた。麓《ふもと》近くの小山の頂上に、巨馬の蹄《ひづめ》がずしんとめり込む音に、である。文吾は山を背にしている。

「いや、もう遅い」

と、後ろを指差した。

「何」

半六は指の差す方を見上げた。

すると、青山峠から幾つもの山の襞《ひだ》を下って行き着く麓近くの小山の頂上に、一騎の騎馬武者がたたずんでいた。

――あれは。

半六の不幸は、この異様に色艶《いろつや》の良い地侍が、視力まで人並みはずれて良かったことである。

全身燃えるような朱漆塗《しゅうるしぬ》りの甲冑《かっちゅう》に、渦巻く炎を模《も》した兜《かぶと》の前立《まえだて》。敵はこの炎の甲冑を目撃しただけで、ふらふらと吸い寄せられるように首級《くび》を授けると言われた大兵の男がそこにいた。

「日置大膳じゃ」

半六は恐怖に顔を引きつらせながら叫んだ。

「大膳かよ」

振り向いて山頂を見上げるや、文吾は叫び、喜んだ。気付けば山頂に馬を止めた朱の甲冑の武者の横に騎馬武者が次々と並び、どんどん数を増していく。

「それでは、この伊勢地口に置いてもらいますぞ」

文吾は言い捨てると、呆然《ぼうぜん》と立ちすくむ半六を置いてさっさと近くの木に登り始めた。他の下人どもにも不思議と動揺はなかった。無言のまま、さらさらと森一帯の木々に登り始めている。

「負けるぞ、この戦」

半六は魂を抜かれた者のごとくつぶやいた。

山頂にたたずむ日置大膳は、じっと伊賀を見下ろしていた。

（さあ、ひとつやるか）

嚇《か》っと目を見開くや、

「者共《ものども》、我に続けや」

大音声《だいおんじょう》で叫びつつ、馬を励まし、崖のような山の斜面をどっと駆け下りた。

日置家の侍に、「お前は命が惜《お》しいか」と訊《き》けば、「惜しいわ」と答えたという。

その理由を侍たちは判で押したようにこう言った。

「いつか主《しゅう》、日置大膳が馬前にて闘死する日のため、この命を惜しむのよ」

いずれも黒甲冑に身を固めた大膳の家臣たちは、主人の大膳が先陣を切ると、迷うことなく次々に崖下《がいか》に向かって殺到した。それは伊勢地口の麓から見ると、ちょうど真っ黒な滝が流れ落ちるかのごとき光景であった。

「日置家が武勇を見せよ」

大膳は、続く騎馬武者たちを振り返ると、右拳《みぎこぶし》を高々と突き上げた。

三

「来た」

阿波口では、守将の百地三太夫が腹這いのまま、するどく声を上げた。

崖下の服部川を覗《のぞ》いていた下人どももすでに気付いている。眼下の山道を下《くだ》ってくる信雄率いる軍勢の上げる無数の足音が聞こえてきたのだ。

この朝の阿波口は、霧が垂《た》れ込めていた。その霧の中を山道を曲がってきた信雄の先鋒《せんぽう》が、崖の陰から姿を現した。

「引きつけよ。下流の堰《せき》にて先鋒を止めるまで待つのだ」

三太夫は小さくつぶやいた。命じたのではない。すでに崖の上の下人どもは飛び道具を構えて眼下の山道に狙《ねら》いを定めている。下流の胸壁に配した下人どもも、鉄砲を構えて正面から来るであろう敵を待った。

（勝った――）

三太夫は思わず笑みをもらした。

何も知らない敵は、ぞろぞろと行軍を続け、いまは三太夫の真下を通っている。手を伸ばせば、その首をもぎ取れるかと思えるほどの距離だ。

敵の先鋒が頭上からの一斉射撃で崩れれば、崖《がけ》の上の下人が山道へと飛び降り、さらなる痛打《つうだ》を与えるよう下知《げち》してある。混乱に陥《おちい》った敵の先鋒は、この狭い川沿いの山道を逆戻りし、後続の軍勢を伊勢まで押し返すに違いない。

（敵が川沿いの道を取った以上、兵力が半減しても充分勝てるわ）

三太夫はそう確信すると、さらに笑みを深くした。

が、三太夫の笑みもここまでだった。

はじめは、ことっ、と僅《わず》かな音がしたに過ぎない。

(なんだ)

三太夫は崖下を凝視したまま耳をそばだてた。

そばだてたのも僅かの間である。小さかったはずの音はみるみる大きさを増し、地鳴りのごとき不気味な大音に成長していったのだ。

地鳴りの音は、三太夫らが待ち構える崖上の斜面の山頂から聞こえてくる。

(まさか――)

三太夫はとっさに崖下から目を離し、左手の山頂に顔を向けた。

すると、山全体が崩れ落ちたかのごとく、信雄の本隊七千が山の斜面いっぱいに広がってなだれ落ちて来るではないか。

(――どこから湧《わ》いてきた、あの大軍は)

川沿いの山道を来る軍勢は一千に過ぎない。信雄は本隊を率いて道なき道を進み、阿波口へと来襲した。

――金傘《きんからかさ》の馬印《うまじるし》を、朝霧深き黒雲の中よりいかめしく差し出せば、さながら朝日の出づに異《こと》ならず。

『伊乱記《いらんき》』に記された阿波口への信雄来襲はここから始まる。

馬上の信雄は、金傘の馬印を背後に控えさせながら中軍に収まり、兵とともにすさまじい勢いで斜面を駆け下った。

「揉《も》み潰《つぶ》せ」

信雄が采《さい》を振ったと同時に、三太夫も跳ね起きた。

「迎え撃て」

怒号を上げた。

下人たちは、身を翻《ひるがえ》して信雄の本隊が迫る山の斜面に木々を楯《たて》にして展開した。

信雄が再び采を振った。

振りながらも信雄は止まる様子を見せない。進軍速度を緩めぬまま、伊賀者どもを蹴散《けち》らすつもりでいる。

采が振られると、太鼓が数度鳴った。太鼓の音を聞くや、先鋒の物頭《ものがしら》が下知を飛ばす。即座に信雄自慢の鉄砲衆が、歩速を緩めぬ本隊から飛び出し、本隊の数間《すうけん》先で折《お》り敷《し》いた。

驚愕《きょうがく》したのは三太夫である。

「なんじゃ、あの種子島《たねがしま》の数は――」

言ったきり絶句してしまった。

信雄は一千もの鉄砲衆を引き連れていた。伊賀者とは経済力に格段の差がある。三太夫を始め伊賀十二家評定衆は、信雄の持つ火力を侮《あなど》り過ぎていた。

三太夫は呆然と立ち尽くすばかりで、射撃を命ずるのも忘れている。

「放《はな》て」

信雄の物頭が大音声で叫ぶと、一千の銃口が一斉に火を吹いた。

三太夫は、山中にこだまする轟音《ごうおん》にようやく我に返った。

（くっ）

地に伏せた。

わずか一回の一斉射撃が下人たちに痛打を与えた。なにしろ一千の弾丸である。伏せ損ねた者は散弾を浴びたかのごとく跡形《あとかた》もなくなり、細い雑木に身を隠した横着者《おうちゃくもの》は木の幹ごと消し飛ばされた。

（――負ける）

三太夫は歯噛《はが》みしながら地を這《は》って、再び崖下を覗き込んだ。

すると、川沿いの山道を進んできた敵の別働隊は、頭上からの一斉射撃がないのをいいことに、軽々と胸壁を踏み破り、川を下っていくではないか。

当初の計画では、万一、胸壁が破られれば、盆地に埋伏《まいふく》させた下人どもが敵を押し止めるはずであった。

だが、その者どもの半分以上が逃げている。そうなれば、川下に行った敵の別働隊は、苦もなく埋伏させた下人どもを粉砕し、反転してこの山の斜面を駆け上がってくるに違いない。

（――となれば）

「挟《はさ》み撃ちにされるぞ」

三太夫はほとんど泣き顔になっていた。

伊勢地口の日置大膳率いる軍勢は、崖のごとき山を駆け下り、瞬《また》く間に麓へと迫った。垣内《かいと》に残してきた後続勢はすでに追い付いている。このため、大膳が麓に差し掛かろうというのに、最後尾は大膳が姿を現した小山の頂上をようやく駆け下りたところであった。

「来やがれ」

魂《たまぬ》抜きの森の枝に留《と》まった文吾は、迫る大膳に狙いを定めるや、腰に差した刀をすばやく抜いた。文吾が刀を抜いたのを皮切りに、木の上にいる他の下人どもも一斉に刀を抜き放った。

馬を駆る大膳の傍には青山川が流れている。流れに沿って視線を移すと、行く手を阻むように大きな森が腰を据《す》えていた。

(あれか)

大膳は森を目にすると、馬を急停止させた。家臣たちにもすでに命じてある。大膳の急停止を合図に馬を止め、横に展開を始めた。

大膳はこの森のあることを知っていた。伊勢地口を通ったことがないにもかかわらず、伊賀者が「魂抜きの森」と呼んでいることさえ知っていた。

無論、柘植三郎左衛門が教えたのだ。

——伊賀者は、必ずあの森に潜《ひそ》んで頭上より攻め掛かる。

三郎左衛門はそんなことさえ予見していた。

大膳は前方の森を見つめながら小さく息をついた。

森は人の気配がまったくしない。

(どれ、あれを使ってみるか)

目を細めると、左手を挙げた。すると、縄の付いた直径七寸ばかりの玉のごとき物を手にした兵百人が最前列に現れ、身体《からだ》ごとぐいぐい振り回し始めた。

「焙烙火矢《ほうろくひや》か」

文吾は、大膳の軍勢が振り回す玉を見て、小さく驚いた。

玉は焙烙という素焼《すや》きの陶器を二つ合わせたものである。伊賀者どもはこの玉の中に火薬や小石などを入れ、一種の爆弾として使った。

焙烙火矢は、伊賀特有の武器というわけではない。村上水軍を始めとする毛利方の水軍が織田信長の水軍と戦った際、これを使って信長方をさんざんに悩ませた。

「だが、火を忘れてるぜ」

文吾はにやりと笑った。

通常は、焙烙から導火線が飛び出していて、着火したのち敵に放り投げる。しかし、どういうわけか、大膳の軍勢が振り回す焙烙火矢にはそれがなかった。

「使い方を知らんと見える」

文吾があざ笑ったとき、大膳がさっと魂抜きの森を指差した。

大膳の合図とともに、縄付きの玉は一斉に解き放たれ、森に向かって殺到した。焙烙は木々の梢《こずえ》に激突し、次々に砕け散った。

通常の焙烙火矢であれば、ここで火薬が飛び出してくる。だが、この焙烙火矢から飛び出してきたのは、真っ赤な液体であった。

「もしやこれは」

文吾は真っ赤な液体を浴びながら、早くも震え上がった。手についた液体を恐る恐る舐《な》めた。

(やっぱり)

血の味がした。

赤犬の血である。

液体は赤犬の血に菜種油《なたね》と荏胡麻油《えごま》を混ぜ合わせたものだ。味はしないが蝦蟇蛙《がまがえる》の目玉を乾燥させ粉末にしたものも混入されているはずである。これらを口伝《くでん》の割合で配合すれば、極めて引火性の高い油ができあがるという。

「赤犬の油じゃ」

文吾はそう叫ぶや、大膳の軍勢に再び目をやった。

すると、目線の先には恐るべき光景が広がっていた。

大膳の弓衆三百が、すでに火矢《ひや》をつがえた弓を引《ひ》き絞《しぼ》っていたのだ。

「いっ」

文吾が驚愕《きょうがく》の奇声を上げた刹那《せつな》、

「放て」

大膳が吠《ほ》えた。

火矢は一斉に放たれた。三百の火矢が木という木に突き刺さると、森は瞬時にして火の海と化した。

「こりゃすげえや」

大膳もまた、爆発を起こしたかのような森を目撃して、驚嘆していた。

無論、「赤犬の油」は三郎左衛門から与えられたものである。北畠家臣団としての新たな親交の印として、大膳は快く受け取った。

(こんなもの効くのかよ)

当初は半信半疑であったが、この効果はどうだ。

大膳は、鑿頭《のみがしら》の矢をつがえた。弓は信長より拝領《はいりょう》した五人張りのそれである。

「出て来るぞ」

ぎりりと弓を引くと、燃える森を凝視しながら叫んだ。大膳の弓衆も再び矢をつがえて敵を待ち構えた。

文吾の留まった木の根元からは、どんどん炎が迫ってくる。

「こりゃまずいぞ」

隣の木を見ると、忍び装束に着火した下人が瞬時にして全身炎に包まれた。

「あらら」

他人事《ひとごと》ゆえ同情とは程遠い声を上げたものの、そう発したまま二の句が継げない。次にああなるのは自分ではないか。

火達磨《ひだるま》になった下人はしばらくの間、その場で耐えていた。だが、耐えたからといって火が消えるわけではない。たまらず下人は火の着いたまま森から飛び出した。決死の突進を試みた先は、大膳である。

「来たか」

大膳は、炎と化した伊賀忍者を充分に引き付けるや、鑿頭の矢を放った。至近距離での殺傷力は絶大である。下人は上下両断され絶命した。

二つになった炎の塊《かたまり》が地に落ちた次の瞬間、火の海となった森から、炎と化した伊賀者どもが、大膳の軍勢へと堰を切って飛び掛った。攻撃というより、ほとんど捨て身の突撃であった。

大膳の弓衆はこれを待っていた。

「放て」

大膳が大音声《だいおんじょう》で命じるなり、弓衆は一斉に矢を放った。三百の矢は殺到する伊賀者どもに空中で突き刺さり、あるいは木の幹に磔《はりつけ》にしていった。

文吾もまた進退窮《しんたいきわ》まっていた。

「どうすりゃいいんだよ」

ふと別の木を見ると、木の枝の上で幹に寄りかかったまま焼死した下人がいる。

(これだ)

意を決するや、前方の大膳を睨《にら》んだ。

隣の木に跳び移り焼死体とともに地面へと落ちた。幸い落下した地面に火はない。

文吾は焼死体の下に潜んで大膳の動きを凝視した。

大膳が矢を放つや、

(いまだ)

屍骸《しがい》を撥《は》ね上げ、大膳へと突進した。

だが大膳は、文字通り矢継《やつ》ぎ早《ばや》に矢をつがえてしまっている。突進してくる文吾に気付き、矢を向けたが、

「餓鬼《がき》か」と弦《つる》を緩めた。

文吾は足を止めず、「日置大膳」と叫びながら跳び上がり、馬上の大膳に向かって刀を突き出した。

「ほう」

感心したのは大膳である。迫る刀を易々《やすやす》と避《よ》けるや、文吾の手首を摑《つか》んで捻《ひね》り上げた。激痛に悲鳴を上げる文吾に向かって、

「日置大膳と知っての太刀《たち》打《う》ちか。勇ましき奴《やつ》ゆえ命ばかりは助けてやろう」

軽く腕を振った。文吾の身体は藁束《わらたば》のごとく軽々と飛び、数間先の青山川へと落ちた。

大膳は文吾の飛んでいった先など気にも留めない。再び前方の森を見つめた。もはや飛び出してくる伊賀者はないものの依然、森は火の海である。

「突破せよ」

構わず火の森を指し示すと、炎の中へと突っ込んでいった。

四

十二家評定衆たちがのっけから劣勢に立たされていたころ、無門とお国らの一行は、ようやく御斎峠に差し掛かろうとしていた。

無門は振り返って上野盆地を見下ろした。

同道していた数百の下人とその家族らも、生まれ育った地をかえりみている。

二度と見ることはない伊賀国である。

もっとも、下人らにとっては二度と見たくもない土地だったであろう。

地侍どもにこれでもかというほど搾取《さくしゅ》され、下人として追い使われてきたのだ。再び伊賀を訪れたいと望む者など皆無《かいむ》であった。

無門とて、それは同じである。伊賀からの逃亡は大いに溜飲《りゅういん》が下がる快事のはずであった。

だが、横目でお国の横顔を窺《うかが》いながら、無門は内心頭を抱えていた。

お国の機嫌が御斎峠に近付くにつれ、どんどん悪化している。

お国は無門に脅《おど》し上げられ、京に逃げることを承諾したくせに、いざ逃げ出して身の危険が去ると、心に余裕ができた。その途端、「なぜ逃げねばならぬのか」などと、またしても武家の娘らしい心根《こころね》がむくむくと盛り上がってきた。自らの所業《しょぎょう》を反省さえし始めている。

——なぜ逃げたのかといえば、無門殿があんなに脅してくるからだ。

——かといって、その脅しに乗ってしまった自分も自分である。

そんなこんなで詰《つ》まるところ、

——無門殿がよくない。

と、あてつけのように不機嫌な顔をしている。

（どうせ、そんなことだろう）

無門にとっては馬鹿馬鹿《ばかばか》しい限りの心の動きであったが、一方で、

（これは由々《ゆゆ》しき事態である）

先のことについて懸念《けねん》していた。

このまま京に逃げても小茄子《こなす》の茶入れがあるから銭の心配はない。だが、銭の心配をさせないということは、お国に伊賀逃亡を後悔させるゆとりを与えることに他ならない。そうなれば、お国は生涯、不機嫌なまま、このことをぼやき続け、ねちねちと無門をいたぶることだろう。お国自身にも後ろめたさがあるだけに、一層うるさく無門に責めを負わせようとするに違いない。

十二家評定衆の策謀は読めないのに、無門はお国の心の転がりどころがありありと見通せた。

（どうする）

無門はぼんやりした顔で、伊賀国を再び見下ろした。

盆地を隔てた向こう側の布引山地からは銃声やら鬨《とき》の声やらが小さく聞こえてくる。

（やるしかねえだろな、こりゃ）

信雄の妻、凛《りん》との取り引きのことなどすでに頭にはない。「恥を知らんか」と鉄に浴びせられたことも、無門にとってはどうでもいいことであった。この男にあるのは徹頭徹尾《てっとうてつび》、お国の機嫌である。

「やっぱり行くわ」

言ってしまった。自分でも驚くほど清々《すがすが》しく言い切った。

「どこへです」

「戦《いくさ》」

無門がそう言うと、お国は小さく驚いた顔を見せ、

「一人で行かれるおつもりなのですか」

（当たり前じゃないか）

他の下人に無門のような事情があるはずがない。逃げ続けるに決まっている。

「まあね」

無門はうなずいた。

すると、お国は驚嘆すべき行動に出た。懐中を探るや、小さな包みを取り出し、無門に突き出したのだ。

小茄子であった。

（——そうか）

無門は即座にお国の意図を理解した。と同時に、お国の心が落ち着いた先を悟った。誇りや信念のためならすべてを投げ出すという、他国者が時々発するあの奇妙な衝動である。お国が投げ出したのは小茄子であった。

無門は小茄子を摑み上げるや、

「ここに一万貫《まんがん》ある」

大声で叫んで高々と頭上にかざした。

銭のことである。周囲の下人は一斉に無門に注目した。

「北畠家の小茄子だ。これより合戦に加わる者には、このわしが雑兵首《ぞうひょうくび》一つにつき十文《もん》、兜首《かぶとくび》には十貫、信雄が首には五千貫を払う。互いに功名《こうみょう》を争うべし」

言い終わるなり、下人の間でどよめきが起こった。

「すべての下人にこれを伝え、わしが申し出に乗る者は直《ただ》ちに合戦場に参集せよ」

さらに大きさを増すどよめきの中、

「長年鍛錬《たんれん》を積みし忍びの術を、万金《まんきん》に換《か》えるは今ぞ」

あらん限りの大音声で吠えた。

下人のどよめきと歓呼《かんこ》は最高潮に達した。その間にも、下人どもは葉擦《はず》れの術を使って次々に無門の言葉を伝達した。無門の周囲にいた数百だけではない。葉擦れの術に乗せた無門の言葉は、道なき道をゆく逃亡組約三千人の間を瞬時にして駆け巡った。それはまるで、山自体が咆哮《ほうこう》を上げたかのような一瞬のざわめきであった。

無門は目を瞑《つぶ》ってざわめきを聞いた。やがてそれが終わると、お国の掌《てのひら》に小茄子を載せた。

「これを持って、平楽寺で待ってろ」

命ずるや、道を外れて山の斜面を駆け下り始めた。

「無門殿」

「ん」

無門は振り返った。するとお国は、

「決して死んではなりませぬぞ」

ほとんど涙目になりながら言う。

(これだよ、これ)

無門は内心、やに下がった。無門が求めたものはようやく手に入った。

無論、無門は討死《うちじに》するなどとは露《つゆ》ほどにも思っていない。にやりと笑うと、

「俺は無門だぞ、そんなの容易《たやす》いわ」

言い捨てるなり、疾風のごとく再び山を駆け下りた。

無門は駆けた。木々の間を縫《ぬ》いながら、商人の衣装を脱ぎ捨てた。中には着慣れた野良着《のらぎ》を着込んでいる。駆けながら手甲《てっこう》を巻き、舞い上がった拍子に脚絆《きゃはん》も着けて、着地するや頭に紺布を巻き付けた。

この間、無門に従う下人どもは急速に数を増していった。彼らもまた、駆け下りながら忍び装束へと為《な》り変った。

装束を変えた無門は、懐《ふところ》にしまった二刀を腰板《こしいた》に収めるや、斜面から一気に跳躍《ちょうやく》した。

無門の身体《からだ》は高々と舞い上がった。宙を舞う間、巻き付けた紺布がばさばさと音を立てるのが心地いい。

やがて、落雷のごとき勢いで山の麓《ふもと》へと降り立った。後ろの山を振り返るや、どっと飛び出してきたのは三千人の金の亡者《もうじゃ》である。

(性懲《しょうこ》りもない奴らだ)

無門は苦笑すると、三千の先頭を切って再び駆け出した。

下人たちは手柄《てがら》を均等に分けるためか、阿波口と馬野口と伊勢地口に、それぞれ一千ずつが向かった。

無門が向かったのは、信雄が攻める阿波口である。

五

阿波口の下人たちは、鉄砲や半弓で応戦を続けていた。

だが、後退しながらの応射である。阿波口の下人どもはほとんど戦意を失っていた。それとは対照的に、信雄の軍勢は雪崩《なだれ》のごとき勢いを一切緩める気配も見せない。

「まずいぞ」

三太夫は焦《あせ》った。下人どもに守られ山の斜面をじりじりと下りながら、そうつぶやいた。

（このまま山を下り続ければ、川を下っていった、いま一つの敵軍勢とかち合うに違いない）

そう思ううち、下人どもの鉄砲を撃つ音が止《や》んだ。早くも弾と火薬が種切れとなったのだ。

信雄はこれを見逃さない。

「槍《やり》衆を繰り出せ」

下知《げち》を飛ばした。

鉄砲衆に替わって槍衆が前面に出るや、

「すり潰《つぶ》せ」

采《さい》を振った。

槍衆はさらに足を速めると、穂先《ほさき》を揃《そろ》えてどっと山の斜面を駆け下った。

（いかん）

身一つで逃げよう。信雄の繰り出す槍衆を見上げた三太夫が、とっさに山の麓に目を移すと、信雄の別働隊一千が駆け上がってくるのが見えた。

（もはや登って来おったか）

三太夫は思わず立ちすくんでしまった。下人らも同様である。すでに逃げ場はなかった。崖《がけ》から飛び降りれば、頭上から一斉射撃を受け、そこがそのまま墓穴となるのは自明のことだ。

（策に溺《おぼ》れるとはこのことか）

三太夫が歯嚙《はが》みして悔《く》やんだそのときである。

どういうわけか麓から迫る別働隊の動きが止まった。

（どうした）

三太夫は伸び上がって別働隊の最後尾を見た。

見れば、なにやら最後尾の隊伍《たいご》が乱れ、その乱れは次々に前方へと波及して来る。

（なにがあった）

不審な顔で敵を見つめるうち、その乱れはほとんど最前列に達した。そこで三太夫はようやく理解した。

骨を断ち切る斬撃《ざんげき》の音とともに、敵の首が血飛沫《ちしぶき》を撒《ま》き散らしながら別働隊の軍勢の間で舞い上がったのだ。

三太夫の付近だけではない。横に展開した敵の別働隊のあちこちで、首が舞い、手足が飛び、血飛沫が上がった。

（あれは――）

あの凄惨極《せいさんきわ》まりない殺しざま。敵を人とも思わぬ情け容赦《ようしゃ》ない斬撃は――。

「伊賀者か」

三太夫が叫ぶや、最前列の敵を斃《たお》して無門が飛び出してきた。続いて、逃げたはずの下人たちが群がり出てきた。

「貴様《きさま》、無門」

叫ぶ三太夫に、無門は一瞥《いちべつ》をくれると、

「お叱《しか》りは後じゃ」

言い捨て、そのまま駆け過ぎた。

「無門」

また声が上がった。

鉄である。そこは子供であった。無門が戻った事情など思いも寄らず、伊賀を救いに来たのだと感動の表情さえ浮かべていた。

(なんて面《つら》してやがる)

無門は苦笑すると、

「待たせたな」

またも言い捨て駆け過ぎた。目指すは山を駆け下りてくる槍衆である。

無門を先頭とした逃亡組の下人一千は、敵と同じく横に展開しながら斜面を駆け上がった。

「新手《あらて》か、止まるな」

信雄が怒号を上げた。

信雄の槍衆も勢いを止めず、迫る伊賀者たちに穂先を揃えて肉薄《にくはく》した。

(馬鹿め)

無門はせせら笑いつつ、駆けながら自らの上半身を一度撫《な》でた。すると十枚にもおよぶ極薄の手裏剣が手元に現れた。

無門の視線が、騎馬武者を捉《とら》えた。物頭らしきその騎馬武者は、穂先を揃えた槍衆に守られながら馬を進めていた。

(まずはあの首級《くび》を戴《いただ》くか)

無門は残忍に目を光らせた。突進する速度も緩めず、素早く両手を左右に広げざま、手裏剣《しゅりけん》をあさっての方向に残らず打った。同時に腰板の一刀を抜いた。

「仕留《しと》めよ」

こちらに突進してくる無門を認めた騎馬武者が叱咤《しった》した。

この間、手裏剣は木々の間を縫って旋回を続けている。旋回を終えるや、騎馬武者を守る槍衆に殺到した。

「げっ」

驚愕《きょうがく》したのは騎馬武者である。前を駆けていた十人の槍衆が、ことごとく頸《くび》の急所に手裏剣を受け、一掃された。自らを守る壁はもはや消え去った。

「くっ」

騎馬武者は、迫る無門に馬上から槍を繰り出した。が、すでに無門の姿はない。

「のろいの、武者は」

騎馬武者の背でそんな声がした。

無門はすでに、騎馬武者が乗る馬の尻《しり》に舞い降りていた。騎馬武者の兜《かぶと》の眉庇《まびさし》を摑《つか》むや、咽喉《のど》をぐいと上げさせ一刀を突き付けた。

「伊賀の者どもよ、聞け」

無門はそのままの体勢で吠《ほ》えた。山にこだまするほどの大音声《だいおんじょう》である。

「雑兵首には十文、兜首には十貫文、信雄が首には五千貫文の値をつけた」

こだました無門の声は、信雄のもとにも届いた。

「わしの首に五千貫じゃと」

総大将の首級を敵のことごとくが狙《ねら》うのは合戦の常《つね》だ。だが五千貫という値が発する不気味さはどうだ。信雄は、なにやら銭に目のくらんだ伊賀者どもが今にも群がり襲ってくるかのような戦慄《せんりつ》に襲われた。

無門は敵の首のことごとくに値をつけた。伊賀者にとって敵は銭の山そのものに見えた。無門は値付けを終えるや、真っ先に銭の山に手を突っ込んでみせた。

「されば十貫文、まずはこの無門がもらった」

叫ぶなり、騎馬武者の咽喉元に突き付けた一刀をぐいと引き、首を挙《あ》げた。

「無門じゃと」

信雄は思わず声を上げていた。信雄にとっては恐怖そのものの名である。易々《やすやす》と田丸城に忍び込んだあの伊賀者なら、兵の壁をぬるりと掻《か》い潜《くぐ》って、いきなり我が眼前に現れるに違いない。

「無門と名乗った男を討ち取れ」

たかが下人ひとりを討ち取るのに、わざわざ総大将が命を下した。戦意を失っていた下人どもは、無門の叫びを聞くや、急速に息を吹き返した。逃亡組の下人ともども一斉に跳躍し、獣のごとく最前列の槍衆に襲い掛かった。敵の首には賞金の札《ふだ》がぶら下がっている。下人どもは目の色を変え、首を目掛《めが》けて殺到した。

自ら挙げた首であるとの目印のため、ある者は目玉をくり抜き、ある者は耳を削《そ》ぎ、ある者は口に葉や枝を咬《か》ませた。素早く目印をつけるや首を置き捨て、次の首へと飛び掛った。下人どもはようやくその真価を発揮したのだ。

伊賀者どものほとんど狂ったかのごとき勢いに、信雄の軍勢の前進は止まった。止まったどころか先鋒《せんぽう》は乱れに乱れ、その乱れは徐々に信雄の方へと迫ってくる。

「押し返せ、陣形を乱すな」

信雄は恐怖とともに叫んだ。

柘植三郎左衛門と長野左京亮の軍勢が馬野口にたどり着いたのは、阿波口の信雄が劣勢に立たされようとしていたころである。

奇岩が連なる鬼瘤越えの難所を経路としたため、下山甲斐が予定戦場とする左妻川下流の扇状地に到着するのが他の伊勢の軍勢より遅れたのだ。

「ここだな」

川沿いを下ってきた三郎左衛門は、森によって半円状に囲まれた前方の扇状地を見渡した。

この元十二家評定衆は、兵の数人を前方に配しただけで、軍勢のほとんど先頭にいた。下山平兵衛も三郎左衛門を護衛すべく、この男の前方を歩いている。

(いま少し進め)

と、念じながら三郎左衛門の軍勢を凝視していたのは平兵衛の父、下山甲斐である。

甲斐は扇状地のさらに下流の森に潜んでいた。甲斐が守将の馬野口も、下人の半数は消え去り、森に潜ませた三百などはことごとく姿を消している。それでもこの男は、土遁《どとん》の下人のみで勝負を決しようと腹を括《くく》っていた。

だが、そんな甲斐の決意もすでに水の泡になろうとしていた。

三郎左衛門は、歩を進めつつ扇状地を眺めまわした。

「柘植殿」

平兵衛は注意を促すべく声を掛けた。

「承知しておる」

三郎左衛門はそう答えるなり、進軍を止めた。次いで扇状地いっぱいに軍勢を展開し始めた。

（なぜ止まる）

甲斐が不審な顔をしたとき、三郎左衛門は甲斐にとって最も恐るべき下知を飛ばした。

「地を突け」

（なんじゃと）

甲斐は思わず総毛立《そうけだ》った。

三郎左衛門にすれば、馬鹿馬鹿《ばかばか》しいにも程がある。

——見えてるぞ、竹筒が。

三郎左衛門はほとんど失笑してしまったほどだ。左京亮に第二陣を了承させ、自らは先鋒を申し出たが、これは伊賀者の術を自ら破らんがためのことであった。

――しかし、こんなことならその必要もなかったかも知れんな。

三郎左衛門の兵たちは、普段なら使わない槍を携《たずさ》えていた。

「竹筒を目印に突け」

三郎左衛門が下知を畳《たた》み掛けるや、兵たちは一斉に地面へと槍を突き立てた。

土から蘇《よみがえ》るはずの下人どもは、断末魔《だんまつま》の叫びを上げながら半身をがばりと起こした。叫びを途絶えさせると再び土へと返っていった。

「押し進め」

三郎左衛門の下知が飛ぶと、軍勢は地を突き刺しながら、無人の野を行くがごとく進んだ。

だが、ここで三郎左衛門の兵が突き出す槍の穂先を遁《のが》れた者がいた。

木猿である。

竹筒なしで土に潜んだ木猿には、槍が突き立てられることはない。最前列の兵が、木猿の埋まった穴に差しかかろうとしたとき、突如、土を割ってこの老忍者は現れた。片膝《かたひざ》立ちで刀を突き出し、敵兵を串刺《くしざ》しにしたのだ。

「木猿か」

三郎左衛門は声を上げた。木猿が真に狙った獲物は、突き刺した兵の真後ろにいた。

土から蘇り、敵を刺すという一連の動作は木猿の条件反射に過ぎない。この攻撃の中で、木猿はいわば眠ったままでいる。

「木猿か」と三郎左衛門に声をかけられ、この老忍者はようやく目を覚ました。

「なんじゃ、雑兵かい」

刺した相手が三郎左衛門でないと知ると、残念そうな声を上げた。残念そうとはいえ、釣った魚が小物だったのを悔やむ程度のあっさりした声音《こわね》である。平兵衛に守られながら後ろに下がる三郎左衛門に、

「じゃが見たか、御屋形。我が土遁の術を」

敵の屍骸《しがい》から刀を抜きながら、にまりと笑った。

「ああ、術は健在じゃな」

三郎左衛門は下がる足を止め、子供のできの良さを褒《ほ》めるような優しげな調子で言った。

「だがな」

終《しま》いまで口にせず言葉を呑《の》み込むと、哀れむようなまなざしを木猿に向けた。次いで、扇状地一帯を見るよう促した。

辺りに目をやった木猿は、「ありゃ」と頓狂《とんきょう》な声を上げた。

木猿から離れたところに埋まっていた数十の下人たちが、木猿と同じ刺突《しとつ》の体勢でいた。敵を突き刺した者もいれば、空振りに終わった者もいるが、いずれも共通していたのは、口に竹筒をくわえていなかったことである。

木猿自慢の土遁の術は、いまでは陳腐《ちんぷ》な技と成り果てていた。

「木猿よ、これしきの兵でどう戦うつもりだ」

三郎左衛門は、肩を落とす木猿を宥《なだ》めるように言った。

土遁の術を使って生き残ったのは、姿を現した数十に過ぎない。さらに下った一帯にいまだ埋まったままの下人もいるだろうが、扇状地の大きさからすると、わずかな数でしかない。これに対して、三郎左衛門と左京亮が率いる兵は千五百である。

「話にならん」

三郎左衛門は木猿を諭《さと》すように続け、

「昔のよしみで助けてやる。我が勢に加われ」

木猿は、ふっと息を吐き出すと、刀を捨てた。その場に胡坐《あぐら》をかくと、

「斬《き》れ」

自嘲《じちょう》ぎみに笑った。

「土遁を御屋形に見せれば思い残すことはないわ。ひと思いにやれ」

それを聞いた三郎左衛門の兵はすぐに槍を繰り込んだ。

「ちと待った」

なぜか木猿はそれを手で制した。次いで妙なことを言い始めた。

「下山平兵衛よ、伊勢の水は耳を悪くするとみえるな」

「なに」

平兵衛は、木猿が何を言おうとしているのか分からない。

木猿は鼻で笑うと、

「あの音が聞こえぬか。平兵衛、おのれはもはや忍びではない」

さらに三郎左衛門に向き直った。

「御屋形、これしきの兵とはこのことか」

吠えるなり、頭上を指差した。

木猿は、この馬野口にいる誰よりも早く気付いた。逃亡したはずの一千の下人が森の木々を伝って敵の頭上に現れ、舌舐《したな》めずりするかのごとく彼らを見下ろしていたことにである。

「柘植殿、下がられよ」

とっさに平兵衛が、三郎左衛門を抱えるようにして後方へと走った瞬間、一千の下人が敵の最前列に舞い降りた。

後方の山の斜面上にいた左京亮からも、その様子は見えた。

「おお、伊賀者が正面から仕掛けるか」

先鋒の真正面に降り立った伊賀者どもは、一斉に身体《からだ》ごと敵にぶつかっていった。

伊勢地口では、千三百の軍勢を従えた日置大膳が、炎の中から飛び出していた。

燃え盛る魂抜きの森から離れた茂みに身を潜めていた守将の音羽半六は、大膳の軍勢を目撃するや絶句した。半六には、紅蓮《ぐれん》の炎が伊賀を焼き払わんがために大膳の軍勢を生み出したかのようにさえ思えた。

(何という奴《やつ》らだ)

「大膳めが伊賀に乱入しおった」

――もはや伊賀は終わりじゃ。

半六はつぶやいた。

このときはまだ、伊勢地口には逃亡組の下人一千は到着していない。大膳が大胆にも開戦の前日に伊勢地口に潜み、短時間で敵を破ったことが奏功《そうこう》したのだ。

伊勢地口を突破した大膳の軍勢は、下川原、寺脇を抜け、木津川の流れに沿って猛烈な勢いで北上した。このまま川に沿って進めば、平楽寺の南門、通称赤門にたどり着くはずである。

大膳は先頭を切って馬を駆った。

途中、焼き払われた丸山城をかすめつつ進軍することになる。

(派手《はで》にやりやがって)

焼け焦《こ》げた柱ばかりとなった丸山城を右手に見上げながら、大膳は驀進《ばくしん》した。

(だが、このカタはきっちり付けさせてもらうぞ)

火を吹かんばかりの眼差《まなざ》しで前方を見つめたとき、木津川の向こう岸を駆けて来る一千ばかりの軍団が見えた。軍団は川の浅瀬を渡り始めている。

一千の軍団は、京か大和の方向からやってくる。当然、伊勢の軍勢の進軍経路ではない。

「伊賀者か」

そう見て取るや、迫り来る軍団を凝視した。

——白か、黒か。

向かってくる敵が白く見える場合、敵は臆《おく》しており、黒く見えれば士気《しき》が高いという。

別段、神秘を含んだ極意があるわけではない。臆していれば身体はのけぞり面《おもて》を前面に晒《さら》すため白く見える。士気が高ければわき目も振らず前のめりになって駆けるため、兜や陣笠《じんがさ》が敵に見え、黒くなるという。

——黒か。

なぜだか伊賀者の士気は異様に高い。周囲の景色さえ暗黒に染め上げるかと思うほどに真っ黒に見えた。

大膳は馬を駆りつつ、「十兵衛」と呼んだ。

城戸十兵衛という男である。

十兵衛は、その鈍重な身体つきからつい家中の者もあなどってしまうような男であった。だが、大膳はこの男が下知を守ること岩よりも固いことを知っていた。この男ならば、骨になってもあの伊賀者どもを食い止めるだろう。

十兵衛が馬を駆ってくるや、大膳は放胆《ほうたん》にも兵の半数をこの男に与えた。

「対岸に陣を敷き、あの伊賀者どもに当たれ」

疾駆《しっく》する馬上で命じた。

「御意《ぎょい》」

十兵衛は、本当に理解しているのかと思わず問い質《ただ》したくなるような鈍い表情で答えると、後続の兵に向かって合図を出した。やがて兵六百ばかりを率いて戦列から離脱し、川を渡って攻め寄せる伊賀者に向かって陣を敷いた。

大膳が後方を振り返ると、十兵衛率いる軍勢は急速に小さくなっていった。再び前方に向き直るや、

「残りの者は平楽寺へ直進」

馬速を上げた。

平楽寺には、お国がいる。

六

阿波口では、信雄の軍勢が劣勢に立たされていた。
銭の亡者と化した下人たちは、木々の間を飛び交い、あらぬ方向から敵に襲い掛かった。阿波口は敵味方が入り乱れた乱戦となっていた。
——同士討ちして自滅するもの毀傷《きしょう》するもの、幾千といふ数を知らず。(『伊乱記』)
首を挙げた下人の中には、敵の屍骸から具足を剝《は》ぎ取り、たちまち敵になりすましてしまう者もいた。敵に化けた上で信雄の兵に忍び寄り、首を掻《か》き切った。このことが、信雄の軍勢の中に疑心暗鬼を生み、同士討ちが始まっていた。

無門は具足に着替えるなどといった面倒なことはしない。

「よっ」

いきなり敵の雑兵どもの真《ま》っ只中《ただなか》に降り立った。

仰天した敵は、手に持った槍《やり》を無門に向けようとする。だが、木の幹がそれを阻《はば》んだ。無論、無門が木々の格別生い繁《しげ》った場所で待ち構えていたに過ぎない。山岳武術たる忍術の前に、平地での合戦に慣れた兵など敵ではなかった。

無門はにやりと笑うと、

「山間《やまあい》の戦《いくさ》は得物《えもの》を短く。よう覚えて来世《らいせ》にて活《い》かせ」

言うなり、前後左右の敵の喉頸《のどくび》を二刀をもって切り裂いた。

無門は、「十文、二十文、三十文……」勘定《かんじょう》しながら敵を斃《たお》した。すでに合計額は十一貫と五百文を超えた。

無門にとって首を挙げるのは、面倒なことでしかなかった。その代わり、目印として敵の足の裏を切り裂いた。『武将感状記』などに記されているが、古来、敵の止《とど》めを刺す術に、足の裏を裂く手法がある。

そんな働きぶりを信雄は目撃した。それほどの近くにまで、無門は紛れ込んでいる。

「あの男だ」

ほかの伊賀者とは身のこなしが明らかに違う。信雄は無門の姿を認めると、

「あの男を討ち取れ、種子島を集中させよ」

恐れを振り払うがごとく叫んだ。

「この乱戦では味方に当たり申す」

傍《そば》にいた馬廻《うままわり》の士が、信雄を諌《いさ》めた。馬に跨《また》るや、

「某《それがし》が討ち取り申す故《ゆえ》、ご案じ召《め》さるな」

言い残し、どっと馬を駆った。山の斜面を猛烈な勢いで駆け下り、足の裏を裂いていた無門に駆け過ぎざま、槍を繰り出した。

足の裏を裂きながら、無門は小さく宙を舞って槍の穂先をかわした。着地したときには、もとの足の裏に熱中している。

（うるさい奴だな）

馬廻の士が馬首を巡らし、再び無門に向き直ったとき、ようやくこの伊賀者もすべての足の裏を裂き終えた。

無門は、正面から馬上の馬廻の士を見上げた。

「忍びづれに名は名乗らん」

と言ったから、この馬廻の士の名はついぞ不明である。止まった馬の上から、二間

をゆうに超す槍を繰り出した。

（舐《な》めるな）

無門は高々と脚を上げると、槍の穂先を踏みつけた。どういう仕掛けがあるのか、馬廻の士は槍を引き戻すことができない。

「何をした」

馬廻の士は、槍の柄《え》を遮二無二《しゃにむに》引っぱりながら怒号を上げげた。すると伊賀者は、不敵に笑いながら槍の柄を伝ってするするとこちらへと登ってくるではないか。

「くっ」

馬廻の士はようやく槍を手放した。と同時に太刀を抜き、迫る伊賀者の横胴を薙《な》ぎ払った。

そのときには馬廻の士は死んでいる。すでに無門は槍の上での跳躍を終え、馬の尻《しり》にふわりと乗っていたのだ。尻に乗るや無門の背後で、馬廻の士の首がごとりと落ちた。

「なんと」

信雄は生きた心地もしない。ふと横を見ると、別の馬廻の士が弓を引いていた。

「やれ」

弓を引く士に懇願するように声をかけた。不覚《ふかく》にも馬の尻にしゃがみ込んだままの伊賀者は、格好《かっこう》の的になるはずだ。

——危ない。

と目を剝《む》いたのは鉄である。無門を狙って弓を引く敵をこの少年は見逃さなかった。

「無門、無門」

とっさにその名を連呼《れんこ》した。

「ん」

無門は馬上でのどかな声を上げている。

矢は放たれた。

矢は無門の後頭部めがけて急速に迫った。

無門はそんな矢を見ることもなく、後ろ手で軽々と摑《つか》み取った。

——え。

鉄は啞然《あぜん》とするほかない。

「鉄、なんだよ」

それでも無門は矢を捨てながら訊《き》いてくる。

——もういい、おわった。

鉄は顔の前で手をふらふらと振ってその言葉に替えた。

「戦の最中に声かけんな。気が散るだろが」

無門は不機嫌な顔で言うと、視線を移した。見れば、あの頬の豊かな美男がいる。

（信雄め、いやがったな）

無門は酷薄《こくはく》この上ない表情を浮かべた。

信雄は一連の無門の働きを目撃している。無門の視線に射抜かれたこの総大将は、家臣どもがいなければ、思わずその場にへたり込むところであった。

（おれだぞ、おれ）

無門が、信雄におのれの面《つら》がよく見えるよう首を伸ばしたとき、信雄を救う一報が無門のもとに届いた。

「平楽寺が急じゃ」

無門に駆け寄ってきた下人の一人がそう叫んだのだ。

「何じゃと」

馬の尻から降りて訊くと、日置大膳の軍勢が伊勢地口を突破して、平楽寺へと急進しているという。

「大膳の奴が？　あいつ戦に出てやがんのかよ」

あの野郎、戦に出ねえなんていいかげんなこと言いやがって。無門は顔をしかめた。

平楽寺にはお国がいる。

(信雄の首か、お国か)

無論、答えは決まっている。

無門は再び馬に飛び乗るなり、懐《ふところ》を探って取り出した手裏剣を打った。

手裏剣は一直線に信雄の方へと疾走した。が、手裏剣が仕留めたのは、信雄の真横にいた馬廻の士である。額に深々と手裏剣を打ち込まれ、どうと斃れた。

「わざと外しおった」

信雄はそうつぶやいた。

それは馬上の無門を見ても分かる。

無門は手裏剣を投げた姿のまま、こちらを蛇のような目で見つめていた。

(首を胴に載せたまま、そこで待ってろ)

無門は心中で言い残すや、馬首《ばしゅ》を巡らし山を駆け下りた。

七

平楽寺の境内《けいだい》は、騒然となっていた。

赤門の扉の隙間《すきま》から煙が侵入し、二層の屋根の上を見れば煙の間から炎さえ垣間見《かいまみ》えた。

赤門が外側から焼かれている。

早々《はやばや》と平楽寺に来襲した日置大膳の軍勢が、赤門に向かって数百もの火矢を打ち込んでいたのだ。

（どうしよう）

お国は、焼け落ちつつある門扉《もんぴ》を見つめながら足を震わせた。

辺りには、下人の女房らしき女や子供、そして老人たちが右往左往している。守り口に下人を集中させているため、戦力となる男は三十人にも満たなかった。

（やるしかない）

そこは武士の娘であった。お国は、すっかり戦意を失った下人の槍を奪うなり、赤門を背にして、

「皆の者」

と大音声《だいおんじょう》を上げた。

「こうとなれば女子供で平楽寺を守るほかありませぬ。親は子を守り、子は親を守るのです」

お国の一言に、下人の女房たちも意を決した。もともと伊賀の女たちは武の心得《こころえ》がある。男に交じって平楽寺で武技の稽古《けいこ》をするなどは日常のことであった。女たちが手裏剣や槍を手に取り、赤門に向かって身構えると、お国も燃え盛る門扉に向き直った。

大膳は平楽寺の外で、赤門を凝視している。

（――頃はよし）

見るや、鏨頭《のみがしら》の矢をすらりと抜き、弦をぐいと引いた。

狙《ねら》うのは、門扉中央の細い隙間である。

門扉は煙でほとんど見えない。だが煙が晴れ、門扉がわずかな間、姿を見せたとき、

（行け）

矢を放った。

矢はうなりを上げて門扉に迫った。見事中央の隙間に吸い込まれるや、門を閉じる閂《かんぬき》を断ち切った。

鏨頭の矢は、境内に入っても疾走をやめようとはしない。お国の頬をかすめ、後ろにいた下人を、丸太が激突したかのごとく素っ飛ばしていった。

（なんなのこれ）

お国は文字通り震え上がった。どうやら外の敵は人外《じんがい》ともいうべき大剛《たいごう》の者らしい。木の軋《きし》む音に門扉を見れば、矢を放った大剛の士を招き入れるかのように内側へと開いていくではないか。

瞬間、

「突っ込め」

大膳が吠《ほ》えた。弓を小者に放り投げるや、槍を取って馬腹《ばふく》を蹴《け》った。

大膳を先頭に、軍勢は赤門へと殺到した。

下人ども数人が築地《ついじ》塀《べい》の上から、半弓をもって大膳の軍勢を阻んだが、ものの数ではない。

――一掃せよ。

大膳は後続の騎馬武者どもに指し示す。後続の騎馬武者たちは馬を駆ったまま応射し、下人たちは乗り出した半身にほとんど隈《くま》なく矢を浴びて塀の向こうへと消えていった。

大膳は燃える赤門に肉薄するや、槍の石突《いしづき》を門扉に叩《たた》き付け、轟音《ごうおん》とともに打ち破った。

その大膳を襲ったのは、女たちの投げる手裏剣である。

（なんだこりゃ）

女の細腕で打つ手裏剣では甲冑《かっちゅう》を貫《つらぬ》くことなど到底不可能であった。狙いも正確ではない。大膳は、甲冑が手裏剣を撥《は》ね返す間《ま》の抜けた音を聞きながら、苦い顔でいた。

（女まで妙なもの投げやがる）

眉《まゆ》をひそめながら、

「日置大膳じゃ」

と、大音声を上げた。

大膳を囲んだ女たちはおろか、子供たちまでが一瞬にして凍りついた。大膳の大声にではない。大膳の名そのものが、伊賀の女子供にまで悪鬼のごとく恐れられていたのだ。

「得物《えもの》を捨てれば命ばかりは助けて遣わす。武器を捨てよ」

大膳は自らを囲む女たちに向かって続けざまに叫んだ。

伊賀の女たちは次々に武器を手放した。その女子供と大膳との間に、赤門から続々と乱入した騎馬武者たちが割って入った。

平楽寺は制圧された。

だが、ただ一人、お国だけは大膳に服さなかった。

お国は、大きく息を吸い込んだ。そして間に入った騎馬武者の横をすり抜け、馬上の大膳に駆け寄るや、槍を繰り出した。

（まだ来るのか）

大膳は槍の穂先をひょいと避けながら、困ったような顔をした。

女の面を見れば目を見張るほどに美しい。が、女が美しければ美しいほど、決死の形相は凄《すさ》まじいものとなる。

「怖いことよ、無門が女房も斯様《かよう》な女子《おなご》であろうか」

大膳が呆《あき》れたようにつぶやくと、女は槍《やり》を再び繰り出しながら、

「まだ女房ではない」

と、怒声を上げた。

「もしや本人か」

女は返事の代わりに三度目の槍を繰り出し、

「武家の出自ゆえ遠慮は要らぬ。武門の習いをもって我を遇せよ」

こう言われて、女の言うことだからと、大目に見るほど当時の武者は甘くない。

「申したな」

大膳はぎらりと目を光らせると、即座に馬を駆って二十間ほどの距離を取った。

境内にいる者たちは、馬上の大膳と徒立《かちだ》ちのお国から離れ、二人を遠巻きにして事態を見守った。

「女、名は」

大膳は馬首を巡らすや、言葉を投げかけた。

「お国」

「お国、参る」

大膳はどっと馬を駆った。咆哮《ほうこう》を上げつつ馬速を上げ、圧倒的な迫力でお国に迫った。

名のある武者でも思わず身を硬くしてしまう大膳の咆哮である。お国などは咆哮を聞くなり魂消《たまげ》た。その場で棒のようになってしまった。

「悪く思うな」

間合いに入った大膳は、一言吠えるや槍を一気に繰り出した。

刹那《せつな》、魔物のごとき黒き影が、疾風の速さでお国の身体《からだ》を巻き込み、空中へと奪い去った。

槍の穂先は空を切った。

「む」

大膳がとっさに宙を見上げると、忍び装束に身を包んだ男が、お国を抱いて遥《はる》か空中へと舞い上がっている。

「無門か」

大膳は叫んだ。

無門は、お国を抱いたまま木の幹を蹴るやさらに跳躍し、本堂の屋根にふわりと舞い降りた。お国は身を硬くしたまま、呆然《ぼうぜん》と無門を見つめている。

無門もお国を見つめ返し、

「いかんいかん、あんなでかい男に喧嘩《けんか》売っちゃ。危ないではないか」

おどけた顔を作った。次いで境内を見下ろし、

「こら大膳、わしが女房に何しやがる」

(嘘《うそ》つけ)

――さっき、その女が女房ではないと申しておったぞ。

大膳はそう苦笑したが、無門が境内へ飛び降りるや表情を険《けわ》しくした。この伊賀一の忍びとの格闘に備えねばならない。ぐいと槍を繰り込んだ。

お国は恐る恐る首を伸ばして境内を見下ろした。

眼下の境内では、無門が放胆にも両の腕をぶらりと下ろしたまま、馬上の大膳に向

かってずんずん歩み寄っている。

数人の徒士《かち》が大膳の前に駆け寄り、無門に向かって槍衾《やりぶすま》をつくった。それでも無門は歩みを止めようとはしない。

――早く抜きなさいよ、刀を。

お国は気が気でない。

お国の焦燥は次の瞬間、極《きょく》に達した。さらに近付く無門に、槍の穂先が一斉に突き出されたのだ。

――あっ。

お国は思わず目を瞑《つぶ》った。

お国が目を瞑るのと同時に、無門は抜く手もみせず二刀を抜き放つや、繰り出された数本の槍のうち二本を左右に払った。二本の槍を払うなり、風を巻いてその間に身を入れた。敵が再び槍を繰り出すには当然、一度槍を繰り込まなければならない。だが、無門の迅速《じんそく》さはそれを許さなかった。槍が引かれるよりも早く、敵の手元に付け入ったのだ。

敵の咽喉元《のどもと》は無門の眼前にある。至近距離に入れば、もはや槍など役には立たない。無門は目を光らすや、両刃の剣を咽喉元に向けて突き出した。

お国が再び目を開けたときには、徒士のことごとくが斃《たお》されていた。無門はその屍《し》骸《がい》たちの中で、二刀をだらりと下げたまま、息も乱さず静かに立っていた。

――嘘じゃなかった。

「俺は伊賀一の忍びさ」

無門はへらへらと、ことあるごとにそう言っていた。この言葉は、嘘の多いこの男の、ほとんど唯一《ゆいいつ》の真実かも知れぬ。お国は今になってようやく納得した。

無門はゆっくりと大膳に向き直った。

再び大膳に向かって進むと、今度は騎馬武者たちが伊賀の女どもを制圧する手を緩め、一斉に無門に向かって殺到した。敵は四方八方から迫ってくる。無門は一旦《いったん》飛び下がって、膝《ひざ》を軽く曲げながら八方を窺《うかが》った。

(――跳《と》ぶか)

さらに身をかがめたとき、八方から迫る騎馬武者たちに、幾人もの下人が飛び掛った。

(ようやく来やがったか)

辺りに目をやれば、各守り口から駆けつけた下人どもが、続々と築地塀を乗り越えてくる。

「お父《とう》」

という子供の声が飛んだ。

「あんた」

亭主を呼ぶ女房の声もする。父である下人どもは、女房子供を救うべく平楽寺に急行したのだ。

（さてと）

手の空いた無門は、むしゃぶりつく下人を軽々と剝《は》ぎ取る大膳を凝視した。

（あの首をもらうか）

身を丸めて跳躍しようとしたときだ。

「無門殿」

本堂の屋根の上から声が飛んだ。お国である。

「はい？」

気勢《きせい》を削《そ》がれた無門は、屋根の上に迷惑そうな顔を向けた。

「伊賀一の忍びならば、大将が首級《くび》を挙げなさい」

「ああ、信雄の首ね」

「五千貫を他の者に奪われてはなりませぬ」

（結局それか）

無門は思わず眉間《みけん》をしかめた。

「そこで待っておれ、ちと稼いでくるわ」

叫び上げるなり、瞬《また》く間に乱戦の中を駆け抜け、地を蹴って塀を跳び越えた。

塀の外では、馳《は》せつけた下人どもが大膳の残した守備兵と一戦におよび、平楽寺に守備兵が入り込むのを阻《はば》んでいた。

（まず、平楽寺は無事か）

無門が見るところ、大膳の兵どもは平楽寺の内外に三百ずつ程度が配されているようである。これに対して、いまも平楽寺に続々と駆け付ける下人どもは、敵の数を超えようとしていた。無門は知らなかったが、途中、城戸十兵衛に六百余の軍勢を授《さず》けてしまったのが、大膳にとって仇《あだ》となった。伊勢地口に押し寄せた下人どもは、いまだ十兵衛率いる軍勢を食い止めていたのだ。

（馬を――）

無門は、主《あるじ》を失ってのんびり草を食《は》んでいる馬の手綱《たづな》を取るや、飛び乗った。

（五千貫め、無事でおれよ）

念じつつ、馬腹を蹴った。

八

馬野口の柘植三郎左衛門の軍勢は、新手の一千の下人に苦戦を強《し》いられていた。

無門と対等に渡り合った下山平兵衛でさえ、三郎左衛門を守りながらの戦闘には閉《へい》口《こう》した。

（後方に下がらねば）

平兵衛は三郎左衛門を背にして、山の斜面をじりじりと登っていったが、下人どもは三郎左衛門目掛けて群がり襲ってくる。平兵衛はそれを手裏剣で仕留め、刀で斬《き》り斃した。

（――しまった）

と平兵衛が内心舌打ちしたのは、手裏剣で斃したはずの下人がむくりと起き上がり、三郎左衛門に襲い掛かったからである。

（打ちが甘かった）

思ったときには遅かった。平兵衛は別の下人を突き斃していて手が塞《ふさ》がっていた。

（柘植殿がやられる）

悔やんだとき、三郎左衛門を襲う下人を、槍の穂先が貫き去っていった。

（何事――）

平兵衛が見ると、長野左京亮の軍団七百が横に展開しながら乱戦の第一陣へと突入していた。

「見たか」

左京亮は、下人を串刺《くしざ》しにしたまま、第一陣さえ駆け抜けたところで馬首を巡らした。同じく第一陣を通り抜けた左京亮の騎馬武者たちも、伊賀者を槍玉《やりだま》に挙げている。

左京亮は槍を振るって下人の屍骸を捨てるなり、

「柘植よ、下がっておれ。これよりは武者の出番じゃ」

相変《あいか》わらず、三郎左衛門を忍びと揶揄《やゆ》しながら助勢を買って出た。

ともあれ平兵衛は安堵《あんど》した。三郎左衛門を促して、後方へと下がった。

左京亮は、ほとんど泥沼の戦場となった馬野口を見渡した。三郎左衛門の兵どもは、敵の伊賀者を左京亮に任せ、左妻川を再びさかのぼり始めた。

「ん」

左京亮がふと見ると、数人の下人に守られながら乱戦の中で縮こまっている一団がいる。下山甲斐とその下人たちであった。

「わしを守らんか」

甲斐はそう喚《わめ》いていた。

敵の首に賞金が懸かっていると知るや、下人どもは甲斐などそっちのけで、首の乱《らん》獲《かく》へと散ってしまっていた。甲斐を守る者など五、六人に過ぎない。無門が発した提案は、伊賀の軍勢の統率という点では、奇妙な弊害《へいがい》も生み出していた。

「お前が一手の大将か」

左京亮は、一団に向かって吠《ほ》えた。だが槍を操ろうとしたものの、木々が邪魔して思うように槍の穂先を甲斐の方へと向けられない。

「長槍の不利を知れ」

甲斐は、悔《くや》し紛《まぎ》れに挑発するかのごとく怒鳴り返してしまった。甲斐が、自らを呼ばわった異様に肩幅の広い男が長野左京亮だと知っていれば、そんな不用意なことは言わなかったかも知れない。

「ふん」

左京亮は不敵に笑うなり、

「良きことを聞いた」

槍を捨て、馬腹に吊《つ》るした四尺を超す大太刀《おおだち》を抜き放った。

大太刀を目撃するや、甲斐の顔からみるみる血の気が引いた。

「もしや長野左京亮か」

――左京亮の大太刀。

といえば、伊賀でも知らぬ者はいない。甲斐も人づてに聞いていたが、大太刀は甲冑《かっ》を物ともせず敵を両断し、その屍骸は酸鼻《さんび》を極めたという。甲斐が着込んだ忍び甲冑《ちゅう》など何の役にも立たないだろう。

――まずい。

甲斐は護衛の下人ともども、乱戦の中にいる下人の群れに駆け入ろうとした。が、左京亮は、

「者共、敵はあの男一人とみて突き入れよ」

などと、とんでもない下知《げち》を発しているではないか。

振り返れば、左京亮をはじめとして辺りの騎馬武者が、こちらに向かって一斉に馬を駆り、突進してくるのが見えた。

そうなると、甲斐を守る下人どもは非情を発した。甲斐を取り巻くのを止《や》め、一斉にこの伊賀攻めの真の首謀者から距離を取った。

「馬鹿者《ばかもの》」

甲斐は怒鳴り上げたが、下人どもは波紋《はもん》の広がるがごとく、主を取り残してみるみ

る遠くへと行ってしまう。

――死ぬ。

とっさに木の幹を背にして身を隠した。そこで甲斐が見つけたのは、三郎左衛門とともに乱戦から逃れつつある我が息子の姿である。

「平兵衛、平兵衛」

どんどん小さくなっていく息子に、必死の形相で叫んだ。

平兵衛は振り返った。だが、言葉を発することはなかった。

「わしを助けよ」

甲斐は叫び続けている。

「許してくれ。お前を術にかけ、伊勢の軍勢を引き入れるが我ら十二家評定衆の術策であった。だが、すべてはお前のためなのじゃ。お前に一反《いったん》でも多くの田地を残したきがゆえ、やったことなのじゃ」

涙さえ流さんばかりに叫び続ける甲斐の背後に、左京亮の馬がどっと肉薄した。

馬上の左京亮は、怒号を上げながら大太刀を右手一本で大きく振り上げた。

平兵衛は無言のまま、甲斐に背を向けた。

(この戦《いくさ》で死んだ者たちの報いを受けよ)

心中で甲斐に返答したとき、左京亮の大太刀が振り下ろされた。にわかには信じられないが、大太刀は木の幹ごと甲斐の胴体を上下に両断したという。

「どうだ」

馬首を巡らした左京亮の前方で、甲斐の上半身が地面に落ち、次いで幹がゆっくりと倒れた。

「すごいわ、こりゃ」

言葉とは裏腹《うらはら》に興《きょう》もなさげにそう言ったのは、木猿である。土遁《どとん》が終われば仕事は終わったとばかりに木の上に登り、高みの見物を決め込んでいた。

その横の木に、伊勢地口から逃げてきた文吾が飛び移ってきた。

「兜首には十貫文が出るとは本当か」

と訊く文吾に、木猿は、

「それゆえ、この有様《ありさま》よ」

眼下を顎《あご》で示した。

眼下の扇状地では、三郎左衛門の軍勢が二陣へと下がり、それと入れ替わった左京亮率いる軍七百さえもが伊賀の軍勢に圧《お》されつつあった。徒士はまだましな方で、騎《うま》乗《のり》の士の被害はひどかった。一人が数人の下人に襲われ、馬から引き摺《ひず》り下ろされた挙句《あげく》、寄ってたかって切り刻まれていた。決まって起こるのが兜首《かぶとくび》の奪い合いである。

「へえ」

文吾は好奇の目で辺りを見回した。銭には大して執着はないものの、悪い話ではない。高そうな獲物を物色した。

見れば大太刀を振るって一人気を吐いている武者がいる。

あれか、とつぶやくなり、文吾は木の枝を蹴《け》って、大太刀を振るう左京亮の正面に降り立った。

「馬を仕留めろ」

文吾は辺りの下人どもに言うや、手裏剣を馬の腹目掛けて打った。下人どもも、文吾に習って次々に手裏剣を放った。

「馬を狙《ねら》うとは卑怯《ひきょう》な」

左京亮は怒声を上げたが、文吾に通じるはずなどない。

「伊賀者相手に卑怯など笑止《しょうし》」

笑い声さえ交えながら手裏剣を立て続けに打った。

馬は堪《たま》らずどうと横倒しになった。左京亮は徒立《かちだ》ちになるほかない。とっさに左手で二尺余の小太刀を抜き、右手の大太刀を高々と振り上げた。正面からは文吾を始め、数人の下人がじりじりと間合いを詰めてくる。

「掛かって来い」

左京亮は吠えた。


無門が去ったあとの平楽寺の境内《けいだい》では、怒号を上げげつつ大膳が槍を振るい続けていた。二尺をゆうに超す大身《おおみ》の穂先である。大膳の強力《ごうりき》で横殴りに一振りすれば、草を薙《な》ぐかのように軽々と数個の首が一度に飛んだ。

無門は自らの術を過信するあまり、大膳を甘く見た。

大膳一人の武辺が下人どもを竦《すく》ませた。騎馬武者たちは、戦意を失いつつある下人どもを討ち取り、あるいは制圧していった。

(なんなのよ、あの男)

屋根の上のお国は、巨軀《きょく》の男の人間技とは思えぬ働きを目にしながら啞然《あぜん》とした。

(——無門殿ならば)

軽率にも無門を信雄の元へと放ったことを悔やんだ。境内を見下ろせば、伊勢の軍勢は、伊賀者たちを隅へと追い詰めていた。

大膳は屋根の上のお国をぐいと見上げた。

（うわっ）

お国は危うく屋根からずり落ちるところだった。瓦《かわら》にしがみつきながら大膳を睨《にら》み返すと、大膳のもとに騎馬武者が馬を駆ってくるのが見えた。

お国に分かるはずもないが、騎馬武者は阿波口から発せられた使番《つかいばん》であった。平楽寺の外での乱戦を掻《か》い潜《くぐ》って境内へと侵入し、大膳の元に馳《は》せつけていた。大膳の前で馬から飛び降りるや息も絶え絶えに、「御本所《ごほんじょ》が急にござる」と叫んだ。

「なんじゃと」

大膳がとっさに馬上から使番を見下《みお》ろすと、使番は、

「敵の勢い激しく、御味方総崩《そうくず》れも間近にござる。阿波口まで御加勢賜《たまわ》りたい」

片膝《かたひざ》をついたまま泣くような調子で懇願した。

――どうする。

制圧した平楽寺を捨て、阿波口へと向かうか。大膳がとっさに考えをまとめようとしたときである。

大膳を再び裏切りへと誘う、悪魔のささやきが耳元で聞こえた。

「このまま平楽寺に留まりなされ。信雄など見殺しにすればよい」

見れば、老臣の一人が馬から身を乗り出していた。太田彦三郎という者であるが、名などどうでもいい。大膳の家臣は多かれ少なかれ、彦三郎のような思いを抱いていたからだ。家臣の忠義は直接の主《しゅう》に対してのみ発せられる。彼らが心服する大膳に元の主を斬らせた信雄など、憎みこそすれ助ける道理などない。

「敵に当たっておったのじゃ。誰も責めは致しませぬ」

悪魔は再びささやいた。

(――見捨てるか)

と、大膳が一瞬でも思わなかったと言えば、嘘《うそ》になる。自らの家臣がそう助言する気持ちも良く分かった。

「彦三よ」

大膳はこの老臣に、にやりと笑いかけた。そして、悪魔の声を退けた。

「二度、主《あるじ》を裏切れるかよ」

言い放つや、引き鉦《がね》を鳴らすよう大音声《だいおんじょう》で命じた。何事かと、家臣たちが大膳に注目する中、

「者共、これより我らは阿波口に向かい御本所をお救いする。遅れを取るな、息の続く限り駆けよ」

馬首を巡らし、どっと赤門から飛び出した。

九

「お逃げなされよ」

阿波口では信雄の馬廻の士が、主に向かって叫び上げていた。

「信雄方の名を得たる勇士より雑人原《ぞうにんばら》に至るまで其《そ》の人数を討たるる事、幾千人といふ数を知らず」

『伊乱記』によれば、少なくとも千人規模の死者がこの阿波口だけでも出ていた。

あれほどの分厚《ぶあつ》さをもって信雄を守っていた八千の人間の壁が、極端に薄くなっている。いまや信雄のほとんど目前で乱戦は繰り広げられていた。

それでも信雄は逃げようとはしなかった。

(そんなこと、できるはずがない)

信雄はそう歯噛《はが》みした。この信長の次男は父に無断で伊賀を攻めている。その上、数千の兵を失った挙句、尻尾《しっぽ》を巻いて逃げ帰ったなど許されるはずがないではないか。

(もはや逃げられぬ)

意を決して戦場を凝視したとき、遠く山の麓《ふもと》の方から馬を駆って激走してくる男が見えた。

武者ではない。真っ黒な装束に身を包んだその男は、馬の背にほとんど腹ばいとなりながら、こちらに向かって一直線に駆けてくる。

（――あいつだ）

「無門じゃ」

信雄はこの戦場に来て何度目かの恐怖に襲われた。

「皆であ奴《やつ》を仕留めよ」

自らを守る馬廻《うままわり》たちに向かって命じた。馬廻の武者たちは、「御意《ぎょい》」と一言発するや、馬に飛び乗り山の斜面を勢いよく駆け下りた。

無門は、信雄の本陣らしきところから数騎の騎馬武者が発せられたのを目撃したが、馬の勢いを緩めようとはしない。遮《さえぎ》る兵を馬体で跳ね飛ばし、馬蹄《ばてい》で踏みつけて、脇《わき》目《め》も振らず信雄目指して斜面を駆け上がった。

やがて馬は傷つき、轟音《ごうおん》を立てて地面に激突したが、それでも無門の突進は止まらない。馬が倒れた拍子に地面を蹴り、信雄が発した騎馬武者が迫る真《ま》っ只中《ただなか》に、宙を舞いながら突入した。

――信雄め、刮目《かつもく》せよ。

無門は空中で息を大きく吸うなり、先頭の騎馬武者が乗る馬の平首《ひらくび》を蹴った。そのときにはすでに腰板の二刀を抜いている。次いで二人目の馬の首を蹴り、三人目も蹴り、六人目を数えたとき、徒立ちとなったほとんど丸裸の信雄が見えた。

——いやがったな。

六人目の馬の首を蹴って跳躍したとき、無門の背後で先頭から順繰りに六つの兜首が落ちた。無門は、振り向くことなく木の幹を足場に再び跳んだ。

「五千貫」

叫びながら信雄に向かって真《ま》っ直《す》ぐに跳び、二刀を引き構えた。

（殺《や》られる）

と、信雄が身体《からだ》を硬直させたときである。

「無門」

跳躍する殺人者の背後から、その名を呼ぶ声が襲い掛かった。

とっさに無門が宙で身を翻《ひるがえ》し、後ろを見るや、どっと馬を駆って急迫したのは大膳である。わずか十間の距離で、すでに鏊頭《のみがしら》の矢を引き絞っている。矢を放った。

——ちっ。

無門は舌打ちするや、素早く一刀を口に咥《くわ》え、鏊頭の矢を眼前で摑《つか》み取った。

――くっ。

掴んだ掌《てのひら》の中で矢が摩擦《まさつ》し、熱を発した。鏃《やじり》は眼前で止まったものの、無門の身体自体が矢の勢いに押され、あらぬ方向へと素っ飛んでいった。

この隙《すき》に大膳は馬を駆け寄せ、信雄を背にすると、飛んでいった無門の前に馬上のまま立ちはだかった。

「槍《やり》を」

弓を捨てた大膳が、無門を見据えたまま叫んだ。信雄は残った近習《きんじゅう》から槍を取り上げ、馬上の大膳に手渡した。

「なんてえ矢だよ」

無門はぶつぶつ言いながら、矢を捨てゆっくりと起き上がった。

無門と大膳が、わずか数間の距離で対峙《たいじ》した。大膳は信雄をかばうように、空いた左腕を大きく横に広げた。

無門はあざ笑うや、放胆にも大膳の正面から足早に歩み寄った。ずんずん迫ってくる無門が間合いに入るなり、大膳は怒号とともに槍を繰り出した。

無門は脚を高々と上げ、槍の穂先を踏みつけた。

「む」

大膳が穂先を打ち振ろうとしたとき、無門が槍の柄《え》の上に一歩踏み出した。槍の柄を伝って大膳に近付き、その首を落すつもりでいる。

――ふん。

笑ったのは大膳の方である。

「無門よ。わしをそこらの葉武者《はむしゃ》と間違えるな」

言うなり、めきりと音が鳴るほど槍の柄を握り締めた。次いで怒号を放つや圧倒的な膂力《りょりょく》で槍の穂先を無門ごと持ち上げた。

「なに」

無門は浮き上がっていく自らの身体に驚愕《きょうがく》した。

驚く無門をよそに、大膳は手首をぐいと曲げ、毬《まり》でも打ち上げるように無門の身体を宙へと撥《は》ね上げた。

空中で足場もなければ逃げることもできない。無門のまったくの不覚であった。

無門は宙へと浮き上がりながら、「精が尽きたか、無門」という大膳の叫び声を聞いた。見下ろすと、大膳ががらりと槍を捨て、太刀《たち》を抜いている。やがて身体が落下へと移ったとき、絶妙の間合いで無門は宙にいたまま袈裟懸《けさが》けに一刀を浴びせられた。

「無門がやられた」

辺りにいた下人が声を上げた。声の近くにいた鉄がとっさにその方を見ると、斬《き》られた無門は襤褸《ぼろき》切れのごとく木の幹へと叩《たた》き付けられ、地面へと落下するところだった。

「無門」

鉄は大声で呼びかけたが、無門は地に伏せたまま身動きひとつしない。

信雄は、「うむ」と一声唸《うな》り、無門の屍骸《しがい》に歩み寄ろうとした。

だが大膳は腕を伸ばし、信雄を遮《さえぎ》った。不審げに馬上の大膳を見上げると、大膳は無門の屍骸を凝視したままでいる。

「まさか」

信雄は無門の屍骸にふたたび目をやった。

見れば、うつ伏せになった無門の屍骸が蘇《よみがえ》り、背を丸めたままゆっくりと立ち上がりつつあった。二本の脚で地に立つや、首をぐいと起こして大膳を睨みつけた。

「鎖帷子《くさりかたびら》か」

大膳は自らの太刀を一瞥《いちべつ》した。刃がわずかに欠けている。斬ったときの手応《てごた》えが妙だったのはこのためだ。

無門は大膳から目を離さず、しきりに首を廻している。一刀を腰板に収め、袈裟懸けに斬られた肩から胸にかけてを軽く叩いた。やがて無傷であることを確認すると、おもむろに胸元へと手を入れた。

「壊れたわ」

つぶやきながら、ずるりと胸元から引《ひ》き摺《ず》り出したのは、鎖で作った上半身を覆《おお》う鎖帷子である。投げ出すと重量感をもって地面に落ち、鎖の山となった。

無門が外したのは鎖帷子だけではない。今度は股《また》ぐらに手を突っ込むや、下半身を覆う防刃衣《ぼうじんい》をも引き出したのである。足利尊氏《あしかがたかうじ》も用いたとされる鎖袴《くさりばかま》である。無門の好みで鎖袴は足首までを覆っていた。

「貴様――」

大膳は、高々と積みあがった鎖の山を見て唖然《あぜん》とした。この全身を覆う鎖の着込み。どれほどの重さがあるというのだ。

「――これであの体術を」

「戦場で外したことなどないからな」

無門はそう言いながら、頸《くび》を軽く鳴らした。

「どう動くかわしにも分からんぞ」

不敵に笑うなり、消えた。

消えた、としか大膳には思えなかった。だが、網膜《もうまく》に残った微《かす》かな残像は、我が右手へと消え去っている。

（馬手《めて》〈右手〉か）

とっさにその方を向いた。しかし、無門の姿はない。そのとき、数間先の樹皮がぱらりと欠け落ちたのが見えた。

（あの幹を無門は蹴った）

となれば、

（弓手《ゆんで》〈左手〉か）

素早く首を左手にねじ向けた。

この間、一瞬である。

だが、その一瞬の間に、無門は大膳の前方から跳躍し、その右手の幹を蹴り、左手の幹をも蹴ってすでに大膳の眼前へと肉薄していた。

（なんだと）

わずか数寸に迫る無門に、大膳はなす術《すべ》もない。

「死ね」

無門は冷ややかにつぶやくや、大膳の頸を目掛けて一刀を突き出した。

大膳はほとんど本能が命ずるまま、右手に持った太刀を捨て、その掌《てのひら》を諸刃《もろは》の剣に向けて突き出した。

(――っ)

無門の剣は掌を突き通し、籠手《こて》をも貫《つらぬ》いた。大膳が激痛に一瞬目を閉じた瞬間、剣は抜かれ、無門の姿は再び消え去っていた。

(どこだ)

大膳は辺りを機敏に見回した。

音だけは響いてくる。無門の固い踵《かかと》が木の幹を蹴る戞戞《かつかつ》という音だ。

(どこにいる)

音の方に目をやったときには無門の姿はそこにはない。

「御本所、俺から離れろ」

大膳がそう吠《ほ》えたとき、無門が頭上から襲い掛かった。

無門の姿は見えなかったが、大膳の身体は総毛立った。大膳は身体の発する声に従い、頭上を仰《あお》ぎ見た。

(そこか)

残った左手で小太刀を逆手に抜くや、迫る剣を振り払った。

「馬鹿《ばか》め」

無門はにやりと笑った。

狙《ねら》ったのは大膳の左の掌である。小太刀を握り締めた掌を易々《やすやす》と貫いた。

（いまぞ）

大膳は再び激痛に耐えながら小太刀を捨てて左手をむしろ押し込み、剣を深々と貫かせた。剣が根元まで通れば、無門の拳《こぶし》があるはずだ。

大膳は、無門の右手を剣もろとも摑み取った。

しかし無門はその上をいった。瞬時にして手首と手の甲の骨を外すなり、大膳の掌からするりと右手を抜いた。次いで左手で大膳の掌を貫いた一刀を抜き去り、馬の頭を蹴って大膳の前方へと着地した。

（なんて奴だ）

大膳は、数間の距離を置いて静かにたたずむ無門に舌を巻いた。

無門は剣を収め、左手で右手を握り、骨を元に戻しつつある。

ごきり、
という鈍い音とともに無門は手首を戻した。前方の大膳を見つめたまま、掌を幾度か開閉させた。

大膳の両の掌からは血が流れ続けている。もはや得物《えもの》を摑むことはできないだろう。

（――もはや、これまでか）

大膳が無門を凝視しながら覚悟したとき、無門が二刀を抜いて、こちらへと向かってきた。

はじめは大股で一歩一歩飛ぶようにゆっくりと駆け寄り、徐々に脚の回転を速めた。そして大膳の間近に近付いたときには、地を這《は》うように半身を沈め、一直線に突進してきた。

跳んだ。

宙で身を躍《おど》らせるや、二刀を同時に突き出した。

（――死）

大膳がそう悟った刹那《せつな》である。

「伏せよ、大膳」

信雄の大音声が飛んだ。

大膳は刮目した。

声は大膳の背後から発せられている。僅《わず》かに聞こえるあの音は、我が五人張りの弓を力任せに引く音だ。

「弓を押し出せ。弦は腕で引くな、背で引け」

前方を見つめたまま大膳は叫ぶや、とっさに馬の首に身を伏せた。

大膳が身を伏せた瞬間、無門の視界に入ってきたのは、五人張りの弓に征矢《そや》を番《つが》えて引く、信雄の必死な姿である。

征矢は放たれた。

――ちっ。

無門は小さく舌打ちした。そのときには矢が胸板を貫いている。

矢は無門を貫いたまま真《ま》っ直《す》ぐに飛び、木の幹へと突き刺さった。だが、矢が釘付《くぎづ》けにしたのは無門の忍び装束のみである。

(無門め、消えやがった)

大膳は辺りを機敏に窺《うかが》いながら、

「御本所」

後ろを振り返った。

「もはや、これまでにござる。伊勢へと退かれよ」

肩で息をしていた信雄は、戦場を改めて見渡した。

信雄がいる周辺を固めているのは、もはや数人ばかりの兵だけである。残りは乱戦の中に突入しており、そのほとんどが伊賀者に追われ逃げ惑っている有様であった。もはや勝ちなど到底おぼつかない。

信雄は、静かにうなずいた。

「引き鉦《がね》を」

大膳は乱戦の戦場に向かって叫んだ。

十

馬野口の長野左京亮の軍勢は、ほぼ壊滅状態にあった。七百いた武者のうち、その半数以上がすでに首になっていた。

左京亮自身も文吾らに包囲され、満身創痍《まんしんそうい》になっている。その左京亮を救ったのは、下山平兵衛であった。

平兵衛だけではない。二陣に下がったはずの柘植三郎左衛門率いる残り少ない軍勢が、再び第一陣へと駆け戻っていた。一時的にではあるが、伊賀者を下流の方へと押し返した。

「柘植殿は殿軍《しんがり》を申し出ておる」

文吾らの包囲を蹴散《けち》らした平兵衛は、そう叫びながら左京亮を川の上流の方へと引きずり出した。

三郎左衛門の軍勢が敵を押し止《とど》める間に、左京亮らは引き上げろというのだ。この劣勢では、間違いなく三郎左衛門は討死するであろう。

「忍びづれに殿軍など任せられるか」

左京亮は平兵衛に怒鳴り上げた。三郎左衛門の力量を疑ってのことではない。これまで伊賀者と蔑《さげす》んできた自分が、三郎左衛門に命を救われるなど、武者としての面目《めんぼく》が許さない。

「長野殿」

平兵衛は怒気を発した。すでに阿波口の退却はこの馬野口にも報《し》らされていた。

「御本所が退かれたいま、阿波口の敵はほどなく馬野口に押し寄せる。柘植殿を武者として遇するならば、殿軍の申し出を受けよ」

左京亮は口を一文字に引き結んで考えていたが、

「柘植」

と、その名を叫んだ。

とっさに三郎左衛門がこちらを向いた。すでにこの伊賀者は、左京亮より下流の乱戦の中にいた。

左京亮は三郎左衛門を睨《にら》むように見つめていたが、やがて、

「これまでの非礼《ひれい》、我が友、日置大膳の分まで詫《わ》びを入れる。許せ」

聞いた三郎左衛門は、左京亮に向かって力強くうなずいた。

平兵衛は、左京亮を護《まも》って共に伊勢へと落ちるよう三郎左衛門から命ぜられている。

「急がれよ」

そう促すと、左京亮を抱えるようにして三郎左衛門から背《そむ》けさせた。

三郎左衛門は、山の斜面を登っていく左京亮らを僅かの間見送ると、乱戦の中にいる自らの兵たちに向き直った。そしてこの男の最後の下知《げち》を発した。

「者共、柘植家はこれより殿軍を務める。柘植家の者は命に代えても長野家が兵を伊勢へと無事に返すのじゃ。伊賀の者共に柘植家の術を見せるは今ぞ」

三郎左衛門の下知に兵たちは勇奮《ゆうふん》した。

「応」

と叫ぶや大きく横に展開し、決死の防御線と化した。

そんな三郎左衛門の様子を見下ろしていたのは、木の枝に腰掛けたままの木猿である。

「言うわ、御屋形」

せせら笑いながら眼下の戦場を見渡すと、三郎左衛門が敷いた防御線に、伊賀者どもが一斉に突入していた。

「さてと」

木から飛び降りると、突進する伊賀者の後をのそのそと付いていった。

真っ先に三郎左衛門へと突進したのは文吾である。だが、三郎左衛門を数人の兵が守っている。

――やれるか。

文吾が駆けながら刀を抜いたとき、風を切る音が後方から聞こえてきた。

――なんだ。

と思う間もなく、棒手裏剣が文吾の耳を掠《かす》め、三郎左衛門を守る兵をことごとく斃《たお》した。文吾がとっさに後方を一瞥《いちべつ》すると、木猿が手裏剣を打った体勢でいる。

（殺《や》れ）

と、木猿の目は言っていた。

文吾は駆け寄りざま刀を振り上げ、真っ向から三郎左衛門に打ち掛かった。三郎左衛門も太刀を抜き、文吾の斬撃《ざんげき》をがちりと受け止めた。

ふっ、

文吾が息を吹き掛けると、三郎左衛門の眼窩《がんか》に含み針が殺到した。

（ぐっ）

ひるむ三郎左衛門の背後へと廻り込み、文吾は刀を咽喉元《のどもと》へとあてがった。このとき三郎左衛門はあっさりと死を覚悟した。

「名乗れ」

と、後ろの伊賀者に言った。

「百地三太夫が下人、石川村生まれの文吾じゃ」

という声は錆《さび》もなく、よく透《す》きとおった声である。そういえば、さっきまで目の前にあった顔は随分と若かった。

「まだ子供ではないか」

三郎左衛門はうめくようにつぶやいた。自らの身よりも、この若者の先行きを案ずるかのような声音《こわね》である。

だが、この伊賀者はそんな思いやりなどを斟酌《しんしゃく》するような若者ではなかった。

「木猿、見たか。十貫文はわしの物じゃ」

嬉々《きき》として叫んだ。

「もはや人ではないのか」

三郎左衛門はそうつぶやくと、寂しげに笑って目を閉じた。

文吾は刀を引き、ざくりと首を斬《き》り落とした。歓喜の声を上げながら、三郎左衛門の首級を高々と差し上げた。

——伊賀勢は柘植を討ち取りたるにつのりて、悦《よろこ》びの鯨波《げいは》の声、天地も動くばかりにおめき立ち（後略）。（『伊乱記』）

伊賀者どもは、三郎左衛門を討ち取ったとき、喜びの雄叫《おたけ》びを上げたという。この中に文吾の声も混じっていたのかどうか。

馬野口に残った三郎左衛門の軍勢は、主の下知を守り通した。戦闘を続けながら退却し、左京亮らに逃げる時間を与えたのだ。このため、元伊賀者の彼らが伊勢に戻ったときには、半数以上が討ち取られていた。

伊賀勢勝利の報は、平楽寺にも伝えられた。

「伊勢の軍勢、ことごとく退いてござりまする」

馬野口から馳《は》せつけた下人が大声で叫んだ。

下人たちの女房子供に伝えたのではない。平楽寺を守るべく籠《こも》った数人の十二家評定衆らに報らせた。下人が叫び上げると、これまで姿を見せなかった評定衆たちが本堂から這い出すようにして姿を現した。

「無門殿は」

お国は、馬野口から駆けつけた下人に詰め寄るようにして訊《き》いた。

「無門殿が無事か、お聞きではありませぬか」

「無門なら死んだ」

下人は軽々と言い捨てると、評定衆の方に行ってしまった。

伊賀者なら、そんな問い掛けはしなかったであろう。馬野口で戦っていたこの下人は、阿波口で奮戦した無門を見てもいない。

悲痛な問い掛けをしてくる者には、最悪の嘘《うそ》を。

この下人は、伊賀者にとっての小さな娯楽を得ようとしたに過ぎない。

「無門殿が――」

お国は、その場にへたり込んだ自分にさえ気付いていなかった。

十一

「信雄卿《きょう》も伊賀勢の方術《ほうじゅつ》に迷はされ、一《ひ》と支へにも及《およ》ばずして辛《から》き命を遁《のが》れ、(中略)馬物具《もののぐ》を打ち捨て置き、ほう〳〵の体《てい》を見《あら》はして、深更《しんこう》に及び長野の宿に引き退く」

『伊乱記』には、信雄の大敗ぶりがこんなふうに記されている。馬も武器も捨て、ほうほうの体で再び長野峠を越え、夜更《よふ》けになって伊勢領内の長野に入ったという。わずかばかりの敗兵を引き連れて田丸城に転がり込んだのは、戦闘のあった翌日、九月十八日の夕刻のことである。

城に戻った信雄は、日置大膳を従え、開け放たれた二の丸の門から田丸城内を見渡していた。

「わしは何という阿呆《あほう》じゃ」

二の丸にいる家臣たちに聞かれるのも構わず、叫ぶように言った。

眼下の大手門内の広庭では累々《るいるい》と転がる敗兵の姿が夕日に浮かび、その随所で苦しげなうめき声が聞こえた。うめき声を上げられるのはまだ良い方で、いまも敗兵たちは次々に屍骸《しがい》と化していた。

「わしほどの阿呆は、この天下を隈《くま》なく探したところでおらんだろう」

そう苦しげに言う信雄に、大膳はこれも城内を見下ろしながら、

「その通りじゃ」

とうなずいた。

「だが、御本所が阿呆ならわしも阿呆よ。我等《われら》はこの惨敗を目に焼きつけ、阿呆から

始め、一歩一歩歩んでいくのだ」

正面を見据えたまま言った。

気付けば、広庭から二の丸に続く大手道を、下山平兵衛に抱えられるようにして長野左京亮がやってくる。ほどなく二の丸に入った左京亮に、大膳が駆け寄った。

「無事だったか」

「柘植に救われた」

左京亮はうめくように言った。

「わしを救うために殿軍を買って出おった」

――もはや生きてはおるまい。

そう左京亮は続けようとしたが、口には出さない。大膳と信雄もそれを悟ったかのように目を瞑《つぶ》ったまま口を閉ざしていた。

やがて信雄が言葉を発した。

「城内の建物をすべての兵に開放する。養生《ようじょう》に専念せよと皆に伝えてくれ」

そう言うと、本丸に続く城門の方へ行こうとした。

「御本所」

大膳が呼び止めた。傍にいた家臣に五人張りの弓を持って来させると、

「この強弓《こわゆみ》、御本所の腕によう合うようじゃ」

血まみれの手でそれを渡した。信長拝領の強弓は大膳を経《へ》て、信雄へと渡った。

信雄はうつむいたままでいたが、

「一人にせよ」

顔も上げずに、弓を持ったまま再び本丸の方へと歩き始めた。

本丸に続く城門の辺りには数十人ほどの兵がいる。兵たちは信雄のために跪《ひざまず》いて道を空けた。

信雄がその道を通らんとしたときである。

「御本所、その兵から離れよ」

平兵衛がとっさに信雄へと駆け寄りながら声を放った。と同時に、一人の兵が二刀を腰から抜きざま、信雄へと襲い掛かった。

平兵衛の二刀が、襲い掛かる兵の二刀を鋭い金属音とともに受け止めた。

「やるね」

襲い掛かった兵は不敵に笑った。兜《かぶと》の眉庇《まびさし》の下から覗《のぞ》いたのは、無門の顔である。

平兵衛は無門を突き放すと、信雄を背に回した。

大膳と左京亮も身構えはしたが、さらなる戦闘など到底おぼつかない。その場をほとんど動けなかった。左京亮はもとより大膳も、立っているのがやっとの有様である。平然とした顔をしていたのは、この時代特有の武者気質《かたぎ》がそうさせていたに過ぎない。

「一人ではあるまい」

平兵衛が信雄を背にしたまま、じりじりと場を移しつつ言った。

「当ったりめえよ」

無門はにやりと笑う。すると本丸に通じる門と広庭へと通じる門が同時に閉ざされた。

——閉じ込められたか。

平兵衛は機敏に辺りを窺《うかが》った。

が、事態はそれだけに止まらない。門が閉ざされるや、兵の数人が別の兵へと襲い掛かり、討ち取った。そして次の瞬間には兜を撥《は》ね上げ、具足を脱ぎ去り、忍び装束へと為《な》り変った。殺されたのはわずか数人の兵でしかない。ほかはそのことごとくが伊賀者へと化した。

——伊勢の者は我ら四人のみか。

平兵衛は心中でうめいた。

忍び装束に為り変った無門は、このときを待っていた。信雄を始め、大膳、左京亮そして平兵衛が揃《そろ》い、かつ孤立させられる時を。

（――一挙に全員を殺す）

無門は舌なめずりするように、平兵衛の肩越しに覗く信雄の顔を見つめた。

「待て」

平兵衛は、無門に向かってずいと一歩踏み出した。次いで奇妙な動作を始めた。土の上に足でざっと一線を引くと、それを跨《また》いで線を背にしたのだ。

無門はそれを見るや不敵に笑った。

無門はおろか、伊賀者ならば誰もが承知している。伊賀者同士が堂々勝負を決するときに行う、一種の決闘宣言であった。応ずるならば、無門は平兵衛が引いた一線から四尺離れたところに線を引かねばならない。その四尺の間合いで互いに死力を尽くして戦う。後ろに下がって線を踏み越せば、検分《けんぶん》の伊賀者たちがよってたかって惨殺《ざんさつ》する掟《おきて》である。

伊賀者は、この決闘手段を単に「川」と呼んだ。必ず一人が死に、二本の線と屍骸とで地面に川の字ができあがるからだという。

無門は足を横に払って一線を引き、線を跨いだ。奇妙なもので、無門と連れ立ってきたはずの伊賀者どもは、無門が線を跨ぐや二人を取り囲むようにして検分にかかりはじめた。無門とて一線から足を踏み越せば、即座に襲い掛かるつもりである。

無門と平兵衛が対峙《たいじ》した。手を伸ばせば素手でも相手に届く距離だ。そんな至近距離で、平兵衛は無門に語りかけた。

「すべては十二家評定衆の仕組んだことだ。我が父、下山甲斐が今わの際《きわ》にそう白状した。お前にわしの弟を殺させたときから、十二家評定衆は伊勢の軍勢を伊賀へと引き入れ、叩《たた》き潰《つぶ》すつもりだったのだ。すべては伊賀の武名を揚《あ》げんがための術策じゃ。無門、おのれもわしも十二家評定衆が手の内にあったのだ」

（なるほどな）

それを聞いても無門は意外には思わなかった。そんなこと、あの連中ならばやりかねない。

「わかった」

無門は平兵衛を見据えたまま、そう一言だけ発した。平兵衛は、十二家評定衆の術策を明かせば無門が手を引くかと期待もしたが、無門は眉《まゆ》ひとつ動かさない。平兵衛は説得を諦《あきら》め、一つの頼みごとをした。

「わしが死んでも、この伊勢の者たちには手を出すな」

無門はうなずいたが、そんなつもりは毛頭《もうとう》ない。平兵衛を殺し、残る三人も仕留めて伊賀へと帰るつもりでいる。

「頼んだぞ」

平兵衛は真顔《まがお》で頼んだ。が、平兵衛もまた、無門の言葉など当てにならないことを重々承知していた。

「始めようか」

無門がぼそりと言った刹那《せつな》、平兵衛が太腿《だいたい》の二刀を抜いた。同時に無門も腰板の二刀を抜き放った。

次の瞬間には斬撃《ざんげき》の応酬が始まっている。攻撃を繰り返しながらも上体を仰《の》け反《ぞ》らせ、あるいは屈《かが》ませながら敵の二刀を避け、身を翻《ひるがえ》して敵の蹴《け》りをかわした。

――これは。

絶句したのは大膳である。

肉眼ではもはや捉《とら》えきれない連続攻撃は、絶人《ぜつじん》のそれであった。

――これが伊賀者というものか。

信長すら恐れた伊賀者の武を、大膳はようやく理解できたような気がしていた。

致命傷にならないであろう攻撃は、両者とも避けもしなかった。このため、両者の身体《からだ》はみるみる傷を負い、至るところで血が滲《にじ》み出した。

忍び装束がどす黒く染まったころ、両者の持つ技量の僅《わず》かな差が、徐々に広がっていった。やがて一方の男のこめかみと咽喉元《のどもと》に二刀が突き立ったとき、両者の動きは一瞬にして止まった。

突き刺したのは無門である。その無門の脾腹《ひばら》と腋下《わきのした》にも、紙一重《かみひとえ》の差で二刀が止まっていた。

無門が二刀を抜くや、平兵衛は咽喉と頭から血を噴き出し、どうと音を立てて地面に崩れ落ちた。地には川の字ができあがった。

見ると、平兵衛は唇を僅かに動かし、何か言おうとしている。無門は容易にそれを読み取ることができた。

——約を違《たが》えるなよ。

そう平兵衛の唇は発していた。三人の伊勢者を見逃せ、というのである。

唇の動きはみるみる小さくなり、平兵衛は死んだ。

(真面目《まじめ》な奴《やつ》だ)

無門は冷ややかな目で平兵衛の屍骸を見下ろしていた。

(この男は真面目に生き、真面目なばかりに死んだのだ)

やがて無門は平兵衛から視線を外し、

「大膳よ」

と、声を掛けた。

大膳は死を覚悟しながらも、胸を張って無門に向かい大股《おおまた》に歩み寄った。

しかし無門は、どういうわけか大膳が傍に来ても襲い掛かろうとはしなかった。その代わり、

「こいつを伊勢の地に葬《ほうむ》ってやってはくれんか」

と頼んだ。

「わかった」

大膳はうなずいた。

さらに大膳にとって意外なことに、無門もうなずき返すと、大膳に背を向け城塀の方へと向かっていく。

――可哀《かわい》そうな奴だ。

背を向ける間際、無門がそう小さくつぶやいたのを大膳は聞き逃さなかった。

無門は、城塀に向かいながら、連れ立ってきた伊賀者どもを追い立てるようにして二の丸から叩き出した。

「どういうことだ」

伊賀者どもはそう異を立てたが、

「文句があるのか」

無門が両目に凄《すご》みを利《き》かせると、伊賀者どもは渋々《しぶしぶ》城塀を乗り越えて、夕闇《ゆうやみ》の迫る石垣を駆け降りていった。

無門も跳び上がり、城塀の屋根へと降り立った。

この男は、平兵衛の願いを聞き届けて信雄たちを見逃したわけではない。

それよりも激しい衝動が、この男の身体中を駆け巡っていた。

(三太夫ら十二家評定衆を、まとめて地獄に叩き落す)

お国を危うい目に遭《あ》わせたのは奴らだ。平兵衛を伊勢へと放ち、丸山城を焼き、伊賀攻めへと誘導したのは十二家評定衆である。無門は自らも途中までは嬉々《きき》として十二家評定衆の策謀に盲従していたくせに、ほとんど逆恨《さかうら》みとでも言うべき怒りを主《しゅう》に対して抱いた。

「信雄よ」

無門は門のところで棒立ちになっている若者に声を掛けた。

「わしはちと用ができたゆえ伊賀へと帰る。首はしばらくの間、おのれに預けておくゆえ、大事に扱え」

言うや跳び上がり、城塀の向こう側へと姿を消した。

十二

平楽寺の境内は、戦勝祝いの酒盛りで大騒ぎになっていた。すでに九月十八日の夜である。昨日の夜に続いて、戦勝祝いは二日目を迎えていた。下人どもは男も女も車《くるま》座《ざ》になって浴びるように呑《の》んだ。

（――無門殿）

お国はそんな騒ぎの中、本堂に続く階《きざはし》に黙然と座り込んだままでいた。この女は、無門が死んだと聞いて、ようやく無門が自分にとってどういう男だったのか気付いた。無門は絶えずのらりくらりと全く当てにならない男であった。だが、あの男は、伊賀者らしいずるさを伴いながらも、常に女《わたし》のことを一番に考えてくれていたのではなかったか。

（あれが、伊賀者のあの男《ひと》にとって精一杯の優しさだったのだ）

お国が悔やみながら屈めた膝《ひざ》に額をつけたとき、赤門の辺りでざわめく声が聞こえた。お国が顔を上げると、「無門、生きてたのか」という意外な声まで上がってくるではないか。

お国はとっさに立ち上がり、門の方へと駆け出した。

無門は、珍しげに集まる群衆を掻《か》き分け、真《ま》っ直《す》ぐに本堂へと向かっているらしい。お国も下人どもを押しのけ、ようやく無門の姿が見える場所に出た。

「無門殿」

篝火《かがりび》に浮かぶ無門に向かって叫んだ途端、お国は急に不安になった。いつもなら真っ先にお国のもとに駆けつけるであろうこの男が、返事もせずに本堂の方へと通り過ぎていったのだ。

無門は本堂の扉を蹴破るようにして開けた。十二家評定衆もまた酒宴の真っ最中である。一杯やりながら女を引き寄せている者までいた。

無門は目を怒らせ、怒鳴り上げた。

「おのれらの欲のために、ようも我が想《おも》い女《め》を危うき目に遭わせてくれたな」

これには十二家評定衆はおろか、無門にぞろぞろと付いて来た下人どもも、失笑せざるを得なかった。

「なにを世迷言《よまいごと》をほざきおる」

百地三太夫は鼻で笑ったまま言った。

「おのれもその欲にかられた一人であろうが。おのれもわしらも所詮《しょせん》は同じ、尋常《じんじょう》の世では生きられぬ、虎狼《ころう》の族《やから》なのだ」

（そりゃそうだ）

無門も納得せざるを得ない。銭に目がくらみ、丸山城再建の意図を考えようともせず、易々《やすやす》と手を貸したのは、この男自身だった。さらには、戦《いくさ》を引き起こしたのが十二家評定衆だったとはいえ、平楽寺に避難させたお国が危うい目に遭ったのは、身勝手な理由で戦に身を投じたこの男のせいである。

「痛《いて》えとこ突きやがる」

無門も思わず笑ってしまった。しかし、この男は他の伊賀者と同様、心を突き動かす衝動には真っ正直であった。

「だがな、何だかわかんねえが俺は滅茶苦茶《めちゃくちゃ》腹が立ってんだよ」

大音声《だいおんじょう》を上げるなり、二刀を抜き放った。

たちまち十二家評定衆に動揺が走った。

三太夫は恐怖に顔を引きつらせながら叫んだ。

「伊賀一国を敵に廻すつもりか」

「あと先考えて無茶できるか」

無門がそう吠《ほ》えて一歩踏み出すや、三太夫は本堂を覗《のぞ》き込む下人たちに下知《げち》を発した。

「者ども、無門を討ち取った者には生涯夫役《ぶやく》（労役）を免じてつかわす。これは十二家評定衆が総意である」

喜び勇んだのは下人たちである。どっと本堂に乱入すると、ぐるりと無門を取り囲んだ。十二家評定衆は、隙《すき》を見て丈六《じょうろく》の阿弥陀《あみだ》座像《ざぞう》の後ろに逃げ込んだ。

下人たちは堂内にひしめき合いながら、無門に向かって一斉に吹き矢を構えた。矢には馬銭《まちん》がたっぷり塗ってあるはずだ。これほどの矢を全身に浴びれば、無門とて命は持たないだろう。

（へっ）

それでも無門は余裕を失わない。跳んで天井を叩き破って逃げるか、あるいは敵の一方に突入して囲みを破るか。矢の半数を浴びたとて、人並み以上の働きはできると無門は踏んでいた。

ふと見ると、包囲した下人の中に文吾がいた。吹き矢を構えたまま、無門の隙を窺《うかが》おうと両の眼を飛び出さんばかりに見開いている。文吾だけではない。木猿を始め、昨日まで共に戦ったはずの下人たちが、無門を殺そうとやっきになっていた。

（虎狼の族か――）

そう無門が思ったのは、自らを取り囲んだ下人たちのことではない。そんな人でなしの一員としての自分自身のことだ。

（突っ込むか）

無門が体勢を一層低くしたときである。

「お下がりなさい」

と声が飛んだ。

お国の声だった。

下人どもはざわめき、包囲を解いて無門までの道を空けた。

無門はお国の姿を見た途端、青ざめた。

お国は小茄子《こなす》を持った手を高々と挙げ、こちらにゆっくりと近付いてくるのである。

「無門殿に指一本でも触れれば即座にこれを粉々に致します故《ゆえ》、覚悟なさい」

辺りに目を配りながら鋭く言った。

（お国、やめろ）

無門は嚇《か》っと激しながら、とっさに下人たちに目をやった。合戦の元手となった小茄子を叩き割ると聞いたら、この伊賀者どもはどう出るか。一瞬の躊躇《ためらい》もなく、お国を殺すに違いない。

無門一人ならば、囲みを破ることなど容易《たやす》い。だが、お国にそんなことは分からない。一途《いちず》に無門を救おうとした。ようやくわかった無門への想いの強さが、この女にとっての仇《あだ》となった。

下人どもは一斉に吹き矢の口先を翻《ひるがえ》し、お国に向けた。

「やめろ」

無門は駆け出した。

「みんなやめてくれ」

駆けながら喚《わめ》き散らした。床板を蹴って跳ぶや、お国を庇《かば》いながら、その身体を抱えて転がった。そのときにはすでに吹き矢は放たれていた。

無門は、背中全体に矢を浴びながら、お国の身体を抱え込んだ。

とっさにお国を見た。

数本の矢がお国の身体に突き立っていた。

無門は悲鳴を上げた。

これまで誰も聞いたことがない、あられもない悲鳴である。

あらゆることを小馬鹿《こばか》にし、冷笑をもって報いるこの男が度《ど》を失った。お国の身体に刺さった矢を必死の形相でむしり取った。

「もうないか、もうないか」

繰り返し叫びながら、みるみる硬直していくお国の身体を一心不乱にまさぐった。

「お国死ぬな、死なんでくれ」

お国の着物をはだけると、唇を付け、血を吸い出した。

「わしが必ず助けてやる。助けてやるからな」

血を吐き出しながら、大声でお国に呼びかけた。

するとお国は薄く目を開け、

「無門殿」

微《かす》かに声を発した。

「しゃべるな」

無門が怒鳴るように言うと、お国は、

「名は」

と訊《き》いた。

「名は」と訊かれて無門は思わず身を固くした。血を吸い出すのも止《や》め、おびえたかのようにお国の顔を見つめた。

お国は、もう助からないというように首を小さく振った。それは無門とて、とうに承知していることだった。

「本当の名を聞かせて」

お国は優しく囁《ささや》くように言った。

無門は無言のまま、お国の目をじっと見つめ続けた。やがて、

「――知らんのだ」

言うなり、涙をあふれさせた。

「幼きころに伊賀へと買われてきた。名など知らん。名前なんてないんだ」

無門は物心つかぬ赤子同然のころ、三太夫によって伊賀へと買われてきた。生国《しょうごく》は明かされることはなかった。忍者として仕立て上げられる者に里心など無用だからである。無門は幼いころから人を騙《だま》し、盗み、そして殺すことを是《ぜ》として叩《たた》き込まれた。その過程で、裏切った仲間を殺すのも日常のことであった。

こんなことに人間の心が傷つかぬはずがない。無門が絶えずへらへらと深刻さを避け、あらゆる物事に対して斜《しゃ》に構え、他人の不幸にさえも小馬鹿にしたように冷笑を向けるのは、自らの心を守るためにはそれが不可欠のことだったからだ。この男は自らの心を欺《あざむ》き続けていた。

この男が、もしも自らの半生を直視していたならば、とうの昔に狂い死にしていた

ことだろう。この男の半生は、直視するには余りに苛酷《かこく》であった。やがて一人前の忍びに成長し、「無門」という道具としての名を与えられたとき、この男は自らを韜晦《とうかい》していることにも気付かぬ男になり果てていた。

「可哀《かわい》そうに」

今わの際《きわ》で、お国は自分が大胆にも父の元を出て、伊賀に無門とともにやってきた理由がはじめて分かったような気がしていた。最初に出逢《であ》ったとき、この男のおどけた顔の裏に潜む子供のような泣き顔を、自分は確かに見ていた。

「可哀そうに――」

お国は寂しげに微笑《ほほえ》むと、そのままこと切れた。その掌《てのひら》から、小茄子が転げ落ちた。

その小茄子に遠慮会釈《えしゃく》もなく、手を伸ばした男がいる。

文吾であった。

「そりゃ死ぬさ。おのれのように毒を飲む稽古《けいこ》などしておらんからな」

いらぬ講釈《こうしゃく》を垂《た》れながら、平然とした調子で小さな茶入れを拾おうとした。

茶入れを拾おうとしたのは文吾だけではない。「文吾、汚えぞ」と怒鳴りながら、堂内中の伊賀者が小茄子へと殺到した。

その刹那《せつな》、無門の拳《こぶし》が小茄子を粉々に打ち砕いた。

ぐいと下人どもを見上げた無門の顔は、思わず下人どもが後ずさりしたほど凄《すさ》まじい憤怒《ふんぬ》の形相であった。全身からは火を吹かんばかりの殺気を放っている。

自らの身に降りかからねば、他人の不幸が理解できない者がいる。他人がどれほど苦しんでいるのかと、思いもかけない者がいる。

無門という馬鹿忍者がそれであった。

自分でも気付いていないが、この馬鹿忍者にとってお国を想うことは、この男がまともな人間になる唯一《ゆいいつ》の手がかりであった。無門がさんざん悩まされながらもこの女にこだわったのは、このためである。

それを無門は失った。そしてここで初めて、下山平兵衛の生真面目《きまじめ》さに、僅《わず》かながらも心打たれていた自分に気付いた。平兵衛に対してだけではない。善悪は抜きにして、信雄の妻や鉄たちが見せたある種の一途さに、小さく心を揺さぶられていた自分にようやく気付いた。

「わしは何という馬鹿だ――」

無門はそうつぶやくと、お国の亡骸《なきがら》を腕に抱え、ゆっくりと立ち上がった。気を呑《の》まれた下人どもは、無門のために扉までの道を空けた。

無門は音も立てずに扉に向かって歩んでいき、外の廊に出ようとするところで振り返った。振り返れば、下人どもを始め、十二家評定衆までもが身じろぎもせずに、無門の動きを注視していた。

無門は、まるで亡《な》き平兵衛が乗り移ったかのごとく、つぶやくように言った。

「おのれらは人間ではない」

この夜、無門はお国の亡骸とともに、伊賀から煙のごとく消え去った。

終章

伊賀《いが》攻めから一カ月後の十月中旬、信雄《のぶかつ》は敗戦の謝罪のために、安土《あづち》へと向かっていた。

少数を率いただけの微行《びこう》である。日置《へき》大膳《だいぜん》も長野《ながの》左京亮《さきょうのすけ》も付いて行くと聞かなかったが、信雄はそれを許さなかった。敗戦の責任を一身に負うつもりであった。

信長は、先月の九月十一日に安土から上洛《じょうらく》し、信雄が伊賀攻めに失敗して田丸城に逃げ帰った同月十八日には、二条に新造した信長邸で蹴鞠《けまり》見物などをやっていた。二十一日には、昨年謀反《むほん》を起こした荒木村重《あらきむらしげ》討伐《とうばつ》のため摂津《せっつ》伊丹《いたみ》に向かい京を発している。しかし二十二、二十三日と大雨のため山崎で足止めを食っていたとき、「信雄伊賀攻め失敗」の報を受けた。

この際、書いたのが、『北畠中将殿御折檻状《きたばたけちゅうじょうどのごせっかんじょう》』と呼ばれる書状である。通常、祐《ゆう》筆《ひつ》に代筆させるところを、直筆《じきひつ》で認《したた》めたというから、信長の怒りのほどが知れる。『信長公記《しんちょうこうき》』には、「其《そ》の御文言」として折檻状の内容が記されている。それによると、信長は、

「今度《こたび》伊賀堺《さかい》（境）に於《おい》て越度《おちど》（落度）取り候旨《そうろうむね》、誠に天道もおそろしく」

と、伊賀での敗戦を責めることから書き始め、次いで、信雄が天下のためである摂津への出陣を免れるためその伊賀攻めを無断で行ったとして叱《しか》りつけた。

「剰《あまつさ》へ、三郎左衛門《さぶろうざえもん》を始め討死の儀、言語道断、曲事《くせごと》の次第に候」

さらに、柘植《つげ》三郎左衛門の名を特筆し、その死を大いに惜しんだ。最後には、

「実にその覚悟に置いては、親子の旧離《きゅうり》許容すべからず候」

そんな心がまえなら容赦《ようしゃ》なく親子の縁を切るぞ、と脅し上げるような一文で締めくくっている。


信雄は、本丸の天主二階の対面所で父に拝謁した。すでに信長は三年前に安土に居を構えていたが、いまから五カ月前に天主に居を移したばかりである。

「安土に帰るなり、馬鹿者《ばかもの》の面《つら》を見ねばならんとは」

信長は小姓《こしょう》を従えて上座敷に姿を現わした。在安土の武将らが居並ぶ中、下座の中

央で一人平伏する信雄が目に入るや、

「おのれ」

特徴ある甲高《かんだか》い声を上げながら、勢いよく下座へと飛び下りた。

「あれほど伊賀を攻めるなと申したにもかかわらず、柘植までをも討ち取られおって」

身を硬くする信雄を蹴上げた。

信雄は蹴転がされながらも顔を上げ、「申し訳次第もござりませぬ」と再び平伏した。そして蹴転がされては平伏しを幾度か繰り返した。やがて、

「おい」

信長は蹴ろうとした足を下ろし、そう信雄に声を掛けた。

「は」

「顔を上げよ」

信雄が顔を上げ正面を見据えると、信長は無言のまま次男の顔を覗《のぞ》き込むようにして見つめた。どうも納得がいかないのか、横に移動し、さらには後ろに廻り、顔が接するほどの間近で信雄を凝視しながら、やがて正面へと戻ってきた。

しばらくの間、信雄の顔をじろじろ見つめていたが、

「ふん」

鼻を鳴らすと、上座敷へと足早に戻っていった。上座敷に戻ろうと振り返る直前、父の口の端がわずかに上がったことに、信雄は気付かなかった。

——何だったのだ。

信雄が不審に思ううち、取次ぎの家臣が広縁を渡ってきて、

「申し上げまする」

と、下座の隅に平伏した。

「上様に申し上げたき儀があると申し、伊賀者が単身、城に乗り込んで参ってござりまする」

「ん」

信長は眉《まゆ》をひそめた。訊《き》くと、伊賀者は地侍《じざむらい》ですらなく、ただの百姓に過ぎぬ下人だという。

「忍びづれが、このわしにか」

「は」

「斬《き》って捨てよ」

信長が吐き捨てるように言うと、

「そりゃまた随分じゃな」

取次ぎの家臣は笑い声を立てながら顔を上げた。途端、

「無門っ」

怒号を上げたのは信雄だった。片膝《かたひざ》立ちになって脇差《わきざし》に手を掛けようとしたが、信長の前では寸鉄《すんてつ》も帯びることを許されていない。家臣らも同然であった。

「うろたえるな」

信長は大喝《だいかつ》すると、無門に顔を向けた。

「忍び、よい腕じゃ。我が安土の城に忍び入った褒美《ほうび》に聞いて取らす。何が言いたい」

無門は笑みを浮かべたまま、

「言いたいことならすでに言っておる。伊賀にはわしが程度の忍びはいくらもおるということよ。安土の天主に白昼堂々忍び込める忍びがな」

「わしが寝首《ねくび》をいつでも掻《か》けると申すか」

信長が怒気を発すると、無門は、

「左様、伊賀を滅ぼさねばおのれが命はない」

そう言って立ち上がった。

「無門、生きて出られると思うたか」

信雄が吠《ほ》えた。居並ぶ家臣ともども立ち上がろうとしたとき、

「動くな」

信長の一喝が飛んだ。

「一歩も動いてはならん」

信雄がよく見ると、下座には目には見えないほどの極細の糸が張り巡らされている。

無門は、信雄に向かって首を横に振ってみせながら、

「麝香蜘蛛《じゃこうぐも》が吐き出す糸よ。これを強く撚《よ》り合わせて鋼《はがね》の糸とした。触れれば切れるぞ」

すでに僅《わず》かに動いたせいで、信雄の頬《ほお》からは薄っすらと血が流れはじめている。

「じゃあな」

無門は一同に背を向けた。

「待て」

信長が呼ばわった。

「無門とやら、わしの間者《かんじゃ》にならぬか」

信長としては珍しいことだった。この男が、毛虫のごとく伊賀者を嫌っていたのは

よく知られている。そんな男が、無門を誘った。居並ぶ家臣らも意外な事態に目を見張った。

信長にすれば、無敵の凶器を手に入れるまたとない好機であった。この時期信長は、荒木村重の謀反に止《とど》まらず、それと連携した大坂石山本願寺の顕如《けんにょ》に西国の攻略を阻《はば》まれていた。この男ならば、村重も顕如もわずか一人でその首を挙げるに違いない。

「やだね」

無門は一蹴《いっしゅう》した。

「織田家も伊賀も俺は御免《ごめん》さ」

「ならばどこへ行く」

信長は、思わず真顔《まがお》で訊いていた。

「そうさな」

無門は顎《あご》を上げ、考えているふうであったが、

「京の町で昼寝でもするさ」

にやりと笑うなり、中央部にぽっかり口を開けている吹き抜けに向かって飛び込んでいった。

信長の顔から表情が消えた。こんなときの信長が、いかに残忍な思考を巡らせてい

るか、信雄を始め、家臣たちも熟知している。家臣らの思う通り、このとき信長は胸の内で、凄惨《せいさん》な次なる伊賀攻めを決意していた。

『伊乱記《いらんき》』には、伊賀攻めに勝利した伊賀者どもの驕慢《きょうまん》な生活ぶりが、こんな見出《みだ》しを付けて記されている。

——伊陽国民栄花《えいが》の事。

「美食美味を好み、大酒をめで、さまざま奢侈遊興《しゃしゆうきょう》を専《もっぱら》とし、日に日を逐《お》いて放埓《ほうらつ》の行跡甚《ぎょうせきはなはだ》しく、邪勇《じゃゆう》の身持につのり、唯色欲《ただしきよく》に沈《ふけ》りて、仁義《じんぎ》五常《ごじょう》の道は、かすかにだも行ふものなし」

とにかく、飲んで遊んだ。

「一時はどうなるかと思うたが」

そう言いながら、音羽《おとわ》半六が平楽寺の縁の高欄《こうらん》に腰掛けた。百地《ももち》三太夫《さんだゆう》に、儲《もう》かってたまらんとでもいうような、ほくほくした顔を向けた。

この日は、三太夫と半六が平楽寺で酒宴を開いていた。互いの砦《とりで》で宴席など設けない。砦での宴席に招待するなど、この伊賀では押し包んで殺すと言っているようなものだった。

「増えたであろう、下人どもの注文が」

三太夫も、つやつやした顔を半六に向ける。

なにしろ織田家に勝ったのだ。もちろん信雄旗下《きか》の軍勢に勝っただけのことで、信長率いる織田家そのものに勝利したわけではないのだが、十二家評定衆《じゅうにけひょうじょうしゅう》はそう喧伝《けんでん》した。

「織田家に伊賀者は勝った」というこの曲解《きょっかい》ともいうべき宣伝は、江戸期に入ってからもなお健在で、『万川集海《ばんせんしゅうかい》』にも、

「織田信長公ほどの強将たりと雖《いえど》も伊賀にて大きに敗北し玉《たま》ひし」

と、これ見よがしに記されているほどだ。

とはいえ、この宣伝は大反響を呼んだ。

反織田の旗を掲げる勢力は、争って伊賀忍者を雇い入れようとした。需要に対して供給が追い付かず、一人当たりの単価もうなぎ昇《あが》りに騰った。

「増えたどころではない。まさに引く手数多《あまた》というやつよ」

半六は、文字通り笑いが止まらなかった。

「伊賀の栄華はこれからぞ」

三太夫も大口を開けて哄笑《こうしょう》した。

だが、その栄華もわずか二年のことであった。

信雄の伊賀攻めからちょうど二年後の天正九年（一五八一年）九月、信長は四万四千余の軍勢を伊賀に向けて発したのだ。

史上、「第二次伊賀攻め」と呼ばれる戦いである。

『信長公記』によると、

――甲賀《こうが》口からは信雄を先手として、甲賀衆、滝川一益《たきがわかずます》、蒲生氏郷《がもううじさと》、丹羽長秀《にわながひで》、京極高次、多賀常則、山崎秀家、阿閉貞征《あつじさだゆき》、阿閉貞大《さだひろ》。

――信楽《しがらき》口からは、堀秀政《ひでまさ》、永田正貞、進藤賢盛、池田秀雄、山岡景宗、青地元珍、山岡景佐、不破直光、丸岡民部少輔《しょうゆう》、青木玄蕃允《げんばのじょう》、多羅尾彦一。

――加太《かぶと》口からは、滝川雄利、伊勢《いせ》衆、織田信包《のぶかね》。

――大和口からは、筒井順慶《つついじゅんけい》、同国衆。

四万四千余の軍勢が、ほとんど四方から伊賀国になだれ込んだ。

「屍《しかばね》は累々《るいるい》として積で山をなし、血は渾々《こんこん》として流れて川に似たり」

『伊乱記』には伊賀の戦禍《せんか》がこんなふうに描かれている。信長が発した軍勢は、一カ月近くをかけて、男女老若《ろうにゃく》関係なく伊賀者をすり潰《つぶ》すようにして虐殺《ぎゃくさつ》した。同書によればこの戦《いくさ》で、伊賀国の人口の半数以上が殺されたという。

信長自身は、十月九日になって征伐が終わった伊賀国に入った。翌日、嫡男《ちゃくなん》の信忠《のぶただ》、信澄（信長の弟信行の子）を伴い、一之宮《いちのみや》の国見山《くにみやま》に登った。

国見山では滝川一益指揮のもと、すでに信長の御座所《ござしょ》が普請《ふしん》を終えていた。普請に協力した信雄もまた国見山に登り、信長とともに伊賀を見下ろした。

眼下の上野盆地では、至る所でいまだ煙が上がっている。この戦で伽藍《がらん》のほとんどが焼かれ、平楽寺もまた焼失した。地を埋めつくすように散乱しているのは、夥《おびただ》しい数の屍骸《しがい》であった。

信長はとくに言葉を発しない。ただ、片頬を小さくゆがませただけである。

そこに、信雄が発した物見《ものみ》の兵が駆け上がってきた。信雄の前で片膝をつくと、

「捕えた伊賀者を案内として草の根分けて捜しておりまするが、無門とやらの首は一向に見当たりませぬ」

ただ、捕虜《ほりよ》とした伊賀者の話では、無門の姿をこの戦の中で確かに見たという。しかし、伊賀者の少年を救い出すや、敵には目もくれず、姿を消した。

「無門――」

信長は、いまいましげにようやく一言だけ発すると再び押し黙った。

信雄は、無門の言葉を思い起こしていた。

(やはり、京の町か)

言葉通り、京の人の群れに紛れ込んだに違いない。そうなれば、信長の軍勢といえども捜し出すのは容易ではないだろう。


日置大膳と長野左京亮も信雄に従い、伊賀へと再び攻め入っていた。兵二千ほどを率い、喰代《ほうじろ》の里の百地砦《ももぢとりで》を攻め、またたく間に落した。

百地砦の郭内では、左京亮の大太刀《おおだち》にやられたのだろう、上半身だけの三太夫が転がっていた。木猿《きさる》は、土遁《どとん》をやるために穴でも掘っているところを槍《やり》で突き伏せられたのか、槍の柄《え》を握ったまま穴の中で死んでいる。

その傍を通って、大膳は左京亮をともない、土塁《どるい》の斜面を上がり、喰代の里を見下ろした。

「滅びたな、忍びの国も」

左京亮が、焼き払われた里を眺めながらつぶやいた。

「いや、違う」

大膳は、左京亮に横顔を見せたまま異を唱えた。

「斯様《かよう》なことでこの者たちの息の根は止められぬ。虎狼《ころう》の族《やから》は天下に散ったのだ」

「天下に散った」

左京亮はその意味が分からず、同じ言葉を口にしながら、次を促した。

すると大膳は、「左様」と言い、何やら予言めいたことを口にした。

「虎狼の族の血はいずれ天下を覆《おお》い尽くすこととなるだろう。我らが子そして孫、さらにその孫のどこかで、その血は忍び入ってくるに違いない」

自らの欲望のみに生き、他人の感情など歯牙《しが》にも掛けぬ人でなしの血は、いずれ、この天下の隅々にまで浸透する。大膳はそう心中でつぶやいていた。


無門は京の町にいた。

秀吉が石造りにする前の粗末《そまつ》な三条橋の下に小屋を掛けて、仮の住まいとしていた。

「行ってくる」

日も高くなったころ、職人の態《なり》をした無門は、莚《むしろ》を上げながら小屋の中の鉄に言った。無門が信長の伊賀攻めの中、救った少年は鉄である。

「どこへ行く」

とは鉄は訊かない。行き先は知っている。無門は、京に入る前にお国の亡骸《なきがら》を葬《ほうむ》った西野山に毎日のように通っていた。この男はお国への弔《とむら》いを唯一《ゆいいつ》の日課として余生《よせい》を過ごそうとしているかのようだった。

「それなら、ここに骨を持ってくればいいだろうが」

鉄は一度無門にそう尋ねたことがある。毎日、数里の道を行き来するぐらいなら、骨を掘り起こして、傍に置いておけばいいではないか。

「こんな小屋に連れて来たんじゃ、あいつにまた叱《しか》られるだけさ」

無門が浮かべた寂しげな微笑に、鉄は口を閉ざさざるを得なかった。

小屋を出た無門は、河原から三条橋に上がった。見ると、十人ばかりの托鉢《たくはつ》僧の集団が橋の向こう側からやってくる。

（――文吾か）

無門はにやりと笑った。

信長が伊賀を攻め滅ぼしたという噂《うわさ》はすでに京の町にも広がっていた。文吾は、無門が安土城に忍び込んで、信長に伊賀攻めを進言したとでも聞きつけたのだろう。

（あいつ、怒ってやがる）

それでも無門は、構わず文吾らの集団に向かってどんどん歩みを進めていった。

橋は三人が通ればいっぱいの細道である。文吾らの集団も無門に向かって歩速を緩める様子はない。

間合いに入った。それでも両者の腕は動かない。やがて無門は文吾らの集団の中へと取り込まれるようにして紛れ込んでいった。

（文吾、これしきの数で俺が討てるかよ）

無門がほくそ笑んだ瞬間、文吾らは托鉢を宙に軽く放り投げ、懐《ふところ》の小刀を抜くや、八方から無門に襲い掛かった。同時に無門も、腰板に忍ばせた二刀を抜き放った。いずれも寸前の間合いでの僅かな動作である。

両者の後ろからは、京者が次々に橋を渡ってくる。しかし、伊賀者同士の密《ひそ》やかな戦いに、気付く者は誰もいなかった。

主要参考文献

『校正伊乱記』 百地織之助増訂（摘翠書院）
『参考伊乱記』 菊岡如幻原著 沖森直三郎編（沖森文庫）
『勢州軍記』上下 神戸良政著 三ツ村健吉註訳（三重県郷土資料刊行会）
『三国地誌』上下『大日本地誌大系』巻20・21所収 藤堂元甫著 蘆田伊人編（雄山閣）
『伊水温故』 菊岡如幻編 上野市古文献刊行会編纂（上野市）
『近江輿地志略』 寒川辰清編 小島捨市校注（歴史図書社）
『寛政重修諸家譜第8』 堀田正敦等編（続群書類従完成会）
「北畠系図」『続群書類従第5輯下』所収 塙保己一編（続群書類従完成会）
「伊勢国司伝記」『改定史籍集覧第13冊』所収 近藤瓶城編（臨川書店）
『正忍記』 藤一水子正武著 中島篤巳解説（新人物往来社）
『正忍記』 藤林正武著 木村山治郎訳（紀尾井書房）
『万川集海 陽忍篇』 藤林保武著 石田善人監修 柚木俊一郎訳（誠秀堂）
『万川集海 陰忍篇』 藤林保武著 石田善人監修 藤本正行訳（誠秀堂）
『万川集海 忍器篇』 藤林保武著 石田善人監修 名和弓雄訳（誠秀堂）
『信長公記』 太田牛一著 桑田忠親校注（新人物往来社）

『絵本太閤記』　武内確斎著　岡田玉山画　塚本哲三校訂（有朋堂書店）
『常山紀談』　湯浅常山著　菊池真一編（和泉書院）
『武将感状記』　熊沢正興編（人物往来社）
『武辺咄聞書』　国枝清軒著　菊池真一編（和泉書院）
『甲子夜話』　松浦静山著　中村幸彦・中野三敏校訂（平凡社）
『史料綜覧』巻11・12・13　東京大学史料編纂所編（東京大学出版会）
『上野市史』　上野市史編さん委員会編（上野市）
『上野市史　自然編』　上野市編（上野市）
『上野市史　民俗編』　上野市編（上野市）
『中世法制史料集』第5巻　佐藤進一・百瀬今朝雄編（岩波書店）
『日本武道大系』第4巻　石岡久夫・入江康平編著（同朋舎出版）
『日本武道大系』第5巻　所荘吉ほか編著（同朋舎出版）
「歴史読本」二〇〇四年八月号（新人物往来社）
『戦国大名系譜人名事典』　山本大・小和田哲男編（新人物往来社）
『有識故実大辞典』　鈴木敬三編（吉川弘文館）
『姓氏家系大辞典』　太田亮著（角川書店）
『幻の安土城天守復元』　堺屋太一監修（日本経済新聞社）

『役行者霊蹟札所巡礼 修験の聖地』 役行者霊蹟札所会編（朱鷺書房）
『修験道要典』 服部如実編（三密堂書店）
『田丸城沿革抄』 金子延夫編著（三重県度会郡玉城町教育委員会）

解説

児玉清

痛快無比、超のつく面白忍法小説に出逢《であ》いたいものだ、と長い間、新人作家の登場を待ち望んでいたが、ついにその念願を叶《かな》えることができた。本作『忍びの国』は僕が待ちに待った忍法小説。きっとあなたも大満足してくれると思う。

忍法の物語は、どんなことが起っても許される融通無碍《ゆうずうむげ》、且《か》つ無限の広がりを持つジャンル。読み手の心を奇想天外、夢幻の世界へと誘《いざな》い、超絶技巧に〝あっ〟と驚かせ、楽しさと面白さを満喫させてくれる世界だ。それだけに作り手の想像力とアイディアが勝負となるのだが、それがただ突拍子のないだけで、想像力も貧困ならばアイディアも貧弱であれば読者は見向きもしてくれない。つまりは忍法物だからといって無茶苦茶なことを書いて、読者に荒唐無稽《むけい》だ、と思わせてしまったら、読者の心を摑《つか》むことは決して出来ない。アイディア倒れのスッポ抜け魔球だ。

奇想天外、超絶技巧で読者の心を天高くどこまでも飛翔《ひしょう》させる面白さの裏には、しっかりと大地に根を下したリアリティがなくてはならない。「天正伊賀《てんしょういが》の乱」を背景に、織田信長の次男、信雄《のぶかつ》とその家臣が伊賀の忍びと激闘を重ねる『忍びの国』は、まさにこうした忍法物の軛《くびき》をすべて吹き飛ばし、クリアーした、楽しく面白く、且つ痛快無比この上無し、これぞ忍法物の至福の一冊といった優れものなのだから、さぁお立ち合い!!

ほどよいところに古文書からの記述を織り込んで、壮大なフィクションと史実を綯《な》い交《ま》ぜ、高く舞い上げた物語の風船をしっかりと大地に結びつける作家の手腕は実に心憎いばかりに巧みだ。しかも史実であるからといって決してそれを、どうだとばかりに強く前面に押し出さないで、匂《にお》わしておいて煙に巻くといったところが絶妙なのだからたまらなく面白くなる。そして、奇想天外さとリアリティの巧妙なる羽交い絞め技の連続に、ついには窒息するほどの面白さに悶絶《もんぜつ》させられることとなる。

和田竜さんは、あるインタビューの中で次のように語っている。

「歴史的根拠がなかったら歴史ものは書けないですよ。論理的に齟齬《そご》がでてくると、なぜ？　どうして？　と調べました。鼻につかない程度に史料を入れたのは、あまり出来すぎていて読者から架空ではないかと思われる恐れがあったので、史実として書いたということを分かってもらうために史料を引いて説得力をもたせるようにしたんです。歴史ものを書いていく上で、一つ注意していることがあります。それは、自分が歴史の専門家にならないこと。ど素人《しろうと》と専門家の真ん中あたりがちょうどいいんです。史実にはこう記されているが、実際のところは違うというとらえ方をすれば、これは専門家。ぼくは、これをやりません」

いいこと言ってますねぇ。

このインタビューは、和田竜さんの第一作となった『のぼうの城』に関してのものだが、敢《あ》えて長く引用したのも、作者の作品に対する心の在《あ》り方と姿勢を知ってもらいたいためだ。なぜならば本書『忍びの国』でも『のぼうの城』とまったく同じスタンスの手法が使われているからにほかならない。すなわち、リアリティとフィクションの絶妙な搦《から》み技を工夫して趣向を凝らしている和田流作劇術に、注目して楽しんでもらいたいからだ。

物語は戦国時代、天正四年（一五七六）伊勢国《いせのくに》南部の三瀬谷《みせだに》にはじまる。すでに稲刈りのすんだ晩秋の朝霧の中から、四人の平装の騎馬武者が姿を現わす。何やらハリウッド映画の往年の西部劇を思わせる、心躍る颯爽《さっそう》たるオープニングだ。その四人とは織田信長の次男、信雄と、その家臣である日置大膳《へきだいぜん》、長野左京亮《さきょうのすけ》、柘植三郎左衛門《つげさぶろうざえもん》である。彼らは、さきの伊勢国の支配者である北畠具教《きたばたけとものり》を亡《な》き者にしようとやってき

たのだ。「四人はいわば暗殺者である。いや暗殺者と言えるかどうか。彼らは少数の手勢も率いていた」（本文より）

しかし、戦国の世の習いとはいえ、事情は複雑だ。信雄は具教の六女、凛《りん》を妻に娶《めと》って養子に入り、北畠信雄を名乗っており、大膳と左京亮はかつて北畠家の重臣として大河内《おかわち》城に籠《こも》り、信長軍と激闘を繰りひろげ、信長の軍勢を大いに悩ませた豪将であった。その彼らがなぜ具教を討つべく駒《こま》を進めているのか。その理由は、戦国の世にあっては、いや乱世にあっては国を治める器量なき者は滅するの習いということか。信雄が具教の所領である三瀬谷を襲ったのは、父信長の命を受け、伊勢を支配するためだった。一方、もう一人の三郎左衛門には具教を討つべき十分な理由があった。具教に人質として差し出していた九歳の娘と妻を信長への寝返りを手引きしたことで殺されたからだ。それぞれの思惑を胸に具教と対峙《たいじ》する冒頭の章から一気に物語の面白さに引きずりこまれる。いやぁ～、颯《さっ》と読者の心を掠《さら》って、核心へと導く、導入部の見事さは、突然だが、今は亡きディック・フランシス名人に肩を並べるほどの巧みさだ。

凛の知らせで待ち構える具教の前に現われた四人。だがなんとなんと具教は、あの剣豪、塚原卜伝《つかはらぼくでん》の開いた新当流《しんとうりゅう》の奥義《おうぎ》を唯《ただ》一人きわめたという、まさに剣の手練《てだ》れであったとは!!　幼いころから塚原卜伝びいきの僕なんぞは、ここでぐぐっと気持が具教に傾きかけたのだが、どうもこの具教、なんとなく人物に大物としての品格が無い。剣豪である強者《つわもの》具教を討ち取るのは容易ではないが、この果し合いの描写が実に巧みで面白い。理に叶っていながら破れがあるから心をゆすられる。

大膳も左京亮も大のつく武辺者であり、三郎左衛門も伊賀忍びの強者。凄《すさま》じい闘いの末、具教を仕留めたところに、信長が現われる。父、具教の仇《かたき》を討とうと打ちかかってきた凜の姿にうろたえる信雄を「大ぬる山め」とコケにし爆笑する信長。この辺りの描写も実に見事で、信長と次男信雄の心の在り方と両者の確執も颯と一筆で活写するところも見逃せない。しかも、この事の成行きの一部始終を人に気付かれずに覗《のぞ》き見していた者がいた。のちに石川五右衛門《ごえもん》としてその名を天下に轟《とどろ》かした男の前身、伊賀忍びの文吾だ。

のっけから物語の面白さにぐいぐいと引き込まれるが、続く第二章で、その面白さがさらにのっぴきならないものとなる。伊勢国を制圧したことで伊賀に強烈なるプレッシャーを与えたが、伊賀攻めには信長は慎重だった。理由は忍び軍団である伊賀の尋常ならざる強さを察知していたからだ。隣国の伊勢が信長によって制圧されたことで、それまで六十六人の地侍《じざむらい》が乱立し、絶えず内輪での小競《こぜ》り合いを続けていた伊賀は、国を護《まも》るために俄《にわか》に結束して立ち上ることとなった。手綱を握るのは、かの百地三太夫《ももちさんだゆう》。煮ても焼いても喰えない首領が繰り出す秘策とは？　まともにぶつかり合ってはかなわないことを熟知している忍びたちの、腕によりをかけた前代未聞の祖国防衛戦とは……。かくして武士と忍びの壮絶なる戦いの火蓋《ひぶた》が切って落とされた。さあ、面白さがぐんぐんと加速する。あなたはここで読むのを諦《あきら》めることはもはや出来ない。

「伊賀国《いがのくに》は、四方を山々に囲まれた上野盆地を中心とする一帯を領域としていた。東で国境を接する伊勢国《いせのくに》に対しては、鈴鹿《すずか》山脈から布引《ぬのびき》山地に至る南北に連《つら》なる山々が衝立《ついたて》のごとき役割を果している。藤堂元甫《とうどうげんぽ》が江戸期に編纂《へんさん》した『三国地誌』によると、伊賀国の境域《きょういき》は『東西九八里余、南北凡拾里余《およそじゅうりよ》』とされる。石高《こくだか》は十万石程度だったという。小国である」（本文より）

これを今の数字にすると、東西約三五㎞、南北約四〇㎞、面積は約一四〇〇㎢。改めて日本地図を広げて確認しても小さい感じだ。本書によると、この小国の伊賀国の中に現在確認されているだけでも六百三十四箇所、未確認のものが二百三十四箇所、合計八百六十八箇所の城館がひしめいていた、というのだから、「異常な数である」（本文より）。

そして前述したように、戦国期、つまりこの物語の綴《つづ》られる時代には、伊賀の地侍が六十六人もいたというのだから、異常な数の城館の存在とともに、いかに伊賀国が突出した状況にあったかがわかる。
「他国では戦国大名が生まれ、より広範囲の地域を支配する勢力が出てきていた時代である。しかし、伊賀では小領主（地侍）が乱立し、しかもそれぞれが極めて仲が悪かった。このような情勢の中、異常な数の中世城館が築かれ、同時に互いを討ち果たす忍びの術が磨《みが》かれていった」（本文より）
いやぁ〜。面白いでしょ。伊賀国は誰もが無頼で、皆が「ワレコソハ!!」と「我を張り合い、親子親戚《しんせき》も関係なく互いが互いをやっつけようとしていたのだという」（本文より）。まさに面白小説の宝庫ともいえる有難い国だ。忍びに人の心、情けは無用。親子の関係も無ければ、兄弟も友人もさらには主従の関係すら無い。義理も人情もない世界。討伐と殺戮《さつりく》を好み、人を騙《だま》し、出し抜くことこそ至上とする伊賀者に、いわゆる大義などは一切ない。忍びの大半を占《し》める下人《げにん》たちを含め誰もが動くのはすべて銭次第。なんともうるおいのない殺伐とした現実主義の世界だが、それだけに強い者だけが残るといったスッキリさもある。四の五の文句を言わずに、どんな手を使ってもいいから勝ってみろ!!　ではないが、腕の立つ者にはこれ以上ない実力優先社会。そんな人間が一杯詰まっている群雄割拠の無政府状態だった伊賀国を、さぁ皆《み》んなで護ろうといっても、一体誰がそのために銭を払ってくれるのか。物語はさらに面白さを加速する。

　祖国を護るために俄に一致団結して、武士の軍団と対決することになった忍びの集団。金次第で心を変えていた忍びたちは、心をひとつにすることが出来るのか？　時にはまったく姿を見せず、煙のように変幻自在の彼らに、戦いを仕掛けた信長軍の武士たちは、どう戦うのか、これぞ作者の腕の見せどころ、そして読者の読みどころだ。そうくるのか!!　凄《すご》い!!　流石《さすが》!!　やるもんだ!!　想像を絶する人間技《にんげんわざ》の超妙技に何度喝采《かっさい》したことか。果し合いの面白さが満載の物語は、もうそれだけでも大満足。思わず身体《からだ》に力が入って筋違いを起さないよう御要心ご用心!!

　さらに、登場人物たちの傑出したキャラクターの多彩さと、それぞれの心の葛藤《かっとう》から生まれる人間模様も、本書の見どころだ。十人寄れば気は十色といった落語の枕《まくら》ではないが、信雄、大膳、左京亮、三郎左衛門、百地三太夫、下山甲斐《しもやまかい》、下山平兵衛《へいべえ》、無門にお国、そして文吾、思いつくままに列挙してみたが、誰もが個性が突出していてキャラが際立《きわだ》ち、その見事な人物造形の妙に何度もニヤッとしたりふくみ笑いをした、いや爆笑したことさえある。人間の性《さが》を捉《とら》える絶妙な筆致は冴《さ》え、陰謀や企《たくら》み、下心《したごころ》や野心、心理作戦、心の動きなど、人間の欲望を赤裸々に活写する手技は、茶化しながら真実を垣間見せる《かいまみ》、作者の大人の眼差《まなざ》しがとても眩《まぶ》しい。さて、あなたは誰に心を傾けて読むのか、それも楽しみのひとつ。

僕が一番心を惹《ひ》かれたのは、「その腕絶人《ぜつじん》の域」と評された、百地三太夫秘蔵の忍び、無門。きっとあなたもこの無門に心を奪われるに違いない、と思う。この無門は、忍法小説界屈指のキャラクターだと僕は考えているのだが、どうだろうか？　それこそ度肝を抜くといった技で相手を煙に巻き、超絶技を駆使して縦横無尽に飛び廻る。ゲームで言えば、スーパーマリオのようなもので（古いか？）その飛び抜けた技は、天才という言葉すら相応《ふさわ》しい。なのに非常なるまけ者。しかも西国から攫《さら》ってきた女、お国の前ではなぜか骨抜きとなって不甲斐ない男となってしまうのも惚《ほ》れた弱みか。赤子のような生れっ放しの本能むき出しの男が、なんとも可愛《かわい》く且つ恐ろしく読み手の心を鷲摑《わしづか》みにする。

予断を許さないこの男は、とにかく目を離せない。信長公の心胆すら寒からしめる忍術の妙に、こちらも寒気を覚えるほどだ。こんな奴《やつ》を味方にしたらなんと心強いことか、しかし、敵に回したら、夜もおちおち眠れない。無門にはやや及ばぬが、同じく文吾も不思議な技を見せて楽しませてくれる。天晴《あっぱ》れな人物造形の妙に心底、酔って楽しむことができるのが最高に嬉《うれ》しい。

すべて物事には裏があり、またその裏には裏の裏があるではないが、「人を謀《たばか》る」ことには無限の広がりがある。軽妙さにまぶして読ませる頭脳戦は、この物語の大きな醍醐味《だいごみ》だ。この辺りの作者の緻《ち》にして密なる洞察力はしたたかで、謀《たばか》る者同士の激突は、読者の想像力を軽々と裏切るばかりか、予断を安易に許さない。そして、無類の面白さの中に、キラリと光る人生の教訓、生きることへの大いなる示唆《しさ》が秘められていることも、決して忘れてはならない。

さらにはプロットも巧妙に組立てられていて、この点でも、物ごとにのめり込まない引いた目で自在に物語を操るという、作者の作家としてのスタンスの取り方の巧みさと智恵《ちえ》が効果をもたらし、読者の心を逆に物語へと深くのめり込ませることとなる。それはまさしくマジシャンの技と言うべきか？

「滅びたな、忍びの国も」

「いや、違う」

「斯様《かよう》なことでこの者たちの息の根は止められぬ。虎狼《ころう》の族《やから》は天下に散ったのだ」

さて、物語の後半で交わされるこの言葉の意味するものは？　南禅寺三門のてっぺんから石川五右衛門の発した名ゼリフ「絶景かな。絶景かな。」ではないが、『忍びの国』の面白さは超絶景かな。

最後に、すでに読まれた方には蛇足となるが、和田竜さんのデビュー作『のぼうの城』をまだ読んでいない方は、ぜひ一読をおすすめする。いや必読かな。「のぼう」とは何を意味するのか、実に含蓄に富んだこの言葉をタイトルに選んだ作者の慧眼《けいがん》に、読みはじめた僕は頁《ページ》を追うごとに深く深く心を奪われた。人間の器とは？　一軍の将たる者とは？　その在り方とは？　戦いとは？　勝者と敗者を分けるものとは？　目くるめくような面白さ（もう本書についてこれまで縷縷《るる》述べてきたように）の中から浮かび上がってくる人生への数々の箴言《しんげん》と示唆、キラリと光る人間探究の凄さをぜひ味わい体験していただきたいものだ。

そして『忍びの国』のあとに書かれた『小太郎の左腕』もぜひ読んでいただきたい。左利き《ひだりき》の鉄砲の名手小太郎が大活躍する物語は、あのスティーヴン・ハンターの名作『極大射程』、さらに主人公の射撃の名手スワガー軍曹を彷彿《ほうふつ》させる、楽しくも痛快無比、時代小説に当然あってしかるべきスナイパー《スナイパー》を登場させたあたりは、もう嬉しくて嬉しくて、思わず竜さぁーん、よくぞそこに眼を向けてくださいました、と手を合わせ天を仰いで感謝した超面白冒険時代小説。さぁ～、次は何が来るのか？　待ち侘《わ》びて止《や》まない、面白小説ファンにとっては最高に待ち遠しい希望の星なのだ。

（平成二十三年一月、俳優）

この作品は平成二十年五月新潮社より刊行された。

司馬遼太郎著

燃えよ剣（上・下）

組織作りの異才によって、新選組を最強の集団へ作りあげてゆく"バラガキのトシ"――剣に生き剣に死んだ新選組副長土方歳三の生涯。

司馬遼太郎著

梟の城 直木賞受賞

信長、秀吉……権力者たちの陰で、凄絶な死闘を展開する二人の忍者の生きざまを通して、かげろうの如き彼らの実像を活写した長編。

司馬遼太郎著

人斬り以蔵

幕末の混乱の中で、劣等感から命ぜられるままに人を斬る男の激情と苦悩を描く表題作ほか変革期に生きた人間像に焦点をあてた7編。

司馬遼太郎著

国盗り物語（一～四）

貧しい油売りから美濃国主になった斎藤道三、天才的な知略で天下統一を計った織田信長。新時代を拓く先鋒となった英雄たちの生涯。

司馬遼太郎著

関ケ原（上・中・下）

古今最大の戦闘となった天下分け目の決戦の過程を描いて、家康・三成の権謀の渦中で命運を賭した戦国諸雄の人間像を浮彫りにする。

司馬遼太郎著

花神（上・中・下）

周防の村医から一転して官軍総司令官となり、維新の渦中で非業の死をとげた、日本近代兵制の創始者大村益次郎の波瀾の生涯を描く。

池波正太郎著

忍者丹波大介

関ケ原の合戦で徳川方が勝利し時代の波の中で失われていく忍者の世界の信義……一匹狼となり暗躍する丹波大介の凄絶な死闘を描く。

池波正太郎著

闇の狩人（上・下）

記憶喪失の若侍が、仕掛人となって江戸の闇夜に暗躍する。魑魅魍魎とび交う江戸暗黒街に名もない人々の生きざまを描く時代長編。

池波正太郎著

雲霧仁左衛門（前・後）

神出鬼没、変幻自在の怪盗・雲霧。政争渦巻く八代将軍・吉宗の時代、狙いをつけた金蔵をめざして、西へ東へ盗賊一味の影が走る。

池波正太郎著

忍びの旗

亡父の敵とは知らず、その娘を愛した甲賀忍者・上田源五郎。人間の熱い血と忍びの苛酷な使命とを溶け合わせた男の流転の生涯。

池波正太郎著

真田太平記（一〜十二）

天下分け目の決戦を、父・弟と兄とが豊臣方と徳川方とに別れて戦った信州・真田家の波瀾にとんだ歴史をたどる大河小説。全12巻。

池波正太郎著

編笠十兵衛（上・下）

幕府の命を受け、諸大名監視の任にある月森十兵衛は、赤穂浪士の吉良邸討入りに加勢。公儀の歪みを正す熱血漢を描く忠臣蔵外伝。

柴田錬三郎著

赤い影法師

寛永の御前試合の勝者に片端から勝負を挑み、風のように現れて風のように去っていく非情の忍者〝影〟。奇抜な空想で彩られた代表作。

子母沢　寛著

勝　海　舟（一～六）

新日本生誕のために身命を捧げた維新の若き志士達の中で、幕府と新政府に仕えながら卓抜した時代洞察で活躍した海舟の生涯を描く。

宮城谷昌光著

古城の風景Ⅰ

―菅沼の城　奥平の城　松平の城―

名将菅沼、猛将奥平、そして剽悍無比の松平。各氏ゆかりの古城を巡り、往時の武将たちの宿運と哀歓に思いを馳せる歴史紀行エッセイ。

藤沢周平著

用心棒日月抄

故あって人を斬り脱藩、刺客に追われながらの用心棒稼業。が、巷間を騒がす赤穂浪人の動きが又八郎の請負う仕事にも深い影を……。

藤沢周平著

孤　剣　用心棒日月抄

お家の大事と密命を帯び、再び藩を出奔――用心棒稼業で身を養い、江戸の町を駆ける青江又八郎を次々襲う怪事件。シリーズ第二作。

藤沢周平著

密　謀（上・下）

天下分け目の関ケ原決戦に、三成と密約がありながら上杉勢が参戦しなかったのはなぜか？　歴史の謎を解明する話題の戦国ドラマ。

藤沢周平著

漆黒の霧の中で

―彫師伊之助捕物覚え―

竪川に上った不審な水死体の素姓を洗う伊之助の前に立ちふさがる第二、第三の殺人……。絶妙の大江戸ハードボイルド第二作！

藤沢周平著

刺客

用心棒日月抄

藩士の非違をさぐる陰の組織を抹殺するために放たれた刺客たちと対決する好漢青江又八郎。著者の代表作《用心棒シリーズ》第三作。

藤沢周平著

凶刃

用心棒日月抄

若かりし用心棒稼業の日々は今は遠い。青江又八郎の平穏な日常を破ったのは、密命を帯びての江戸出府下命だった。シリーズ第四作。

葉室麟著

橘花抄

己の信じる道に殉ずる男、光を失いながらも一途に生きる女。お家騒動に翻弄されながら守り抜いたものは。清新清冽な本格時代小説。

宮部みゆき著

本所深川ふしぎ草紙

吉川英治文学新人賞受賞

深川七不思議を題材に、下町の人情の機微とささやかな日々の哀歓をミステリー仕立てで描く七編。宮部みゆきワールド時代小説篇。

宮部みゆき著

かまいたち

夜な夜な出没して江戸を恐怖に陥れる辻斬り〝かまいたち〟の正体に迫る町娘。サスペンス満点の表題作はじめ四編収録の時代短編集。

忍《しの》びの国《くに》

新潮文庫 わ-10-1

平成二十三年三月一日発行
平成二十八年七月二十日十九刷

著者 和《わ》田《だ》竜《りょう》

発行者 佐藤隆信

発行所 株式会社 新潮社

郵便番号 一六二―八七一一
東京都新宿区矢来町七一
電話 編集部(〇三)三二六六―五四四〇
読者係(〇三)三二六六―五一一一
http://www.shinchosha.co.jp

価格はカバーに表示してあります。

乱丁・落丁本は、ご面倒ですが小社読者係宛ご送付ください。送料小社負担にてお取替えいたします。

印刷・二光印刷株式会社 製本・憲専堂製本株式会社

ISBN978-4-10-134977-0 C0193